« Em Portugal, tudo é negociável. Até os assaltos. »

« Au Portugal, tout est négociable. Même une agression. »

Château de cartes

Cette publication a été cofinancée avec le soutien de la Commission européenne. Cette publication n'engage que son auteur et la Commission n'est pas responsable de l'usage qui pourrait être fait des informations qui y sont contenues.

Cofinancé par le
programme Europe créative
de l'Union européenne

La publication de ce livre a reçu le soutien financier de la DGLAB / Cultura et par le Camões, IP – Portugal.

REPÚBLICA PORTUGUESA
CULTURA
DIREÇÃO-GERAL DO LIVRO, DOS ARQUIVOS E DAS BIBLIOTECAS

CAMÕES
INSTITUTO DA COOPERAÇÃO E DA LÍNGUA
PORTUGAL
MINISTÉRIO DOS NEGÓCIOS ESTRANGEIROS

Cette édition a été publiée avec le soutien financier de la région Nouvelle-Aquitaine.

Ouvrage publié sous le titre original de
OURO, PRATA E SILVA

Conception graphique : Cyril Favory
Image de couverture : DR

Miguel Szymanski

Château de cartes

Traduit du portugais par
Daniel Matias

Agullo

Pour Alex, Sofia et Maria.

Comment vient-on à bout de son ennemi dans n'importe quelle guerre ? De deux façons : ou bien on le tue, c'est-à-dire qu'on le détruit ; ou bien on le fait prisonnier, autrement dit on le soumet et on le réduit à l'impuissance.

Le Banquier anarchiste
Fernando Pessoa, Lisbonne, 1922

Qu'est-ce que le cambriolage d'une banque comparé à la fondation d'une banque ?

L'Opéra de quat'sous
Bertolt Brecht, Berlin, 1928

PROLOGUE

Un jour comme les autres, elle aurait passé la matinée à la maison à boire du thé. Sa chambre n'ayant ni stores ni rideaux aux fenêtres, dès les premières lueurs du jour, elle se réveillait en ouvrant subitement les yeux. Mais ce matin-là, elle était sortie tôt, un thermos en inox et en verre sous le bras, rempli de son thé préféré, un Darjeeling floral et léger. Elle achetait du thé en vrac tous les trois mois à la Casa Pereira da Conceição, une célèbre boutique de thé et café au centre-ville de Lisbonne. C'était l'un des points d'orgue de sa vie sociale. Les petits vieux qui tenaient le magasin, qu'elle connaissait depuis qu'elle était petite, n'étaient plus. Le dernier avait disparu en début d'année. À présent, c'était une jeune femme qui accueillait les clients, aussi avenante et souriante qu'une hôtesse de l'air. Durant le court trajet qui menait à l'entrepôt, elle croisa un homme s'apprêtant à remonter dans sa voiture de livraison de pain après avoir accroché un sac en papier kraft à la porte de l'épicerie d'en face. Il la suivait d'un regard intéressé. Elle lui fit un signe de tête. En ce matin de printemps, elle était étonnamment de bonne humeur. Le soleil frappait son visage. Il n'y avait personne d'autre dans la rue. Elle hésita. L'homme au pain répondit par une grimace libidineuse. Le doute n'étant pas permis, elle réprima son envie de traverser et de lui mettre une paire de claques. Elle lui aurait bien cassé la figure. Cela n'aurait pas été très compliqué si elle l'avait voulu. Malgré sa maladie, la musculation et les arts martiaux qu'elle pratiquait chaque jour entre 15 heures et 19 heures auraient largement suffi pour faire disparaître la mimique répugnante de son visage. Mais elle ne voulait pas attirer l'attention. Ces jours-ci n'avaient rien d'ordinaire.

L'heure était enfin venue de mettre son plan en pratique. Elle était presque arrivée à l'entrée de l'ancien entrepôt, avec sa façade vieux rose dont une partie de la peinture s'était écaillée au fil du temps. Le bâtiment était décoré de hauts-reliefs et de pierres de taille, il s'agissait d'un ancien dépôt de marchandises appartenant à une demeure seigneuriale. L'entrée était légèrement en retrait de la route, sur un large trottoir pavé, en partie cachée par les arbres tropicaux de Lisbonne. Elle regarda le ciel bleu à travers les branches vertes et luxuriantes des majestueux tipuana tipu. Devant le portail en bois, verrouillé par un lourd cadenas, se démarquait de la blancheur des pavés une date en pierres bleuâtres : 1922.

Elle avait trois jours pour terminer la « chambre d'hôtes ». Tout devait être parfait pour accueillir l'homme qui devait l'occuper. Elle déverrouilla le cadenas qui attachait l'imposante chaîne couverte de rouille et s'assura qu'aucun passant ne la remarquerait. Il faudrait alors qu'il s'arrête au niveau des deux arbres qui flanquaient l'entrée.

Elle disposa les outils sur un plan de travail et vérifia minutieusement la machine à souder. Tandis qu'elle s'affairait, de sa bouche sortaient des paroles haineuses à la manière d'incantations. Ses tempes transpiraient. L'homme qui avait détruit sa vie méritait le châtiment qu'elle préparait. Il avait arraché ce qu'il y avait de meilleur en elle comme on arrache de la mauvaise herbe. Il avait semé la destruction derrière lui, provoqué la maladie. C'était un assassin, sans aucun doute. Il avait des dettes à régler et le temps était venu de passer à la caisse.

Un masque de soudage en fibre vulcanisée recouvrait son visage. L'entrepôt, qui semblait servir de garage, se reflétait sur la visière teintée. C'était une sacrée besogne, mais elle la faisait en toute décontraction. Une vraie partie de plaisir, comme si elle retournait en enfance. Une aventure dont elle serait la seule à décider du dénouement.

Retirer les deux premières plaques d'acier du pick-up fut une tâche herculéenne malgré l'aide de la grue manuelle. Travailler seule et sans s'arrêter avait ses inconvénients, mais les avantages l'emportaient. Elle méprisait le concept d'équipe, de travail de groupe et détestait surtout être avec d'autres personnes. Deux parois d'acier étaient déjà soudées et solidement montées, formant un angle de la cellule. Elle contempla l'œuvre naissante avec un mélange de fascination et de fierté, puis elle souleva la visière de son masque afin de consulter le plan qu'elle avait dessiné sur du papier calque. Sa silhouette était fine et le débardeur blanc qu'elle portait ce jour-là révélait de longs bras musclés.

Réaliser le sarcophage de ses propres mains avait un effet thérapeutique et apaisant. La construction en acier au milieu de l'entrepôt offrait également un autre avantage : le jour C – baptisé C pour des raisons évidentes –, elle pourrait sortir le prisonnier de la voiture et le transférer rapidement dans la cellule sans courir le risque d'être vue.

Il restait à trouver la meilleure idée pour l'enlever la nuit chez sa maîtresse et le mettre dans la voiture. Et que ferait-elle de la jeune femme ? Pour le moment, elle préférait ne pas s'en inquiéter, remettre à plus tard les questions de logistique du kidnapping et faire les choses dans l'ordre. Son père disait toujours qu'on devait faire face à la vie comme le faisaient les conducteurs des tramways lisboètes : en accélérant sans hésiter à travers les ruelles. Il suffisait de garder la vitesse et le cap ; la plupart des obstacles disparaîtraient d'eux-mêmes. Elle travailla neuf heures d'affilée sans ressentir la moindre fatigue, en s'amusant à imaginer ce qu'elle ferait de tout cet argent. En fin d'après-midi, casquette vissée sur la tête et lunettes de soleil, elle sortit de l'entrepôt à grands pas, toujours gonflée d'adrénaline. Avant de rentrer, il valait mieux marcher un moment dans la rue pour retrouver le calme, se dit-elle. Et même les regards appuyés de deux hommes adossés à l'entrée d'une épicerie ne parvinrent pas à la dévier de son objectif.

VENDREDI 3 JUIN

Marcelo Silva avait atterri à Lisbonne avec un retard de six heures causé par une prétendue menace terroriste à Berlin. Un canular d'adolescents pour paralyser l'aéroport, en fin de compte. Au moment de son départ, sa tante Anne, le visage ridé pareil à une toile d'araignée, un fume-cigarette fiché entre ses lèvres bleuâtres, l'avait pourtant averti. De nos jours, voyager en train était plus prudent.

Le taxi s'arrêta devant l'entrée du vieil immeuble résidentiel qui faisait face à l'hôtel Príncipe Real. Marcelo entra dans le hall à haut plafond, pavé de mosaïque blanche et imprégné de l'odeur caractéristique de l'humidité végétale du Jardin botanique qui jouxtait l'arrière du bâtiment. Il entra dans l'appartement sans prendre le temps d'y jeter un œil, se contentant de poser sa petite valise et d'ouvrir les volets en bois des fenêtres. Marcelo ressortit aussitôt, impatient de se vider la tête en marchant dans la ville après être resté assis toutes ces heures. Il monta la rue et les escaliers de Mãe d'Água. Arrivé au sommet, il salua deux employés qui fumaient à la porte d'un restaurant puis, juste après, sur la place Príncipe Real, ce fut au tour d'un de ses voisins, un vieux réalisateur aux cheveux courts, toujours assis à la terrasse du café. Marcelo prit ensuite la rue plus pentue en direction du Tage. Un peu plus loin, il entamerait une nouvelle montée dans la direction opposée, errant sans but, sans penser à rien. Pendant un bref instant, il prit conscience du contraste entre Berlin et Lisbonne. D'un côté, un vaste espace impérial au centre de l'Europe où dominent le gris et l'opulence, de l'autre, un monde de minuscules quartiers colorés et entrelacés bordant un bras de l'Atlantique. À Lisbonne, tout le monde pouvait se toucher ou presque, on se croisait partout, épaule contre épaule. Au loin, de l'autre côté de la rue, en plein soleil, Marcelo crut voir, entre les voitures et les bus, une silhouette connue, avec une casquette et des lunettes noires, avancer à vive allure. La lumière l'aveuglait. Il protégea ses yeux. À cette heure de la journée et dans une telle tenue, ce n'était pas possible. Il éloigna cette pensée de sa mémoire et poursuivit son chemin.

Marcelo repensa à sa décision. Avoir renoncé à la liberté du journaliste indépendant pour intégrer le pesant appareil d'État le mettait mal à l'aise. *Je vais être le super flic*. Un sourire sarcastique s'afficha sur son visage.

Il avait décidé de se promener dans les rues de la ville avant de passer sur son futur lieu de travail pour y déposer un document manquant. Marcelo débutait lundi, mais il manquait encore un papier. Il manquait toujours quelque chose quand il fallait remettre un dossier à l'État, un papier pour dire qu'il n'était pas un criminel, un document prouvant qu'il n'avait pas de dettes, une attestation de bonne conduite, des certificats, des copies, des déclarations... La bureaucratie nous pompe notre énergie avant même d'avoir commencé à travailler.

Marcelo s'engagea dans une rue étroite et leva les yeux vers le ciel bleu entre les maisons. Le linge séchait au vent sur les balcons. Il craignait que ne lui tombent dessus des bouts de façades, des pots de fleurs ou encore des monceaux de débris de petits balcons rouillés qui semblaient sur le point de se détacher. Il y a quelques années, les guides touristiques parlaient encore du charme décadent de Lisbonne. Avec l'aggravation de la crise, les journalistes de voyage ont commencé à parler de son « charme morbide ». Désormais, Lisbonne grouillait de touristes en quête d'exotisme, de vin bon marché, de ciel bleu, de plages paradisiaques et de soleil, tandis que l'intérieur du pays se transformait en désert. Lisbonne était la nouvelle métropole des gens momentanément fatigués de la civilisation, un mélange d'Istanbul et de Marrakech, à côté de chez soi, à trois heures de vol de Paris, Londres ou Berlin. Une destination sûre et tranquille quelques années encore ou pour longtemps ? Personne n'en savait rien.

Partout dans la ville, sous d'innombrables auvents noirs désormais à la mode, on voyait ouvrir de nouveaux restaurants de luxe, des bars à huîtres, des bistrots qui servaient uniquement des conserves, des bars à tapas et des fast-foods. Jeunes célibataires, retraités, indépendants ou couples prospères du monde entier recherchaient une maison à Lisbonne. Parmi les milliers de bâtiments décrépis, abandonnés et murés de la capitale, beaucoup étaient en cours de restauration et mis sur le marché à des prix exorbitants que presque aucun Portugais ne pouvait payer. Dans les parcs, par le passé, on voyait des vieux jouer aux cartes, à présent le tableau était tout autre : des vacanciers prenaient des bains de soleil en maillot de bain sur la pelouse et de jeunes étrangers s'y retrouvaient pour pique-niquer. Des touristes marchaient pieds nus, chaussures à la main, sur les trottoirs de la capitale, comme si le pays goûtait déjà le sort qui l'attendait :

devenir une grande plage au bord de l'Océan, un véritable parc d'attractions.

Marcelo emprunta une ruelle si étroite que les gens aux fenêtres auraient presque pu se tenir la main si l'envie leur en prenait. Le bruit du moteur d'un véhicule en pleine accélération le fit bondir sur le côté et s'appuyer contre la porte d'une maison, le long d'un trottoir minuscule. Une voiture de sport conduite par un jeune homme blond aux cheveux ébouriffés déboula dans sa direction à vive allure depuis la place au fond de la rue et passa si près de lui qu'il sentit l'air sur son visage.

— Espèce de fou ! cria-t-il.

Adossé au mur, il était parvenu à voir à travers la vitre le visage du conducteur et un bouquet de roses.

De la petite porte verte d'une étroite maison de trois étages sortit une dame en tablier, les cheveux relevés. Elle lui demanda s'il allait bien, s'il ne voulait pas un verre d'eau. Il tira et lissa les pans de sa vieille veste de lin bleu délavé, déclina aimablement l'invitation et s'inclina légèrement pour la remercier avant de poursuivre son chemin.

Marcelo arriva sur une place où s'achevait le quartier délabré et où prenait naissance une zone moderne aux immeubles de verre et d'acier, de marbre et de pierre, abritant de nouveaux bureaux. Les porches et les colonnes de ces édifices ceignaient la place rectangulaire. Seul un vieux palais en ruine depuis des décennies avait survécu. Des briques rouges bouchaient ses fenêtres, et toutes les portes et renfoncements étaient murés afin d'éviter qu'il ne serve de logement aux sans-abris qui vagabondaient dans la ville.

Il se dirigea vers la plus haute tour de verre miroir, le nouveau siège de plusieurs autorités policières et d'organismes publics de supervision financière. Les choses sérieuses commenceraient dans trois jours. Marcelo porta sa main à sa poitrine pour s'assurer de la présence dans la poche intérieure de sa veste des papiers qu'il devait remettre au service compétent.

Ils étaient toujours là, bien pliés. Les deux policiers en faction devant le bâtiment, mitrailleuses accrochées à hauteur de taille, regardèrent avec suspicion dans sa direction.

Agacé, Marcelo fronça les sourcils sous une mèche rebelle. Les journaux faisaient souvent état des interventions d'agents de la répression des fraudes qui surgissaient, armés, dans des cafés, des restaurants, des boutiques ou au siège de modestes entreprises, ici pour une broutille, là pour des amendes impayées, ailleurs pour des terrasses non autorisées, des heures d'ouverture non respectées ou des prix mal affichés. Ils voyaient tout et facturaient tout. Pour leur part, les autorités de supervision qui contrôlaient les banques, les sociétés cotées en bourse et la criminalité en col blanc, les policiers des banques et de la bourse, avaient la réputation d'être plus bienveillants, voire aveugles. Pour leur plus grand profit parfois. Désormais, tout ce beau monde était réuni dans un même quartier général appelé l'« Institut », exhibant tant de miroirs en façade que personne ne savait ce qu'il s'y passait. Marcelo hésita avant de pénétrer dans son futur lieu de travail.

Il décida de s'arrêter au petit kiosque situé sur le trottoir d'en face. La plupart des kiosques du centre-ville étaient devenus des boutiques de souvenirs ou des lieux de vente de boissons avec terrasse, comme s'il s'agissait de cafés. Celui-ci faisait figure d'exception, il vendait encore des journaux. Les rares titres de la presse portugaise étaient méticuleusement disposés sur une cloison latérale, accrochés les uns aux autres par des pinces noires. *À l'ancienne*, pensa Marcelo. Au cours des vingt dernières années, il avait été journaliste, et voilà ce qu'il restait. Chaque journal qui avait cessé de paraître représentait une époque disparue de la vie de Marcelo. Derrière chaque titre qu'il manquait sur la devanture, il voyait les visages de collègues, les visages d'amis ou d'amantes. Des visages écrasés par le chômage, partis vivre ailleurs, des visages qui avaient sombré dans l'alcoolisme ou d'autres abîmes, ou qui avaient tout simplement disparu.

Il sentit qu'il avait pris la bonne décision. Même agonisante, la presse au Portugal demeurait un business contrôlé par des banquiers, des hommes d'affaires des secteurs les plus divers, des figures publiques au casier judiciaire rempli, des investisseurs au capital d'origine criminelle ou bien encore des hommes de paille d'intérêts obscurs.

Marcelo savait très bien que Lisbonne n'était pas Berlin, avec des dizaines de journaux que les gens lisaient partout, dans le métro, aux tables des cafés, aux arrêts de bus, et dont les manchettes faisaient tomber ministres et dirigeants en quelques jours. Rien de tout cela dans la capitale portugaise. Quand la presse révélait un scandale, la télévision finissait par détourner l'attention grâce aux innombrables émissions de divertissement et aux *telenovelas*. Mais il ne voulait pas vivre à Berlin, il voulait vivre à Lisbonne. Si son intention était de contribuer au changement d'un régime corrompu dans le pays où il avait choisi de résider, Marcelo devait admettre qu'il était préférable de le faire du côté du pouvoir et de l'autorité. Pas du côté de la plume rouillée, mais du côté du glaive à la lame tranchante.

— Tout va bien, chef? demanda le propriétaire du kiosque, casquette enfoncée sur la tête et chemise ouverte jusqu'au milieu de la poitrine.

Marcelo prit deux journaux, les plus vendus, l'*Expresso* et le *Correio da Manhã*. Il ajouta les trois magazines qu'il avait déjà sous le bras.

— Vous êtes le premier client sérieux que j'ai aujourd'hui, proclama le kiosquier avec un sourire aussi large que sa moustache.

— Vos voisins de la super police en face doivent aussi s'informer non ? répondit Marcelo.

— Oh, ça, c'est des gens comme ceux à l'époque de la dictature, d'abord ils frappent et ensuite seulement ils veulent savoir ce qui se passe.

— Attention à ce que vous dites, ne me faites pas peur ! Lundi, je commence à travailler avec eux, réagit Marcelo, feignant d'être surpris.

L'homme parut d'abord inquiet, les pointes de sa moustache bougèrent. Puis il prit un air provocateur avant de faire part de sa stupéfaction.

— Ah, mais je vous reconnais maintenant ! Vous êtes Marcelo Silva, le journaliste qu'on voulait faire taire et arrêter dans l'affaire de la Fondation, c'est ça non ? J'avais déjà entendu ici une discussion entre deux experts en criminalité qui disaient que vous veniez commander une unité spéciale de répression. Alors, c'est vrai, vous allez les rejoindre ?

— Non, je ne rejoindrai personne. Nous ne faisons pas les mêmes choses. Eux s'attaquent aux petits, moi je vais m'attaquer aux grands.

Le kiosquier, plus ou moins convaincu, sourit, la pointe droite de la moustache relevée.

— Si quelqu'un peut réussir, c'est bien vous, monsieur Marcelo, mais prudence parce que ceux d'en face ne jouent pas, dit-il en pointant l'Institut.

— Si j'ai besoin d'aide, je ferai appel à vous. Et vous pouvez m'appeler Marcelo.

— Vous pouvez compter sur Maître Felizardo [1] et son sourire ! Avec moi, ils ne rigoleront pas.

Il fit disparaître une main derrière le comptoir, regarda autour de lui afin de s'assurer que personne ne l'observait et se mit à agiter en l'air un pistolet rouillé, grand comme un fer à repasser.

Marcelo fit un pas en arrière.

— Il vaut mieux que personne ne le sache, sinon ils sont capables de lancer un missile et votre kiosque finira dans les airs.

Marcelo paya avec un billet de cinquante euros et se dirigea vers l'entrée du bâtiment. Le kiosquier le suivit du regard et se retourna lorsqu'il entendit la voix d'un jeune homme musclé, en short et lunettes de soleil, qui s'était arrêté derrière le kiosque. « Attention, Central, T4 pénètre dans le siège. »

Une heure avant l'entrée de Marcelo, José Manuel Paiva Melo, le président de ce que l'on appelle communément « le gendarme de la bourse », l'une des autorités indépendantes hébergées à l'Institut, criait dans son bureau situé au sommet de la tour.

— Je n'ai jamais rien vu de tel pendant ma présidence ! Vous avez une idée de qui vous parlez ? répétait,

1 *Felizardo* signifie « chanceux » en portugais. Toutes les notes sont du traducteur.

furieux, l'homme chauve à la barbe soigneusement taillée qui portait un large foulard en soie à motifs de cornes d'abondance autour de son cou épais.

José Manuel Paiva Melo se pencha en avant et cessa de parler. À travers la baie vitrée qui occupait tout l'arrière de son bureau, on pouvait voir, au loin, un porte-conteneurs traversant la grande étendue d'eau bleue de l'estuaire du Tage. Il se redressa lentement dans son fauteuil pivotant en cuir alu, desserra le foulard sur son triple menton et remonta ses lunettes en écaille comme pour les coller sur son visage. Le président de l'AMF, l'Autorité des marchés financiers, prolongea quelques instants encore cette interruption théâtrale. Il porta sa main droite à hauteur de ses lunettes et plia les doigts, afin d'observer de près ses ongles qui avaient été protégés par une fine couche de vernis translucide. Il fronça les sourcils derrière la monture en écaille de tortue, ses joues se remplirent d'air, les lèvres demeurant fermées. Il se pencha à nouveau vers l'avant puis, d'un souffle, il expulsa un « Pff » sophistiqué, à la manière des Français quand ils s'indignent.

— Avez-vous la moindre idée de qui vous parlez? C'est juste pour faire le malin ou vous voulez vraiment ruiner votre carrière ? António Carmona est l'un des noms les plus réputés de la haute finance ! Le Banco de Valor Global figure dans le classement des sociétés financières les plus prestigieuses d'Europe. Carmona est l'un des plus grands propriétaires terriens du Portugal. En outre, c'est mon ami personnel !

Paiva Melo était le genre de personne qui employait des expressions comme « mon ami personnel » ou « il est décédé » au lieu de « il est mort ».

Il attrapa avec dédain la chemise cartonnée de couleur marron où figurait le logo de l'AMF et l'agita en l'air.

— Nous sommes l'autorité de surveillance du marché des valeurs mobilières, nous ne sommes pas des cow-boys, comme nos nouveaux voisins de la répression des fraudes dans les étages au-dessous. Et voilà que vous apparaissez, après seulement six mois de présence, avec cette parodie de travail envoyée par voie interne ! Une demi-douzaine de pages, de rumeurs et de formules bâclées pour conclure qu'il existe « des éléments qui corroborent l'existence de graves irrégularités dans le Banco de Valor Global (BVG) » ? Vous pensez que nous sommes une bande d'idiots ici, c'est ça ?

Paiva Melo balança le rapport sur la table. Il vola jusqu'à finir sa course en équilibre précaire à l'extrémité la plus proche du jeune auditeur, chemise bleu clair auréolée de taches de sueur aux aisselles et cravate de travers.

Avant de monter au sixième étage, celui de la présidence, et bien que ce fût *casual Friday*, il avait mis sa cravate rouge, réservée aux situations d'urgence. Elle était rangée dans un tiroir de l'armoire de son minuscule bureau situé près des locaux techniques du sous-sol. Il passa rapidement sa main dans ses cheveux blonds habilement ébouriffés, sans montrer la moindre intention de ramasser la chemise cartonnée. Étrangement, le jeune auditeur prit conscience de ses oreilles ou, pour être plus précis, de ses lobes d'oreille. Les écarteurs en or insérés dans les trous des lobes avaient augmenté la taille des oreilles. Il n'était pas tatoué et n'avait jamais porté de boucles d'oreilles. Il avait ressenti l'appel atavique des oreilles pendantes. Des oreilles au vent, comme des ailes. Il s'imaginait voler tel un oiseau. Mais à cet instant précis, il était debout, immobile. Un véritable soldat de plomb qui se découpait sur le bleu horizon de l'estuaire du Tage, s'étendant à perte de vue au-delà de la baie panoramique du bureau du président du gendarme de la bourse.

— Ne faites pas cette tête d'ange, vous savez bien que je suis un ami de votre père, mais cela ne vous donne pas le droit de venir ici faire feu de tout bois ! Je sais que votre père s'inquiète aussi pour vous. Vous avez un poste à responsabilité ici, bon sang ! Soyez un grand garçon. Reprenez ce simulacre de rapport avec vous et pensez à la vie, pensez à votre avenir ! Quand j'avais votre âge… continua-t-il tout en inspectant de près une nouvelle fois ses ongles vernis.

Le jeune homme baissa la tête, ses grosses joues rougies, et cessa de prêter attention à ce que disait Paiva Melo. Un chien aux oreilles pendantes, tombé en disgrâce, plus anxieux qu'abattu. Dans trois heures, quatre au plus en fonction du trafic routier, il serait en Algarve, dans l'appartement de sa petite amie. Après un repas aux chandelles, ils feraient l'amour « passionnément », comme elle disait.

Ensuite, je disparais aussitôt, pensa-t-il. Il lui dirait qu'il devait être à Quinta do Lago, dans la maison de vacances de ses parents, avant minuit, car il avait oublié la télécommande du portail ou un truc du genre. Une excuse brillante, suffisamment crédible en tout cas pour qu'elle le croie. Le jeune auditeur avait passé toute la semaine à travailler sur des tableaux avec sa nouvelle méthode de paris sur les actions fractionnées, et désormais il était persuadé que sa tactique serait imbattable. Pour cela, il suffisait de rester calme. Selon ses calculs, il comblerait ses dettes des trois derniers week-ends avant lundi. Avec cette nouvelle méthode, la chance ne serait plus qu'un facteur marginal, même s'il pressentait que, là aussi, les choses étaient sur le point de changer. Si tout se passait selon sa stratégie, le bénéfice à la sortie du casino serait d'environ trente mille euros, avec une marge d'erreur de 15 % et une probabilité de perte totale inférieure à 3 %. Mais… Si Marion décidait de quitter l'appartement, s'il lui prenait l'envie d'entrer au casino, situé juste à côté de l'immeuble, et si elle tombait nez à nez avec lui ? La probabilité que tous ces « si » se réalisent lui paraissait peu plausible. *Aucune chance*, se dit-il. Il suffisait qu'il fasse bien ce qu'il avait à faire. Elle serait épuisée en sortant de la bijouterie du centre commercial où elle travaillait jusqu'à neuf heures du soir. Et Marion serait encore plus fatiguée s'il la laissait rester sur lui assez longtemps sur le canapé du salon. Durant quelques secondes, il se délecta de cette image. Allongé, il tenait Marion par la taille tandis que la voix du président pérorait en arrière-plan. *Ce Carmona et son BVG ne me gâcheront pas le week-end*, pensa-t-il. Il se trompait.

Il avait déjà perdu trop de temps avec les rapports et les tableurs contenant les archives des opérations de cette banque et de ses ramifications offshore. Ce n'était plus son problème. La vie ne se résumait pas à déambuler en costume-cravate dans un institut dirigé par des crétins à qui il tentait d'expliquer des choses simples qu'ils ne voulaient apparemment pas comprendre. Il se sentait euphorique et excité, sans trop savoir si c'était la perspective du jeu ou le plaisir du sexe qui le mettait dans cet état. Il était convaincu de ne pas être un joueur irréfléchi. Les joueurs aguerris souffraient d'une baisse de libido, avait-il lu quelque part. Pas lui.

À peine une heure plus tard, le jeune auditeur du gendarme de la bourse accélérait sur l'avenue Marquês da Fronteira en prenant à vive allure la voie en direction du Pont 25 de Abril. Les remontrances du président et les anomalies détectées dans la banque du fameux Carmona n'étaient plus qu'un mauvais souvenir. Il avait perdu près d'une demi-heure pour acheter un bouquet de roses à Marion. Son retard serait compensé sur le canapé dès son arrivée. Elle lui pardonnerait d'autant plus sa dérobade juste après le dîner.

Deux détenus de la prison de Lisbonne, qu'abritait un bâtiment historique rappelant une version Playmobil d'un château médiéval, observaient à travers les barreaux de leur cellule le défilé des voitures partant en week-end. Cette vue sur la rue en faisait des privilégiés. Paulo M. fixa quelques instants une Mercedes version sport.

— Ça, c'est de la bombe! commenta à ses côtés son compagnon de cellule, un vieux au visage déformé, comme celui qui a souffert d'une thrombose.

Paulo M. l'aimait bien. Cela faisait huit ans qu'il était derrière les barreaux. La présence du vieux ne provoquait chez lui ni dégoût ni colère, au contraire. Ils pouvaient être épaule contre épaule sans pour autant sentir une proximité physique. Il éprouvait plus que de l'empathie. Paulo M. appréciait surtout la rare sensation de ne pas être dérangé par la présence de l'autre. Rares sont les personnes qui savent partager une maison sans devenir gênantes, encore plus rares, celles qui se déplacent sans occuper d'espace. Le vieux était de ceux-là, on ne sentait pas sa présence. Sans doute avait-il été un temps pick-pocket pour passer inaperçu de la sorte.

La seule fois où le vieux attira vraiment l'attention sur lui, ce fut à l'occasion de l'assassinat de sa femme et de ses deux enfants à coups de cisailles. Et encore…

Il se rendit de lui-même à la gendarmerie après avoir passé toute l'après-midi assis dans un coin de la terrasse du café qu'il fréquentait habituellement, les cisailles ensanglantées sur la table. « La gendarmerie est venue voir si elle le trouvait, mais je n'avais même pas remarqué qu'il était assis là. Et les gendarmes non plus ! C'était comme s'il était invisible », raconta plus tard le propriétaire du café aux clients.

Le crime aurait pu être parfait s'il n'était pas allé au poste pour expliquer avec insistance au planton qu'il était non seulement marié à la victime, mais qu'il était aussi son meurtrier.

— Il y a de plus en plus de grosses bagnoles, que des modèles haut de gamme pour des gens qui mènent grand train aux dépens des crève-la-faim, s'agaça le vieux avec la sagesse de ceux qui observent le monde depuis longtemps. Et c'est nous les bandits, hein ? Regarde, Paulo, y a pratiquement que des voitures allemandes. C'est pour ça que le pays est dans cet état, tout le monde rembourse un crédit à l'Allemagne. Avant, si tu voulais une voiture normale pour ne pas te faire remarquer pendant que tu faisais tes affaires, tu prenais une Fiat Punto. Aujourd'hui, si tu veux rester discret, vaut mieux rouler dans une Mercedes décapotable.

— T'en as de bonnes, toi ! s'esclaffa Paulo M. Écoute bien, mon vieux : les voitures que tu vois sont vieillissantes, il y a de moins en moins de bagnoles neuves, bientôt tout ça finira à la casse. Le temps des vaches grasses, c'était quand tu es arrivé ici, mais maintenant c'est fini, c'est la pénurie, le retour des vaches maigres. Les seuls qui s'en tirent, c'est ceux qui nettoient les chambres des touristes. C'est pour ça que nous, on est vraiment bien ici.

Paulo M. éclata à nouveau de rire. Il était de bonne humeur, il donna au vieux une tape dans le dos qui le fit tressaillir. En deux ans dans la même cellule, c'était la première fois qu'ils se touchaient. Paulo M. secoua la tête, amusé.

— Quand je sortirai d'ici, tu vas me manquer, mon vieux.

SAMEDI 4 JUIN

Les problèmes administratifs étaient réglés. Marcelo avait décidé de profiter de son dernier week-end avant le grand changement. Les changements, petits ou grands, n'étaient pas sa tasse de thé. Il avait quitté de bonne heure l'appartement et se promenait sous les imposants arbres à caoutchouc du jardin du Príncipe Real, où l'on pouvait voir au loin, entre les arbres et les maisons, le bleu apaisant du Tage.

Le jardin grouillait de touristes. Tous les samedis se tenait un marché biologique en plein air depuis que le quartier était devenu la zone résidentielle préférée des artistes, des résidents étrangers et des bobos de Lisbonne. Nombre d'habitants, surtout les plus récents, à l'instar des ressortissants d'Europe du Nord, achetaient fruits et légumes, fleurs, confitures et des œufs de poules heureuses élevées en plein air.

Les grandes vagues de touristes de ces dernières années avaient fait renaître le vieil *elétrico* n° 24, qui allait autrefois du quartier de Campolide jusqu'au Cais do Sodré. Les étrangers adoraient les tramways électriques jaunes, mais le 24 avait changé. Marcelo ne pouvait plus descendre jusqu'au fleuve, ballotté par les secousses du tram. Le terminus n'était plus Cais do Sodré. Fini l'habitude d'aller à l'Association navale de Lisbonne pour pratiquer l'aviron sur le Tage. Fini aussi le rituel d'acheter du poisson au Mercado da Ribeira. On ne voyait plus de poissonnières, panier sur la tête, en train de vider leurs marchandises dans un seau d'eau, assises au bord des trottoirs, ni sur le quai ni au marché. C'était sans doute pour cela qu'il avait grossi, pensa-t-il. Il baissa les yeux et tomba sur un ventre bedonnant caché sous un vieux tee-shirt, de grosses cuisses enfilées dans un jean ample et tout son poids supporté par des baskets à semelles larges à cause de l'état de ses genoux.

Marcelo traversa le marché couvert da Ribeira, devenu aujourd'hui un immense espace gourmet affublé d'un nom anglais avec pléthore de restaurants. Des usines à fast-food pour touristes, avec du typique en façade, afin d'offrir un semblant de *petiscos*[1] et de « Portugal ». Marcelo marchait dans la rue sans but précis. Il laissa sur sa gauche le Parlement et, fatigué, en sueur et mourant de soif, monta la colline en direction de la Praça das Flores, où il espérait trouver les vestiges d'une vie de quartier. Il y avait foule devant l'un des cafés qui servaient à manger le soir. Un téléviseur trônait au-dessus de l'entrée, diffusant un huitième de finale de la Coupe du monde. Le Portugal était sur le point de perdre contre une équipe d'un pays d'Amérique du Sud. Il prit une salade de poulpe, un *chouriço* de cochon noir et des œufs brouillés à la *farinheira*[2]. À la fin de la rencontre et après deux bouteilles de rouge frais de l'Alentejo, partagées avec un vieux que le hasard avait placé près de lui, Marcelo expliqua à trois clients d'une table voisine

1 Les tapas portugaises.

2 Saucisse fumée à base de graisse de porc, de farine de blé et d'épices.

que le match s'était terminé par une défaite « du fait de la conjonction de deux phénomènes distincts mais liés : le manque de buts de l'équipe portugaise et le surplus de buts des Uruguayens ». Il rit à gorge déployée de sa plaisanterie, s'attirant les regards furieux, emplis d'une fierté nationaliste blessée, d'un groupe de jeunes qui n'étaient pas du quartier. Il se leva et parla directement aux jeunes enragés.

— Un entraîneur qui aurait crié « Démarquez-vous ! » aurait peut-être aidé, ajouta-t-il. Mais je ne sais pas si vous avez remarqué, il y avait un grand nombre de joueurs entassés dans un écran relativement petit.

Et il éclata à nouveau de rire.

Marcelo voulut partir, mais deux jeunes tentèrent de lui barrer la route. Son poids aidant, il n'eut aucune difficulté à passer entre eux et s'excusa d'un signe de tête après qu'un homme d'un certain âge, coiffé d'un couvre-chef, l'eut gratifié d'une bourrade de l'épaule. Marcelo sourit et poursuivit son chemin. Il eut l'impression que le visage de l'homme au chapeau ne lui était pas inconnu, sans pour autant se souvenir de l'endroit où il l'avait vu la première fois.

À pas mesurés, Marcelo s'approcha du Pavilhão Chinês, une ancienne épicerie fine asiatique devenue dans les années 80 un bar couru du centre-ville, décoré de milliers de miniatures. Il sonna à l'entrée et pénétra dans le bar bondé. Le serveur, qui le connaissait, commença à lui préparer des daïquiris. Marcelo contempla les vitrines de ce lieu centenaire, remplies de pièces de collection – des soldats de plomb, des dés à coudre en porcelaine, des médailles –, puis dévisagea les clients qui l'entouraient. Il adressa un sourire aux deux femmes qui s'attablèrent au comptoir, l'une à sa gauche, l'autre à sa droite, mais Marcelo abandonna l'idée de leur parler. Son attention se porta plutôt sur une ancienne carte sur le mur où la Russie avait la forme d'un ours, l'Allemagne, d'un soldat et la péninsule Ibérique, d'un paysan en train de boire du vin. Marcelo se réveilla lorsque le serveur lui toucha l'épaule. Il sursauta, porta instantanément ses mains aux poches de son jean et s'aperçut que son portefeuille et la liasse de billets avaient disparu. Dans l'impossibilité de payer, il balbutia quelques mots qui firent sourire le barman, compréhensif.

Les deux gardiens de prison n'étaient pas d'humeur plaisante quand ils allèrent sortir Paulo M. de sa cellule.

— Depuis quand on doit accompagner les détenus à l'hôpital un samedi ?

— La fiche indique « consultation spécialiste au Curry Cabral ». Dans le service de « derma » quelque chose. Ce connard pouvait pas attendre lundi pour soigner sa couenne ?

Paulo M. était assis sur le lit du bas lorsque la porte s'ouvrit. Il se leva, les bras tendus vers l'avant pour qu'ils puissent le menotter.

— Vous devriez faire preuve d'un peu plus de compassion, et le terme exact, c'est « dermatologie ». On doit me faire une chirurgie de Mohs, leur dit Paulo M. d'une voix plus basse que de coutume.

Il était en possession d'une copie des documents qu'il avait signés, une décharge de responsabilité et un imprimé de l'hôpital autorisant l'intervention. Le prisonnier avait préparé sa phrase qui lui avait paru tout indiquée pour démontrer sa supériorité.

— Je ne sais pas si je serai encore vivant lundi, ajouta-t-il.

— Rien ne te tue, Horácio, marmonna l'un des deux surveillants.

— Il préfère que ce soit lui qui tue, non? ajouta l'autre, plus jeune que son collègue.

Paulo M. garda un ton modéré et fixa le visage des deux gardiens.

— Je vous serais reconnaissant de m'appeler Paulo. Ou d'utiliser mon matricule de citoyen détenu si vous préférez. Ce truc de « Horácio », c'est une invention des journaux. Une dernière chose : si par malheur je ne devais pas revenir lundi, occupez-vous bien du vieux.

— Où tu crois aller, là? Dans un hôtel cinq étoiles avec une femme de chambre à disposition? réagit un surveillant en riant.

***

Deux serveurs gantés de blanc achevaient de préparer la table du dîner dans la suite du Pestana Palace. Ils disposaient avec une précision millimétrique, signe d'une grande concentration et d'une préparation soignée, fourchettes, couteaux, verres à eau, verres pour le vin blanc et ballons pour le vin rouge. Le directeur adjoint, lunettes de lecture au bout du nez, vérifiait le menu et ses notes. La réservation avait été faite la veille par le principal conseiller du client angolais. Le directeur adjoint, responsable du *food and beverage* du Pestana Palace, avait tout listé sans bouger le moindre muscle du visage. Il s'était seulement interrompu deux fois pour s'assurer de certains détails.

— Hormis les fraises en entrée, Son Excellence a-t-elle une préférence pour un fruit de saison ?

— Non, dès l'instant où tout est émincé en tranches très fines, spécifia le conseiller avec la voix nasillarde d'un décorateur d'intérieur. Fines comme ça.

Il colla quasiment le pouce de sa main droite sur son index, comme quelqu'un qui tient un cheveu tout juste retiré de la soupe.

— Son Excellence souhaite un digestif en partculier ? demanda le directeur adjoint.

Le conseiller, un métis clair à l'allure très british, haussa de manière quasi imperceptible les sourcils.

— Il se trouve que Son Excellence tolère uniquement les boissons distillées de la région de Cognac. Bien entendu, choisissez l'alcool le plus raffiné de votre cave.

— Puis-je suggérer un Lourinhac, une eau-de-vie de vin au caractère absolument exceptionnel. C'est un lourinhã, le cognac portugais, la troisième eau-de-vie AOC en Europe, avec le cognac et l'armagnac. Il est produit avec la même rigueur que son homologue français.

— Parfait, je me chargerai moi-même d'attirer son attention à ce sujet. Son Excellence apprécie grandement les surprises du palais, en matière éthylique entre autres.

— Quant aux cigares, je suppose que…

Le directeur adjoint, lunettes en équilibre sur la pointe du nez, laissa la phrase en suspens dans l'attente que le conseiller la termine.

— … Oui. Son Excellence ne résiste pas à l'idée de venir avec son *humidor* de voyage, c'est un cadeau de sa fille aînée vous savez. Il voyage toujours avec son *humidor* et sa Bentley.

Un sourire s'afficha sur leurs visages.

Dès que le conseiller quitta le bureau près des cuisines, le directeur adjoint se prit la tête entre les mains, désespéré. Un Stilton affiné de chez Harrods et des fraises des bois en entrée n'étaient pas un problème. Tout le reste, commandé un vendredi soir pour un dîner le lendemain, signifiait le début d'une course contre la montre. L'accablement fit place à la détermination, il empoigna son outil de travail le plus précieux et tourna les pages du vieil agenda rotatif contenant les contacts des fournisseurs. Le directeur adjoint se mit à presser frénétiquement les touches du téléphone du bureau.

Mais tout se passa merveilleusement bien. L'Excellence en question, un Africain de grande stature au visage d'empereur romain, fumait maintenant un cigare en compagnie de deux autres hommes sur la terrasse de la suite. Ils parlaient le kikongo du nord-ouest de l'Angola, insaisissable pour n'importe quel compatriote venant d'une autre région du pays. Le directeur adjoint grimaçait, tentant de saisir des bribes de leur conversation lorsqu'ils passaient au portugais, voire à l'anglais, lui avait-il semblé. Il fallait bien noter quelque chose dans son rapport. Toutefois, n'aurait-il pas été plus efficace de la part des services de renseignement de faire appel à quelqu'un qui comprenait leur langue ?

Le conseiller à la voix nasillarde était dans le salon, occupé à feuilleter sans grand intérêt un livre de photographies sur l'Angola, intitulé de façon énigmatique *Cacimbo*[1], agrémenté de petits textes qu'il jugea complètement décoratifs. Un des Angolais prit son

1 Saison sèche en Angola, mais aussi brouillard épais où l'humidité persiste au cœur de ce climat propre au pays.

portable et passa un coup de fil. À l'instar du conseiller, il parlait portugais sans le moindre accent. Son Excellence entra dans la salle à manger et s'arrêta quelques instants devant le chariot des entrées. Sous peu, il contrôlerait la plus grande papeterie d'Europe et serait également le nouveau maître du groupe économique qui, quelques décennies plus tôt, avait été propriétaire des plantations de café angolaises où ses grands-parents et ses parents avaient travaillé toute leur vie pour des salaires de misère et au prix d'infinies violences. Aussi surprenant soit-il, ainsi va le monde ! Le Portugal était en solde et, malgré la baisse du prix du pétrole, le magnat angolais avait mis ce qu'il fallait en lieu sûr afin de conclure une affaire dont il rêvait depuis de nombreuses années. Il tira sur la manche de sa chemise coincée dans son blazer en laine froide, attrapa une grosse poignée de fraises des bois qu'il porta goulûment à sa bouche, puis se dirigea vers la sortie de la suite. Son Excellence tapota le bras de son garde du corps et lui dit, tout en avalant à la hâte les fraises de Rhénanie :

— Fais venir la voiture. Ce soir, je veux dîner dehors, on va à Alfama[1]. Je veux écouter du fado et du *tuga*[2] à en pleurer ! Je veux danser là où la jeunesse lisboète danse. Comment s'appelle cette discothèque près du fleuve, celle des Anglaises des bateaux de croisière où on était la dernière fois ?

Le conseiller était au téléphone, il parlait en portugais. Le directeur adjoint réussit à entendre quelques phrases

1 Le plus ancien quartier de la ville, connu notamment pour ses maisons de fado.

2 Hip-hop portugais aux influences africaines. *Tuga* est un diminutif de Portugais.

isolées. « Non, pas la peine d'aller dans l'Alentejo… Bien sûr qu'on est inquiets des bruits qui courent… Si les choses se passent mal, on convoque ce connard de Carmona. »

DIMANCHE 5 JUIN

Si quelqu'un avait pu voir António Carmona descendre entre les vignes, il aurait pu croire volontiers qu'il s'agissait d'un agriculteur prospère. Mais si cet observateur était un fin connaisseur des affaires mondaines, notamment des tendances vestimentaires à la mode, il aurait reconnu dans la chemise blanche de coton égyptien, le chapeau à larges bords et le pantalon de lin écru qui soulignait ses longues jambes minces avec une indéniable élégance, certains des modèles et des marques illustrant les pages des magazines qui brossaient le portrait d'acteurs ou de politiques jouant la proximité avec la terre. Une tenue au cachet rural, sans pour autant oublier le respect des convenances.

Les revues people étaient remplies de ce genre de reportages : « Machin dans sa propriété », « Bidule et ses chevaux », « Tartempion se promène dans les vignes ». Dans le cas de Carmona, on pouvait cependant trouver une excuse à son accoutrement calqué sur les rubriques mondaines d'une revue portugaise qui plagiait ouvertement sa consœur britannique *Horse & Hound*, publiée depuis 1884 : sa femme était une lectrice compulsive de cette presse.

Carmona s'arrêta et jaugea avec cérémonie une des grappes de raisins à l'état embryonnaire dans la paume de sa main. À cette époque de l'année, les grains se résumaient à de minuscules sphères vertes et encore dures. Mais pour quelqu'un comme lui, fier d'être capable de calculer les profits futurs d'un investissement, c'était comme s'il tenait de gros fruits sucrés à maturité. *Il faut savoir voir plus loin, anticiper l'avenir*, pensa-t-il. En réalité, il était un optimiste pathologique qui éliminait mentalement tous les risques menaçant la récolte.

Un peu plus loin, Carmona tailla quelques ceps, caressa d'une main légère les feuilles de vigne. L'après-midi était bien avancé, le soleil des premiers jours de juin brûlait encore dans l'arrière-pays du Bas-Alentejo, à deux cents kilomètres de Lisbonne.

D'après son œnologue, spécialiste des cépages de la région, tout était réuni pour une récolte exceptionnelle. Naturellement, l'œnologue disait ce que le propriétaire des vignes voulait entendre. Il manquait encore de nombreux jours d'exposition à un soleil ardent ; le grain dans sa bouche était tellement acide qu'il contracta les muscles de son visage avant de le recracher par terre. *La qualité, c'est la matière première et la connaissance, sans oublier le temps*, pensa-t-il en plissant le front. Carmona avait l'habitude d'énoncer des sentences de ce type. Cette faculté, alliée à son aspect austère et viril, avait le don de captiver l'auditoire et ses clients.

Dans sa cave, il stockait toutes sortes de rouges, des vins de table Herdade de Todos os Santos aux « grande réserve » conservés dans des bouteilles en verre épais, classées et numérotées à la main. La plupart des caisses en bois contenaient du vin vieilli pendant un an en fûts de chêne, un rouge qualifié de *crianza* par nos voisins espagnols. Carmona en distribuait une partie à une vaste toile d'« amis personnels » : connaissances, partenaires habituels, fournisseurs, collaborateurs, députés ou encore cadres des organismes de surveillance financière.

Les « grande réserve » échoyaient aux clients de poids : administrateurs et politiques de rang ministériel ou au « potentiel similaire ». Carmona consignait leurs noms dans l'un de ses nombreux blocs-notes où figuraient les listes de cadeaux qu'il faisait, quelle qu'en fût la nature : bouteilles, enveloppes d'argent ou virements bancaires. *Ç'aurait été tellement bien de pouvoir amener ici un enfant par la main, de lui caresser les cheveux!* songea-t-il. *Nous ne sommes jamais vraiment maîtres de ce que nous possédons, nous en sommes seulement les gardiens pour la prochaine génération.* Carmona adorait les enfants. Il se sentait vide et imparfait faute d'en avoir eu.

La maison de plain-pied d'un blanc immaculé, imposante, avec une grande hauteur sous plafond, brillait au soleil. Une maison de maître typique de l'Alentejo, qui demandait un entretien conséquent et particulièrement dispendieux. Les murs blancs chaulés s'étiraient sur des dizaines de mètres, surmontés de quantité de toits aux tuiles jaune soleil, la couleur des champs des alentours lorsque l'été battait son plein. Annexes et jardins complétaient le tout. Sans oublier la chapelle familiale (un « héritage » des anciens propriétaires, un fait que Carmona préférait laisser sous silence), un temps abandonnée et en ruines, à l'image du reste de l'habitation à la fin des années soixante-dix. Désormais restaurée jusque dans les moindres détails, elle se détachait sur le ciel, telle une maquette d'architecte.

C'était son refuge, son aire de jeux d'adulte, une propriété de quatre mille hectares, l'une des plus grandes du pays. *Les privilèges d'un homme s'apprécient en taille, en surface et en valeur.* Une vaste étendue de plaine alentejane ondoyante, aux collines douces, quasi imperceptibles, toujours verte en cette fin de printemps, cédant brusquement la place à un paysage de relief plus montagneux, plus escarpé, sillonné de chemins en terre battue et recouvert d'une végétation dense.

Cette région du sud du Portugal paraissait africaine aux touristes qui la visitaient pour la première fois. Ses « amis nordiques » de Londres ou de Berlin utilisaient fréquemment des expressions comme « savane » ou « brousse » quand ils décrivaient ce qu'il voyait autour d'eux. Lors des parties de chasse de fin de semaine, ils réclamaient du gin tonic et, le soir venu, ils portaient des vêtements inspirés de *Out of Africa* ou de *La Reine africaine.*

Il y a peu, un industriel suisse avait tiré sur une cigogne. Il avait raté sa cible, échappant ainsi à un accès de colère de Carmona qui, s'il avait réagi instinctivement, aurait mis une balle dans la tête d'ange bien rose du prospère fabricant d'armes, pile entre ses petits yeux bleus. Tout en contrôle, le grand propriétaire terrien avait éprouvé une certaine admiration face à l'absence de scrupules de son invité suisse. C'était le genre de personne qui partait faire des safaris au Zimbabwe en payant trois mille dollars pour abattre un zèbre ou cinq mille pour tuer une girafe, avec en prime l'expédition de la peau tannée et de la tête empaillée pour sa salle des trophées.

Une cigogne ne risquait pas de lui donner un héritier, et encore moins une femme multipliant les escapades à Paris. Une attitude qui, à son grand étonnement, le laissait indifférent. Carmona se moquait de savoir si son épouse allait faire des courses avec des amies, comme elle l'affirmait, ou si elle partait retrouver son entraîneur de tennis ou son coach personnel qui fréquentait la villa de Carmona à Estoril plusieurs fois par semaine.

Avec une femme approchant des soixante ans, il n'y avait aucune chance qu'un quelconque oiseau vienne lui déposer un héritier dans son nid. Alma pouvait multiplier les aventures cela ne changerait rien. Alma, l'âme… *Son prénom est en soi une contradiction, elle aurait dû s'appeler Futília ou Banália.* La pointe de sarcasme fit naître un goût amer dans sa bouche, encore plus désagréable que l'acidité des grains de raisin. Ils étaient pourtant condamnés à rester ensemble. Ironie de l'histoire, Carmona, qui avait tant désiré un enfant, avait fait pression sur l'une de ses amantes, sans doute la seule qui était tombée enceinte, pour qu'elle avorte. Un avortement aux méthodes indignes et dans des circonstances qu'il aurait pu profondément regretter s'il avait été un homme capable de remettre en cause ses actes. En semaine, dans la capitale, António Carmona n'était pas agriculteur. Aucun paysan ne portait au poignet une montre allemande en or, faite main, avec plus de « complications » (terme utilisé par les horlogers pour en désigner les fonctions additionnelles) que le rapport financier de la banque dont il était à la fois le fondateur et le président. Il était tout aussi improbable de voir un agriculteur maintenir son pantalon de lin grâce à une ceinture achetée dans l'une des boutiques les plus chères des Champs-Élysées. Un cadeau de sa femme.

« C'est la même marque que ton nouvel hélicoptère », avait-elle dit d'un air triomphal en lui donnant le souvenir rapporté d'un bref séjour en milieu de semaine avec ses amies (ou pas…) pour faire les boutiques dans « un endroit civilisé ». Une expression qu'elle répétait souvent et qui pouvait laisser entendre que, jeune fille, elle avait étudié le piano ou le chant à Londres ou à Paris. « Civilisé », un mot récurrent qui l'éloignait des brasseries et tavernes de l'Alcântara[1] de son enfance puis adolescence, où elle avait vécu avant d'entamer une carrière à la télévision. La marque de la ceinture n'était pas celle de l'hélicoptère, acheté l'année de ses cinquante-cinq ans afin de gagner du temps dans ses allers-retours à Lisbonne. Carmona mettait ainsi moins d'une heure entre Cascais[2] et son domaine. Il pilotait lui-même l'appareil, gagnant ainsi en autonomie et en intimité. Cette histoire de marque de ceinture n'était qu'un simple caprice de sa femme. L'intérieur de son « oiseau », comme l'appelait affectueusement Carmona, avait été réalisé par un styliste, un de ces noms qu'Alma répétait souvent dans ses conversations tout au long de la journée, pendant que lui répétait des mots tels que « euros », « dollars », « yuans », « yens » ou « francs ». Hermès, Gucci, Prada, Chanel, Lagerfeld ou Armani étaient les devises du monde d'Alma, qu'elle accumulait dans des boîtes, des tiroirs et qu'elle pendait aux portemanteaux des dressings contigus à sa chambre. Des « hangars à chiffons », d'après Carmona. L'intérieur de l'hélicoptère, le cuir blanc des sièges, le minibar et l'écran LCD servaient à impressionner les clients lorsqu'il volait avec un pilote recruté à cet effet.

Si quelqu'un apercevait António Carmona au loin, cheminant à travers les vignes bordées d'oliviers et de chênes-lièges centenaires, il pourrait jurer le voir sourire.

1 Ancien quartier industriel et portuaire à l'ouest du centre-ville devenu l'un des plus tendances de la capitale.

2 Estoril et Cascais sont deux stations balnéaires à l'ouest de Lisbonne, lieux de villégiature traditionnels de la bourgeoisie portugaise et internationale.

Contrariant les apparences les plus évidentes et la pose affectée, Dom António, un titre gagné grâce à l'acquisition du domaine il y a quelques années et dont le gratifiaient les gens de la petite ville voisine, n'était pas le genre de personne qui se laissait séduire par l'ambiance bucolique de la campagne, si l'on exceptait l'authentique orgueil de posséder son domaine. La sérénité et le calme de Carmona n'étaient qu'illusion.

L'agressivité latente et permanente était son véritable état d'esprit. Chaque motte de terre qui se détachait des semelles de ses bottes de cuir souple marron constituait des représailles à l'égard d'un adversaire abstrait, un compétiteur quelconque qu'il écrasait et changeait en poussière. L'agressivité qui était en lui, continuellement sous pression, était sa nature première. Sa vanité notoire, tout aussi contrôlée – il pensait en connaître les limites –, était uniquement un instrument au service de cette agressivité, un moyen d'exercer une emprise sur les autres. Il l'entretenait avec une énergie digne d'un acteur, captivant les personnes autour de lui avec une efficacité qui le surprenait parfois lui-même.

Enfant, Carmona s'entraînait devant le miroir de la chambre de sa mère à maîtriser l'ouverture des pupilles, la contraction de ces muscles réagissant d'ordinaire à la lumière et non à la volonté humaine. Le petit António passait des heures à tenter de dilater ses pupilles quand bien même l'intensité de la lumière dictait l'inverse. S'il avait lu les classiques de la génération antérieure, Carmona aurait su que l'un des escrocs[1] qui avait le mieux réussi à Lisbonne avait la même habitude lors de

1 Felix Krull dans le roman *Les confessions du chevalier d'industrie Felix Krull* de Thomas Mann (1954)

sa prime jeunesse. Carmona n'avait pas lu les classiques allemands, mais il savait qu'il suffisait qu'on le prenne par surprise pour que sa couardise et son ignorance deviennent manifestes. Pour s'en prémunir, Carmona tentait d'anticiper les réactions des gens autour de lui et, mentalement, il formulait des phrases, des répliques, des réponses brutales, intraitables et, de préférence, profondes. Malgré son mètre quatre-vingt-dix, sa corpulence moyenne, ses traits réguliers et masculins, son agressivité réfrénée, son brevet de pilote et ses parties de chasse, ce n'était pas un homme courageux, il avait l'estomac fragile et un sphincter faible, à la limite de le lâcher.

Carmona avisa un rapace sans pouvoir l'identifier, ses connaissances en faune locale s'avérant aussi modestes que celles en matière de viticulture. Il planait depuis un certain temps dans le ciel sans battre des ailes ni perdre de l'altitude. L'oiseau de proie se lança en un éclair dans un vol piqué. À cet instant, il faisait corps avec la nature. Carmona imagina le lapin ou le serpent qui allait sentir le bec mortifère de l'oiseau de proie. C'était sans doute un petit aigle. Ou un grand faucon. « On ne se connaît jamais tout à fait, mais il suffit de connaître nos proies et nos prédateurs pour savoir qui nous sommes, quelle est notre place dans la chaîne alimentaire. » Les images et associations diffuses, l'air et la tranquillité de la campagne vidaient son cerveau de l'agenda chargé de la semaine, des stratégies et opérations mesquines, des chiffres et des listes de noms qui rythmaient de façon soutenue ses journées de travail.

Sa relative paix intérieure fut subitement interrompue.

Un bruit bien peu champêtre surgit des vignes, et Carmona suffoqua un instant : il ne devrait pas entendre vibrer ce portable dans la poche de son pantalon. Le discret mode vibreur du téléphone était associé à un seul numéro. Et cette personne ne devait en aucun cas le contacter sur ce numéro, excepté dans *une* situation bien précise.

Avant même de décrocher, Carmona savait qu'il devrait retourner immédiatement à Lisbonne. Il avait cru qu'il lui resterait au moins deux semaines encore avant que tout ne s'effrite et ne s'écroule, *dans un énorme fracas, tel un château de cartes*. S'il avait réfléchi, Carmona aurait compris que des cartes, en plastique ou constituées de fines couches de papier, soigneusement empilées les unes sur les autres et qui tomberaient sur une table ne feraient pas lever la tête à un chat, même le plus méfiant. Et ne provoqueraient pas le moindre raffut. Alors que sa construction, son empire, « la plus grande des petites banques privées de la péninsule Ibérique », comme disaient les journaux (au Portugal, tout fait notable devait être toujours plus grand que n'importe quel autre), exploserait de manière perceptible à des milliers de kilomètres de distance.

Il y avait beaucoup trop d'argent en jeu, ou plutôt il y avait beaucoup trop d'argent disparu, parti en fumée, dans le néant. Suffisamment pour réduire en lambeaux de grandes fortunes et en ruiner complètement beaucoup d'autres, plus modestes. Carmona avait toujours eu l'espoir d'être sauvé par un cataclysme naturel. Un tremblement de terre comme celui de 1755. Une crise économique qui aurait transformé l'affaire du BVG en un épisode sans importance. Un tsunami balayant toutes les banques de la carte. Rien de tout cela ne s'était produit.

La crise s'était installée au Portugal, la plus grave de ces quatre-vingts dernières années – la fin du capitalisme, annonçaient quelques oiseaux de mauvais augure. Le président de la République de l'époque, un homme semblable au patron du BVG en de nombreux points, mais incapable d'être conscient de sa médiocrité, était allé jusqu'à suggérer « le retour à l'agriculture » aux habitants du petit rectangle en bord de mer. Lorsqu'il entendit l'ancien chef de l'État dire que « tout le monde devrait se serrer la ceinture et apprendre à vivre avec moins », Carmona comprit parfaitement qu'il serait traité comme un criminel le jour où la chute de sa banque adviendrait.

La crise faisait son bonhomme de chemin, appauvrissant le pays, mais cela ne le sauverait pas. Pendant vingt-cinq ans, l'ancien président avait conduit le pays à la banqueroute. Et c'était lui, Carmona, le criminel ? L'État ponctionnait plus du tiers des revenus de toute la population, vendait le patrimoine national au rabais, et c'était lui, Carmona, le criminel ?

Carmona se sentait écrasé par le poids de l'injustice du monde. Il avait juste dupé quelques centaines de millionnaires, et la prison l'attendait. Les autres volaient de façon éhontée des vieux, des enfants, des femmes enceintes et des parents au chômage, sans la moindre conséquence. Il regretta un instant de n'avoir pas pris la peine de lire le petit livre. Quel était son titre déjà ? *Le Banquier anarchiste*. Un cadeau de Vânia, une étudiante qu'il avait aidée récemment à se sortir d'une situation professionnelle difficile. Carmona lui avait trouvé un appartement et lui versait un subside chaque mois, de quoi couvrir ses frais de scolarité, mais Vânia tenait à payer elle-même un loyer symbolique pour le logement.

« *Le Banquier anarchiste*. C'est ton portrait craché,

Tony », avait-elle assuré en prononçant comme toujours le diminutif avec un accent anglais factice.

Carmona avait également imaginé un autre scénario : le téléphone vibrait et il était déjà loin du pays. Mais où pouvait-il aller ? Où serait-il à l'abri ? Et que prendrait-il dans ses valises ? Des souvenirs ? Les rêves de près de soixante années d'existence ? Des lingots d'or, des titres offshore, les numéros et codes secrets de ses comptes cachés ? Des documents qui protégeraient sa fuite stratégique ? Ou bien uniquement un enregistreur et un pistolet ? Il n'était pas encore condamné. Il lui restait de nombreux détails à régler, lui faisant espérer qu'il pourrait se maintenir au sommet. Carmona n'abandonnerait pas sans se battre. Il éloigna les menaces d'un coup de pied précis dans une motte de terre, puis appuya sur la touche verte pour répondre à l'appel. *Les taureaux sont là pour qu'on les prenne par les cornes*, pensa-t-il.

Il se réveilla dans un sale état. Non seulement on lui avait volé son portefeuille et une liasse de billets, mais aussi ses clés et son portable. Il était rentré ivre et avait pu ouvrir la porte grâce à une clé de secours collée sur le haut de la boîte aux lettres, dont la façade s'ouvrait avec un léger coup. Pendant la nuit, il avait mis la chaînette de sécurité sur la porte.

Un sans-faute. Un vrai travail de professionnel, facilité par son état d'ébriété. Combien de fois avait-il prévenu ses proches de faire attention aux pickpockets à Lisbonne, et finalement c'était lui la victime. Cela signifiait des jours perdus à s'occuper des papiers et à changer les serrures. Par chance, il n'avait pas pris ses cartes bancaires et, si nécessaire, une autre carte d'identité était à disposition. Privilège de la double nationalité héritée du père.

Il préparait le petit déjeuner, avec une bonne dose de vitamine C – jus d'orange et une cuillerée d'acide ascorbique en poudre –, lorsque la sonnette retentit. Il aperçut à travers la fenêtre du rez-de-chaussée une jeune femme blonde inconnue et lui ouvrit la porte avec une certaine appréhension. Ce n'était pas un de ses anciens amours, a priori, d'autant qu'elle devait avoir la moitié de son âge.

Vêtue d'une robe de lin blanc boutonnée jusqu'à l'angle droit formé par ses épaules et son cou, la jeune femme le fixa de ses yeux clairs grands ouverts. *Un ange*, pensa-t-il.

— Bonjour. Vous êtes monsieur Marcelo Ernesto Silva Consalinski ? demanda-t-elle, l'air sévère et avec un accent qui entachait légèrement son portugais, mais lui permettait de prononcer à la perfection son deuxième nom de famille qu'il n'utilisait jamais.

— Coupable ! répondit Marcelo, qui retrouva ses esprits et resserra son vieux peignoir à motifs de cornes d'abondance.

Elle lui tendit un petit sac plastique.

Marcelo l'ouvrit et découvrit son portefeuille, son portable ainsi que le trousseau de clés qu'il retira du sac.

— Mais où avez-vous… ? balbutia-t-il.

— Je fais des ménages Praça das Flores et je vous connais de vue. J'ai trouvé tout ça dans une poubelle devant l'immeuble où je travaille.

Elle désigna le portefeuille que Marcelo ouvrait.

— Il était très sale et il n'y avait pas d'argent dedans, mais je l'ai nettoyé et désinfecté entièrement.

Marcelo frotta ses mains sur son peignoir, les clés avaient l'air collantes, mais il préféra laisser tomber.

Personne ne se méfiait d'un ange. Il savait que la plupart des pickpockets gardaient ce qui avait de la valeur et se débarrassaient de tout ce qui était sans intérêt à leurs yeux.

— Mais comment avez-vous... ? commença-t-il.

— Je vous ai reconnu grâce aux photos et j'ai vu votre adresse sur vos cartes de visite, l'interrompit-elle.

Marcelo la remercia chaleureusement. Il ne lui raconta pas qu'il avait toujours une liasse de billets de cinquante dans la poche. On avait dû lui voler entre cinq cents et mille euros, il n'était pas sûr de la somme exacte. Marcelo l'invita à entrer et à prendre un café. Elle répondit qu'elle était pressée. Il fouilla dans une boîte en bois et en retira deux billets de cinquante euros pour les lui donner, mais elle refusa la moindre gratification.

Tandis qu'il la voyait descendre la rue, une silhouette jeune et élancée, la voisine de l'étage au-dessus entra dans l'immeuble. Elle salua froidement Marcelo, en peignoir, les cheveux ébouriffés, les deux billets à la main, les yeux toujours fixés sur la jeune femme qui s'éloignait.

Au même moment, en Algarve, derrière le casino de la station balnéaire de Vilamoura, avec en bruit de fond les vagues s'écrasant contre le rivage, une autre personne était loin de penser qu'en l'espace d'une demi-heure elle vivrait de manière concomitante deux moments rares, ces fameux moments qui annoncent un basculement avant qu'il ne se produise.

Herberto Aragão, un vieux à la carrure corpulente, aux bras démesurés et à la mâchoire saillante, était, nul n'en doutait, un homme capable de travailler dur pour défendre ce qui lui appartenait. Et pour acquérir ce qu'il voulait. Une réputation cruciale dans sa branche.

Le chemin à l'arrière du casino débouchait directement sur la plage. Deux hommes discutaient, l'un appuyé au mur de la salle de jeux de l'hôtel, l'autre, prêt à partir, les talons s'enfonçant dans le sable mou. La nuit était noire, sans lune, et l'éclairage public, voilé par les arbres.

— Viens pas me dire que tu veux plus de pognon. Aujourd'hui, t'auras plus rien, mon gars, t'as déjà eu ton compte, t'as passé ton vendredi et tout le week-end à claquer du fric, cria Herberto Aragão.

Le vieux alluma une cigarette et le jeune homme passa rapidement sa main dans ses cheveux blonds dépeignés.

— Mais vous savez que je vais vous rembourser, je vous fais un chèque et demain vous pouvez l'encaisser ou au pire le week-end prochain.

Herberto connaissait bien ses clients.

— Si j'étais sûr que tu me payes, je te donnerais l'argent tout de suite sur un plateau, ou bien tu crois que je reste là dehors pour me chauffer les pieds ?

La température de ses pieds était un sujet de préoccupation. Il passait une grande partie de son temps en Algarve, devant ou derrière le casino de Vilamoura, où les nuits d'hiver sont bien plus froides que les touristes l'imaginent.

Herberto, lui aussi, avait déjà eu des passages compliqués dans sa vie, où même son nom de bonne famille de province ne lui avait été d'aucune utilité. À vingt-quatre ans, il avait perdu une Jaguar Racing Green classique, en lançant en l'air une pièce à la plage, et les conséquences de cet épisode marquèrent son existence durant les décennies qui suivirent.

Le jeu était simple : le gagnant était celui qui lançait une pièce de cinq escudos le plus proche possible d'un mur. Lors de cette nuit fatidique, quelque chose dérapa. Herberto faisait d'habitude preuve de maîtrise technique, il avait la main ferme pour jeter la pièce, qui décrivait un arc de cercle, roulait quelques dizaines de centimètres avant de finir collée au mur. Sa pièce fétiche avait sans doute glissé sur des grains de sable, c'était la seule explication, ce qui l'empêcha de perdre suffisamment de vitesse pour terminer sa course au niveau de l'angle droit formé par le sol en ciment et le mur. Au lieu de cela, la pièce prit de la vitesse, frappa le mur du café de la plage, ricocha, retomba sur la tranche et roula comme la roue perdue d'un chariot dévalant la colline dans un western. Elle s'arrêta pour de bon au niveau de ses pieds. Cette nuit-là, il jeta sa pièce dans le sable après avoir remis les papiers et la clé de la Jaguar. Ce fut le début d'une succession d'infortunes qui s'acheva seulement près de trente ans plus tard.

Un jour qu'il était en pause, couché sur le gazon d'un rond-point de Vilamoura à boire des cannettes de bière, Herberto réalisa que ce n'était plus possible. Il travaillait aux espaces verts de la ville grâce à un conseiller municipal redevable d'une faveur à son défunt père. Un emploi obtenu peu de temps après qu'Herberto avait été rayé de la liste des invités des fêtes de famille et de la bonne société de la région, suite à l'épisode des bijoux. Lors d'un dîner, la maîtresse de maison avait surgi en criant qu'on lui avait volé ses bijoux dans sa coiffeuse. Un portefeuille était également introuvable. Le mari appela la police. Des bijoux ! C'était juste des breloques et des anneaux en or aussi fins que des épingles. Herberto comprit qu'il était arrivé au terminus. Il n'avait plus les boucles de cheveux qui autrefois enchantaient les cougars et que les jeunes filles amoureuses enroulaient dans leurs doigts. D'abord les filles de bonne famille, puis, les années passant, n'importe quelle femme lui offrant le gîte et le couvert.

Ce n'était plus possible. Nettoyer les trois minuscules taches vertes de la ville, un jardin public insignifiant et deux ronds-points, n'était pas une vie pour lui. Il n'avait pas amassé de l'argent en regardant ses acolytes arracher les mauvaises herbes et ramasser des seringues et des préservatifs. Aucune chance de se payer ainsi ce qu'il possédait désormais : des chaussettes en angora et la résidence secondaire à Fortaleza, au Brésil, deux sources de chaleur et de confort durant les périodes les plus froides de l'année. La seule chose positive dans son travail avait été de rencontrer les deux gamins. Deux jeunes voyous paumés, abandonnés, affectés à des travaux d'intérêt général au lieu de purger la fin de leur peine en prison. Ils n'étaient pas très malins, mais ils étaient capables de tuer sans sourciller une portée de chatons en laissant tomber sur eux une grosse pierre, de quoi éviter tout un tas de procédures et de paperasses inutiles à la chatterie municipale.

Après avoir prêté pendant des années de l'argent aux abords du casino, Herberto avait accumulé un beau pécule. Les deux gamins qui travaillaient à son service l'admiraient et se chargeaient des clients les plus problématiques de sa petite entreprise.

— Monsieur Aragão, écoutez-moi, je vais me refaire aujourd'hui, j'ai juste besoin de deux mille euros, trois mille maximum, je vais tout récupérer, j'ai une nouvelle méthode de paris, c'est un système pratiquement infaillible, vendredi et samedi j'étais en rodage, mais aujourd'hui ça va marcher, implorait le jeune homme.

— Ton système est aussi crédible que la probabilité que tu t'envoles avec tes grandes oreilles. J'en veux plus, de tes chèques, répondit Herberto.

Malgré tout, un sourire compréhensif fendit son visage aux traits simiesques. Le dos courbé, ses gros bras démesurés pendants, il se sentait fatigué. Herberto approchait des soixante ans, il voulait aller au Brésil et ne plus avoir à supporter la misère, nuit après nuit, sous les lumières clignotantes du casino, comme dans un jeu télé du genre *La Roue de la fortune* où, excepté la maison, tout le monde perd. Presque tout le monde, car Herberto gagnait toujours, lui aussi. Si le casino avait la loi des probabilités de son côté, l'usurier possédait deux psychopathes et une connaissance intime de ses proies.

— Écoute gamin, tu me donnes les clés et les papiers de ta Mercedes, tu signes ce document, moi je te donne l'argent, mille cinq cents euros, et tu reprends tes chèques. J'aurai pas besoin d'aller demain à Quinta do Lago parler avec ton père, ni d'envoyer mes hommes parler avec toi. Allez, je t'offre même cinquante euros de bonus de ma poche pour ton taxi si, comme je le devine, tu sors d'ici cette nuit encore une fois à sec.

Herberto savait que la voiture sportive valait deux fois et demie le total de la dette. Dans un geste conciliant, il posa la main sur l'épaule du jeune homme. On était le premier week-end de juin et, si on enlevait la part pour ses deux disciples, son compte bancaire allait gonfler de plus de quinze mille euros de rendement mensuel. Nets, non imposables… Herberto Aragão avait toujours été à l'aise avec les chiffres. Comme il songeait à la retraite, il n'entendit pas ce que le jeune joueur murmura en se dirigeant vers l'entrée du casino. Il n'entendit pas grand-chose, mais… Soudain, l'usurier oublia le Brésil. Ce jeune blanc-bec aux grandes oreilles obsédé par le jeu avait commencé à travailler il y a peu, son père lui avait trouvé un boulot à Lisbonne grâce à un piston quelconque. Ce gamin était un naze, mais il ne bossait pas pour le gendarme de la bourse? Brusquement, les mots du gamin résonnèrent distinctement dans sa tête : « … se concentrer sur le système au lieu de penser à cette merde de BVG ». Le BVG? Il se passait quoi avec la banque? Herberto accéléra l'allure et fit le tour du casino, le temps de voir le jeune homme disparaître à l'intérieur de la salle de jeu.

Clic… Clac! Ce fut à cet instant que se produisit le second événement annonciateur d'un basculement. Un homme de petite taille, gros et chauve sortit du casino en titubant, le costume de travers. Son chauffeur s'approcha pour l'aider à monter dans la voiture. Herberto Aragão savait de qui il s'agissait. Cet homme n'avait jamais pénétré auparavant dans une salle de jeu et Herberto ne l'avait jamais vu ivre. D'ailleurs, le code déontologique de sa profession lui interdisait et les casinos et l'ivresse sur la voie publique. C'était le directeur régional du BVG.

Pendant un instant, Herberto ne parvint pas à décider s'il devait entrer dans le bâtiment pour emmener le gamin faire un tour ou s'il devait courir jusqu'à la voiture et attraper le directeur avant qu'il ne parte. Il opta pour prendre son portable et passa deux coups de fil. Le premier lui indiqua, grâce à son informateur, que le vieux banquier avait perdu cent quatre-vingt mille euros, installé à la même table, enchaînant les verres de vieux whisky sec, sans glaçon. Et sans montrer la moindre émotion. Herberto n'était pas un spécialiste d'économie, mais il avait lu pas mal de choses sur la crise bancaire et eut l'intuition qu'il y avait un souci. Inutile d'être économiste pour cela. Il suffisait de parler avec les joueurs. Les deux joueurs. La nuit promettait d'être longue. Même si ses pieds étaient chauds, il sentit un frisson lui traverser le dos. Les os brisés faisaient partie du métier.

Les crimes violents, les tentatives d'homicide, infructueuses ou réussies, se produisent tous les jours et abreuvent les chaînes télé à l'heure du café de dix ou onze heures du matin, juste avant que les élites urbaines ne se mettent véritablement au travail. Tirs de fusil de chasse dans la tête d'un voisin dans les villages les plus paisibles, passages à tabac et meurtres crapuleux des gangs de banlieue, torture ou encore séquestrations, tout cela constitue le pain quotidien qui accompagne l'expresso et le *pastel de nata* au comptoir des cafés, dans les journaux qu'on trouve encore ou sur les écrans accrochés aux murs. Chaque semaine, la police doit enquêter sur deux nouveaux homicides, sans compter ceux passés sous silence. Seul un voile ténu, où est toujours projetée la fameuse image du pays aux « mœurs douces », sépare les personnes qui boivent leur petit noir au comptoir du crime qui se produit au coin de la rue. Quelqu'un qui voudrait détruire la vie de son prochain a juste à tirer un petit coup sur ce voile qui sépare, sans les protéger, la normalité et la tranquillité quotidiennes de la violence et de la mort. Le jeune gendarme de la bourse était naïf sans le savoir.

— Je ne dirai rien sur le BVG, j'ai déjà perdu tout l'argent que j'avais, je ne veux pas perdre aussi mon travail, insistait-il.

LUNDI 6 JUIN

Premier jour, nouveau bureau, nouveau travail, nouveau métier, avec des gens semblables à une rédaction, mais plus rétrogrades, pensa Marcelo Silva en entrant dans le bâtiment à dix heures précises. Il eut droit à un accueil qui l'acclimata d'emblée à l'esprit de la fonction publique. Une femme âgée d'une cinquantaine d'années, blonde comme la majorité des femmes de cette tranche d'âge – elles naissaient brunes et devenaient blondes une fois adultes, jusqu'à la retraite, période parfois interrompue par des teintes rouges ou bleues –, attendait devant l'ascenseur. Elle tentait de maintenir en équilibre dans ses bras un tas de journaux et de revues, sur lequel s'empilaient encore jusqu'à son menton des enveloppes de différentes tailles.

Marcelo pensa qu'elle ne pourrait pas lui répondre sans laisser tomber une partie de son fardeau.

— Bonjour, chère madame, la salua-t-il d'un ton sympathique.

— Bonjour, cher monsieur. Un jour de moins avant la retraite, n'est-ce pas ? fut la réponse de la secrétaire, agrémentée d'un clin d'œil fardé d'un bleu turquoise, ce qui menaça de faire chuter les enveloppes formant un arc branlant autour de ses seins proéminents.

La pile ne s'écroula pas finalement, car elle était fermement coincée sous sa mandibule inférieure et parce que son interlocutrice semblait être ventriloque. Marcelo désira voir à nouveau ce prodige et poursuivit la discussion tout en lui ouvrant la porte.

— Puis-je vous aider ? proposa-t-il.

— N'y pensez pas, ou on va encore m'accuser de harceler les nouveaux collègues dès le premier jour, répondit-elle sans que l'on puisse déceler le moindre mouvement de lèvres ou du menton, et en laissant entendre que, le deuxième jour, tout serait différent.

Rien ne l'empêcherait de harceler qui bon lui semble. Un message appuyé par un nouveau clignement de la paupière gauche.

Marcelo se sentit mal à l'aise et garda le silence dans l'ascenseur tandis que sa future collègue continuait à cligner de l'œil à intervalles réguliers. Elle continuait à parler, les enveloppes bougeaient comme un soufflet d'accordéon, et ses lèvres paraissaient toujours closes. Marcelo préféra baisser son regard confus vers la pointe de ses chaussures et vit celles de la secrétaire, des talons hauts, bleu turquoise. Il remarqua la présence d'un modeste tatouage au-dessus de la cheville : un dauphin avec une rose rouge au bout du rostre. Marcelo avait déjà vu beaucoup de tatouages de dauphins dans des endroits parfois inattendus et tout autant de roses tatouées. Mais jamais les deux ensemble. Était-ce un bon ou un mauvais présage ?

Marcelo caressa délicatement le dessus de son bureau avec la paume des mains. À travers la baie vitrée, il pouvait voir les six bureaux en *open space*. Six postes de travail pour les quatre personnes détachées à son service. Les quatre agents semblaient très occupés au téléphone et à l'ordinateur, comme si c'était un travail de routine depuis des années.

Il était entré dans la pièce une demi-heure plutôt avec un sonore « bonjour » et en gesticulant énergiquement des mains, de haut en bas, pour qu'ils restent tous assis. Marcelo répéta la pantomime et s'arrêta quand il sentit qu'il frisait le ridicule. Il comprit qu'il n'aurait pas de deuxième chance pour leur faire bonne impression.

— Messieurs !

Il regarda lentement autour de lui et compta trois femmes et un homme.

— Mesdames, monsieur, corrigea-t-il.

Le rire aigu le surprit à moitié car il provenait du bureau du seul homme présent, un jeune de moins de trente ans, chemise rose saumon, au large sourire et crâne rasé.

— Mon nom est Marcelo Silva. On ne se connaît pas encore, mais comme Lisbonne est une petite ville je suis certain qu'après quelques jours passés ensemble, nous nous découvrirons des amis communs et d'autres affinités. Pour le moment, je préférerais repousser les présentations après que j'ai eu le temps d'étudier les dossiers que les ressources humaines devaient m'envoyer ce matin.

Marcelo marqua une courte pause afin d'observer les yeux fixés sur ses lèvres.

— Et cela pour une raison strictement technique que je vais vous expliquer…

Il s'arrêta à nouveau un peu plus longuement cette fois et reprit d'une voix calme :

— J'ai encore un peu la gueule de bois.

Pendant une fraction de seconde, il craignit le pire, mais les éclats de rire fusèrent, ponctués par le rire plus aigu de l'homme à la chemise rose saumon, et l'ambiance devint moins pesante. Les muscles de leur corps se relâchèrent sur les fauteuils à roulettes en bois au design retro, accoudoirs et piètement métallisés, revêtement matelassé en cuir marron. Des fauteuils qui avaient dû coûter une petite fortune.

Marcelo poursuivit sur un ton plus sérieux.

— Le fait est que j'ai besoin de collaborateurs avec un profil très particulier pour ce nouveau service et j'aimerais ne pas avoir à remplacer quelqu'un avec qui j'ai créé des liens personnels. Pour cela, soyez à l'aise : pendant les premiers jours, je vais vous appeler un à un pour faire connaissance. Selon l'heure, nous parlerons dans mon aquarium (il pointa le bureau vitré au fond de la pièce), à la machine à café ou pendant le déjeuner, je n'ai pas de préférence. Je sais que vous êtes tous volontaires pour ce travail précurseur et, pour cette raison surtout, je vous demande de ne pas vous sentir blessés si je dois procéder à un, appelons-le ainsi, « réglage de dernière minute » dans l'équipe. Il n'y aura rien de personnel et je ferai en sorte que vous puissiez retourner à vos anciens postes avec mes recommandations expresses. Ceux qui restent devront chasser les méchants en costume-cravate, les délinquants à col blanc. C'est moi qui fournis fusils et cartouches.

L'assistance était encore sous le charme quand il se retourna, un pied déjà dans son bureau, pour ajouter :

— Je sais que des rumeurs circulent dans les étages sur ce service. Vous devez savoir la chose suivante : oui, j'ai été journaliste pendant des années, mais j'ai plusieurs cadres chez moi avec des diplômes en économie et en criminologie obtenus dans des institutions prestigieuses. Vous pourrez les voir bientôt accrochés dans mon bureau. Ils m'ont coûté cher et j'ai dû sacrifier pas mal de dimanches.

Des rires se firent à nouveau entendre.

— Autre chose : ce nouveau service autonome aura peut-être du mal à être accepté ici à l'Institut, mais il bénéficie du soutien du procureur général de la République et de l'aval officiel de deux ministres. Ce devrait être amplement suffisant pour commencer à travailler. Les tâches pour les jours à venir : lire toute la presse économique des deux derniers mois et essayer de comprendre ce qui est écrit. Concentrez-vous sur les banques, les assurances, les grandes entreprises et les plus fortunés. Le crime se trouve là où est l'argent. Ne perdez pas trop de temps avec les questions techniques. Les journalistes aussi ne comprennent que la moitié de ce qu'ils écrivent... Mais je veux que vous connaissiez tous les sigles et les noms des protagonistes : du A, de António Palma, au Z, de Zeinal Gama[1].

Deux semaines auparavant, Marcelo avait eu une première conversation avec le président de l'Institut au dernier étage du bâtiment. Gomes Da Silva (le « D » de « Da Silva » avait été écrit avec majuscule sur ses instructions), qui dirigeait depuis des années l'ESF – l'Entité de supervision financière –, avait son nouveau bureau à côté de celui du président de l'AMF. Les deux présidents passaient la plupart de leur temps à se mesurer l'un à l'autre, que ce soit pour le nombre de contacts hebdomadaires avec le gouvernement ou pour le prix record de leurs chaussures.

L'après-midi où il avait décidé d'accepter le poste, la pluie tombait, Lisbonne était sous la grisaille, un ciel

1 *Palmar* et *gamar* signifient en langage populaire voler, dérober.

qui faisait ressortir les taches et les blessures de la ville, les trous, les poubelles, les murs sales. Pendant les cinq minutes qu'il parcourut à pied jusqu'à l'Institut, Marcelo avait aperçu, dans deux rues différentes, des pigeons en état de décomposition sur le bas-côté et une dizaine de tas de crottes d'origine canine, dans le meilleur des cas.

— Il existe deux types de personnes potentiellement très dangereuses pour ce qui nous concerne : celles qui sont désespérément en quête d'argent, mais ne savent pas comment s'en procurer, et celles qui en ont, mais qui ne savent pas quoi en faire, déclara le président en guise d'amorce sur un ton chargé de signification.

Marcelo se pencha en avant comme s'il venait d'entendre une révélation surprenante. Gomes da Silva s'enfonça dans son fauteuil présidentiel à haut dossier en cuir rembourré qui se terminait une largeur de main au-dessus de son crâne bien arrondi, sur lequel se modelaient, comme une fine pellicule, des cheveux méticuleusement peignés en arrière à l'aide de gel et qui se terminaient par un agencement en petites boucles sur le bas de la nuque. Il semblait encore plus petit, éclipsé par l'éclat de son costume à cinq mille euros qui donnait à son visage bronzé un teint verdâtre, cadavérique, avec deux yeux aussi petits et ronds que ceux d'un ours en peluche.

— Je vais être franc avec vous, je ne comprends pas votre parcours, lâcha Gomes da Silva avant de lancer un regard destructeur sur Marcelo.

Il poursuivit avec l'exaltation des petits tyrans.

— Vous avez travaillé vingt ans dans le journalisme sans jamais vous faire remarquer, en faisant beaucoup de reportages et en séjournant régulièrement à l'étranger, en n'ayant jamais eu de poste à responsabilité, et vous avez changé huit fois de rédaction. Et puis vous décidez de tout abandonner pour étudier des choses qui n'ont pas de sens dans trois villes européennes où vous avez vécu dans des quartiers huppés sans travailler.

Da Silva jeta un œil sur les papiers devant lui, comme un médecin qui consulte le dossier d'un malade.

— Vous revenez au Portugal en tant que journaliste indépendant avant de devenir une star d'un quart d'heure grâce à la célèbre affaire de la Fondation dans laquelle d'ailleurs votre rôle est des plus troubles.

Aucun doute : Gomes da Silva lisait des notes.

— Que pensez-vous venir faire à l'Institut en fin de compte ?

À l'aide de sa main droite, Gomes da Silva replaça délicatement dans le revers de sa veste son foulard rouge, assorti à la couleur de sa cravate, puis il inclina la tête en avant tel un torero et ouvrit grand les yeux afin d'observer au mieux l'effet de son discours, ponctué par la question à laquelle il attendait visiblement une réponse qui rendrait évident que tout cela n'était qu'un simple malentendu.

Marcelo s'approcha jusqu'à être assis sur le bord inconfortable de la chaise qui lui incombait, une chaise classique, à l'assise en paille, de style Dona Maria. Jambes ouvertes, les pieds bien ancrés au sol, il remonta son large jean. Il était toujours à distance du gigantesque bureau du président et ce dernier ne pouvait pas rater ses baskets noires à ressorts amortissants au niveau des talons. Marcelo déplaça le poids des jambes sur la pointe de ses chaussures, appuya les mains sur ses genoux et demanda avec une curiosité conspiratrice :

— Qui ?

— Qui ?! Je parle de vous ! Vous croyez que je parle de qui là ?

Discrètement, Marcelo respira un bon coup avant de parler.

— Comme vous devez savoir, monsieur le président, j'ai été invité à lancer et à diriger un nouveau service d'enquête sur des crimes économiques bien spécifiques, avec une équipe de quatre agents dont deux de premier plan.

La voix de Marcelo devint plus douce, il décida de dire ce qu'il estimait nécessaire d'être dit, pour clarifier les positions, de façon constructive, et aussi rapidement que s'il devait aller urgemment aux toilettes. Il avait envie de fumer une cigarette, chose qu'il faisait rarement. Cependant, il n'eut pas le courage de demander s'il pouvait le faire, malgré la présence du cendrier sur pied à côté de Gomes da Silva et de l'odeur de cigare qui flottait dans l'air.

— J'ai eu quelques exigences : une voiture, un chauffeur, une assurance santé… Je ne parlerai pas de salaire, ce serait manquer d'élégance. Mais surtout, j'ai exigé de l'autonomie et une indépendance totale. On m'a demandé de faire le travail que vous, Gomes da Silva, ne faites pas depuis dix ans, à savoir depuis qu'existe l'organisme que vous présidez. L'ESF a une autonomie financière mais aucun budget, elle prélève des taxes lucratives, mais elle est incapable d'attraper le moindre contrevenant, le moindre criminel, même les transferts suspects n'ont pas abouti à la moindre condamnation depuis que vous dirigez ce bordel. Je n'ai pas besoin de vous rappeler quel est votre travail, bien que je pense que quelqu'un devrait le faire. Je vois que vous avez plein d'informations sur ma vie. De mon côté, je sais peu de choses sur vous : apparemment, vous pensez que vos missions consistent à vous rendre à Londres en classe business ou en jet loué aux frais de l'État, essayer des costumes sur Savile Row[1], toujours avec l'argent des contribuables, acheter des bijoux à votre femme avec la carte de crédit de l'Institut, rapporter à vos enfants des ordinateurs portables et des téléphones de l'Institut et accueillir des prostituées dans l'appartement que l'Institut réserve aux visiteurs officiels. Sans parler de la stupidité suprême d'attribuer des contrats de nettoyage à l'entreprise de votre frère qui, contrairement à vous, est à moitié imbécile.

La paralysie de son interlocuteur était un indice que la discussion prenait un tour opportun.

— Je suis ravi que nous ayons eu l'opportunité de parler ensemble, Gomes da Silva, parce que j'avais encore quelques doutes quant à l'invitation qui m'avait été faite par le procureur général. Et j'ai tenu à parler en premier avec vous. Désormais, me voilà convaincu. Je commencerai à travailler le 6 juin. Envoyez s'il vous plaît le chauffeur me chercher chez moi à dix heures. Notez ça sur votre rapport, je vous prie : un chauffeur devant chez moi à dix heures. Et faites en sorte que l'on me remette, ce même jour, dans mon futur bureau, les badges et les codes d'accès de tout le bâtiment et du système informatique, les dossiers des quatre membres du personnel de cette petite liste, que j'aimerais voir installés à mon étage le 6 juin. Je ne veux pas perdre de temps.

Marcelo se leva avec dextérité pour un homme de quatre-vingt-dix kilos âgé de quarante-cinq ans, il

1 Rue au cœur de la ville, réputée pour ses tailleurs sur-mesure masculins.

contourna ensuite le bureau à grandes enjambées amorties par ses talons et, avant de sortir, serra énergiquement, de ses deux mains, la main droite flasque du président da Silva. Il finit par se demander si sa poignée de main n'avait pas été trop appuyée. La couleur de macchabée du visage de Gomes da Silva prit une teinte blanche comme s'il avait été badigeonné de chaux.

Marcelo se méfiait, depuis le début, de la mission qu'on lui avait proposé de piloter – parce qu'ils voulaient « quelqu'un hors système ». Il ignorait s'il s'agissait d'une combine politique ou d'une priorité sans arrière-pensée, mais peu subtile et de courte durée. La seule façon de le savoir était d'accepter, de tester la machinerie administrative, d'exercer la fonction avec ses limites et d'assumer un combat inégal : être une personne disposée à faire le boulot au cœur d'un engrenage créé et financé pour maintenir l'inertie.

Au long de plusieurs décennies, on avait assisté à la création de nombreuses fonctions ou organismes qui bientôt périclitaient, d'un inspecteur général des polices, qui devait enquêter sur des abus policiers et dont le budget ne suffisait même pas à payer son essence, jusqu'à l'Autorité pour la concurrence, qui infligeait des amendes que personne ne payait du fait de l'absence opportune de réglementation en la matière.

Son premier jour de travail avait été plus long et plus intense qu'espéré. Il appréciait donc grandement de pouvoir dîner avec une amie.

— C'est moi ou ces tantouzes se font vieilles et grincheuses ?

Marcelo savait que Margarida était une homophobe assumée. Mais elle était aussi misogyne, généralement misanthrope, rarement empathique, antisioniste, ennemie déclarée de la cause palestinienne, et allergique au gluten et aux protéines du lait de vache. Elle avait un profond mépris pour la stupidité humaine, ce qui l'avait décidée à vivre seule et isolée depuis plus de quinze ans dans un vaste appartement d'une résidence fermée, sans aucune fenêtre donnant sur la rue.

Margarida habitait le quartier chic de Lapa et ne sortait de chez elle que pour acheter ses cigarettes et les bouteilles d'alcool de son père, qui vivait seul dans une ancienne villa de trois étages dont le jardin avait été vendu et transformé en résidence. Le père de Margarida, un homme intimidant par la taille démesurée de sa tête et de ses mains, officier de réserve de la Marine, se refusait à faire lui-même ses courses éthyliques pour une énigmatique « question de grade ». Une raison qu'il invoquait régulièrement, selon sa fille, et qu'elle respectait si l'on en jugeait au ton de sa voix quand elle le citait.

Marcelo lui posait toujours la même question, avec un indéniable intérêt, et elle répondait toujours avec une précision comptable. Le vieux capitaine de frégate, qui avait mis un terme à sa carrière militaire pour faire fortune – une fortune colossale disait-on –, avait le régime suivant à la date du 6 juin : une bouteille de vin blanc en apéritif jusqu'à l'heure du déjeuner, en lieu et place des deux martinis à l'origine d'aigreurs d'estomac, six bières jusqu'à la collation, désormais composée de deux crackers, et il commençait à boire du whisky « après six heures, et jamais plus de deux verres avant le dîner, pour une question de discipline ».

— La plupart du temps, il tient des propos incohérents, il n'insulte plus la cuisinière et ne va même plus voir ses voitures de collection au garage. Il est fini. C'est une épave, surtout depuis les investissements ruineux qu'il a faits… résuma une Margarida histrionique.

À l'Açordas, un des premiers restaurants modernes de Lisbonne, toujours un passage obligé de la ville, les employés avaient vieilli visiblement et pris du poids. Ce n'était plus les jeunes apollons, sveltes et longilignes, de Rudolfo, le propriétaire, lui aussi quelque peu accablé par le poids des ans, mais avec trente kilos en moins malgré tout. On pourrait croire que les employés avaient accumulé la graisse en ponctionnant celle de leur patron. Ce dernier fréquentait une salle de sport où un coach personnel se chargeait de le faire courir, pédaler et sauter, en le motivant soit avec des éloges soit, quand c'était nécessaire, avec des tapes sur la nuque, une humiliation qu'il appréciait, malgré ses protestations véhémentes. C'était Margarida qui le lui avait raconté, elle le savait par ses sœurs, des sources fiables du moindre événement à Lisbonne. Elle regardait alentour, manifestement fascinée de voir le monde encore exister hors de ses quatre murs.

— Rien n'a changé ici. Est-ce que les *pastéis de massa tenra* sont toujours aussi bons ?

Âgée de quarante-quatre ans, c'était une femme d'une étrange beauté, et la seule raison qui pouvait expliquer, pour une ermite, son style vestimentaire si élégant et si moderne était due à l'un de ses nombreux passe-temps : Margarida achetait de façon obsessionnelle des revues, tous types de revues.

— Tu sais, je viens d'en commander neuf différentes, que des britanniques, sur les trains et les chemins de fer.

Marcelo aurait pu lui demander depuis quand elle

s'intéressait aux trains. Il n'en fit rien. Il connaissait ses passions soudaines pour les domaines les plus inattendus.

— Je voulais savoir ce qu'on raconte sur les trains. Cela ne m'a jamais intéressée, mais je planifie pour cet été un voyage de Lisbonne à Novossibirsk, en passant par Paris, Berlin, Moscou, et en poursuivant ma route à travers l'Asie tant qu'il y aura des rails.

Marcelo rit.

— Et l'impression 3D, la chapellerie, les investissements en cryptomonnaies ? demanda-t-il.

Les marottes de Margarida ne disparaissaient jamais totalement, elles s'additionnaient.

— Mais Marcelo, trains et chapeaux vont de pair ! Autrefois, les meilleures chapelleries étaient situées à côté des gares. L'argent est l'une des rares choses que l'on n'a jamais en trop, et plus c'est anonyme, mieux c'est.

— Quand tu arriveras à Berlin, il faut que tu descendes à la nouvelle gare centrale. Dans la galerie principale, une boutique vient d'ouvrir, elle s'appelle Hutmacher. Elle est vaste comme un supermarché et possède la plus fantastique collection de chapeaux que j'ai pu voir. J'y étais vendredi dernier avec ma tante Anne, expliqua Marcelo.

— J'y passerai en chemin vers Moscou. Peut-être que nous nous croiserons à Berlin, qui sait… Comment s'appelle la boutique ?

Elle lui fit répéter le nom plusieurs fois.

— J'adore t'entendre parler ta langue, dit-elle malicieusement.

Pour la première fois depuis le début du dîner, Marcelo avait réussi à capter l'attention de Margarida. Elle n'était pas fascinée par les modèles extravagants portés à Ascot.

Sa préférence allait plutôt aux panamas, aux borsalinos, aux Stetsons et aux chapeaux melons. Mis à part ses va-et-vient à l'épicerie, Margarida appelait rarement un taxi pour se rendre dans un centre commercial. Elle passait des heures dans sa salle de sport, l'une des six pièces de son appartement. Marcelo remarqua ses bras sculptés. Même une belle femme perdait quelque peu de sa grâce en recourant avec excès aux appareils de musculation. Elle avait des horaires stricts pour prendre soin de sa beauté et de sa tenue vestimentaire, des tâches qui requéraient trois pièces dont une consacrée exclusivement aux chaussures. Margarida ne prenait pas de vacances, ne sortait avec personne et cédait rarement à l'insistance de ses sœurs à se rendre à une réunion familiale. Elle n'avait jamais travaillé, et l'on disait que son père avait fait fortune grâce à la production de médicaments au Brésil. Margarida avait abandonné la vie bohème lisboète, dont elle avait été l'un des plus beaux oiseaux de nuit. Et le mariage n'avait jamais fait partie de ses plans. « Je ne suis pas faite pour être une femelle de documentaire *National Geographic* et je me sens profondément femme sans avoir à supporter des hommes, je suis plus du style solipsiste, plaisirs solitaires et égoïstes, des choses de ce genre », confessait-elle.

Sortir dîner avec Marcelo était une exception à ses habitudes. Margarida ne mettait plus un pied dehors le soir « depuis au moins quatre ans », répéta-t-elle. Après avoir décalé légèrement l'assiette de présentation, elle coinça deux longues mèches châtain clair de ses cheveux lisses et soyeux derrière le lobe de l'oreille, laissant apparaître quelques instants une créole d'or sertie de brillants. Puis elle prit un paquet de cigarettes dans son petit sac posé sur la chaise vide à ses côtés, en retira une avec la grâce d'une actrice des années cinquante et la tapota sur la table avant de la ficher au coin de sa bouche tel un mécano agacé par les jérémiades d'un client. Avec sa main droite libre et la cigarette entre les lèvres, Margarida leva à peine sa *flûte*[1] de champagne et porta un toast. Marcelo hésita à fumer lui aussi, profitant de leur présence en zone fumeurs.

— À ton succès, Marcelo. Il n'y a que toi pour me faire sortir de ma tanière. Dommage que Vasco fasse en ce moment un de ses voyages, en plein journalisme d'investigation sur les nouvelles tendances masculines à l'occasion d'une *fashion week* dans une capitale de la mode, je ne me souviens plus de laquelle il parlait dans son mail. Peut-être Milan ?

Margarida toussa à cause de la fumée inhalée par le nez, l'obligeant à retirer la cigarette de sa bouche pour parler.

— Nous trois, nous aurions pu conquérir le monde, ou au moins ouvrir un concept store, une maison d'édition, des kiosques thématiques, un toit-terrasse ou un bar au bord du Tage, du genre *lounge* avec des palmiers. On s'est contentés de vider les bars du Bairro Alto, vous deux occupés à faire du grabuge et moi à draguer le premier idiot venu avec une belle gueule quand j'étais suffisamment bourrée.

Une nuit, un type avait dormi chez elle puis était rentré chez lui au petit matin. Dans l'après-midi, la sonnette retentit. Margarida ouvrit et vit un jeune homme soigneusement peigné, la raie au milieu, valise dans la main droite et sac de voyage dans l'autre. « C'est tout ce dont j'ai besoin pour les premiers jours, mon amour. »

1 En français dans le texte.

Quand elle lui avait raconté cette histoire, Margarida avait pris l'air d'une jeune femme effarouchée. Marcelo s'était dit qu'elle aurait été une belle actrice.

— Toi et moi, on a laissé tomber tout ça. Alors que Vasco, le pauvre...

Rien de plus normal que de parler avec commisération de l'élément absent du trio. Margarida enchaîna.

— Il continue à sortir, en buvant je ne sais quoi avec du Red Bull ou du gin moléculaire accompagné de feuilles de laitue et il fait mine d'être un croisement de Hemingway et de Tom Cruise, un tiers ivrogne aventurier, deux tiers rasoir, efféminé avec sa manie des vitamines et son idée selon laquelle le surf et l'eau de mer guérissent tous les maux du corps et de l'âme.

Margarida vida une autre *flûte* de champagne et regarda autour d'elle.

Deux couples, l'un composé d'hommes, du genre avocats à barbe Van Dyke, et l'autre mixte, du genre mariés depuis trop longtemps, l'observaient. Pris sur le fait, ils détournèrent rapidement leur attention sur autre chose : les lustres anciens du plafond haut du restaurant ou le serveur au pantalon de marin fourré entre les fesses.

Marcelo remplit obligeamment le verre de son amie. Il tenait à avoir le seau à glace près de lui, afin d'être celui qui servait le précieux liquide.

Margarida, insatiable, avala son troisième verre.

— Ils n'ont jamais vu une femme fumer et boire, ces gens-là ? Youhou... Pensez aux putes du Cais do Sodré ! Youhou... Au *Cabaret da coxa*[1]... Coucou, je suis là, en

1 Ancienne émission télévisuelle de divertissement programmée à un horaire tardif.

train de fumer et de boire avec un mec incapable de me baiser. Excuse-moi, Marcelo, je plaisante.

Margarida se tourna vers eux et parla doucement, mais en modulant sa voix et en articulant de telle sorte qu'on puisse l'entendre. Une façon de leur montrer qu'elle était sobre.

— La virilité de ce monsieur est légendaire, légendaire !

Elle s'appuya sur l'épaule de Marcelo et posa la main sur son bras.

— Je n'ai jamais compris pourquoi tu travailles, Marcelo. Tu n'as pas besoin de ça, tu n'es pas matérialiste, tu as de l'argent, et tu n'es pas non plus quelqu'un d'ambitieux. Est-ce uniquement pour que les gens t'admirent ? Moi, la seule chose que je voulais, c'était que tu m'admires... Est-ce un complexe ? Quoi qu'il en soit, voilà...

Elle leva la *flûte*.

— À ton nouveau travail, Marcelo... Mais juste un truc, il faut que tu m'expliques...

C'était typique chez Margarida d'avoir du mal à s'acquitter des petites obligations, de les retarder, fût-ce un simple toast porté à un ami.

— Que vas-tu faire là-bas ? N'est-ce pas ce que t'a demandé le type avec qui tu as parlé l'autre jour ? Et d'ailleurs, c'est quoi ce fameux « Institut » ? Gomes Da Silva, c'est le gars qui a été secrétaire d'État à la Culture ? C'est le père d'António qui était toujours saoul au Lux ? Je me souviens de lui, un homme pas grand du tout, du genre petit dictateur. Il frappait son fils et sa femme et il avait aussi tabassé un prostitué dans le parc Eduardo VII, où, soi-disant, on aurait tenté de l'agresser.

Margarida était une ermite, mais aussi l'une des personnes les mieux informées de la ville, grâce sa mémoire d'éléphant et à ses deux sœurs, mariées en secondes et troisièmes noces, heureuses, mères de nombreux enfants et qui ne rataient pas une fête mondaine. Si ses sœurs avaient coupé tout lien avec leur père, elles connaissaient tout le monde à Lisbonne et appelaient Margarida tous les jours. Margarida, qui limitait la discussion avec chacune d'entre elles à vingt minutes pile, prétextant une organisation minutée de ses journées, était parvenue à faire en sorte que ses sœurs se spécialisent en bulletins d'informations synthétiques, gravés en détail dans sa mémoire. Elle savait donc, bien évidemment, que Gomes da Silva avait été secrétaire d'État à l'Économie et non à la Culture, et Marcelo savait lui, pertinemment, que Margarida feignait la confusion.

Marcelo était sur le point de lui répondre, ravi de pouvoir partager son enthousiasme pour son nouvel emploi et le défi qu'il représentait. Il l'avait laissée parler car, malgré leurs échanges par téléphone et les messages plus ou moins réguliers qu'ils s'envoyaient, Marcelo n'avait pas cru possible qu'elle accepte son invitation à dîner. Il savait parfaitement qu'elle ne sortait pas de chez elle le soir et évitait de se rendre au moindre dîner ou à la moindre fête.

Marcelo avait déjà célébré des événements et des changements plus radicaux dans sa vie sans pour autant la convaincre de le rejoindre, et ce en dépit de ses invitations à chaque fois. Margarida n'était pas venue à son dîner de départ avant son année d'études à Prague, ni à celui du retour. Elle ne s'était pas déplacée à la fête organisée au Lux[1] pour célébrer la fin de l'affaire de la Fondation. Pas de Margarida non plus à ces anniversaires fêtés chez lui. Mais, cette fois-ci, elle n'avait pas décliné sa proposition et, de surcroît, elle avait suggéré d'aller à l'Açordas, signe qu'elle était prête à poursuivre la soirée dans un bar proche, ou plus simplement qu'elle était nostalgique du bon temps passé avec ses deux amis. Marcelo allait lui raconter tous les détails sur sa nouvelle mission, sachant d'avance qu'elle apprécierait.

De façon soudaine, Margarida le devança et saisit son bras.

— Regarde qui arrive, souffla-t-elle.

Marcelo sentit ses ongles s'enfoncer dans la peau. Il regarda vers l'entrée. Appuyé sur le grand comptoir en marbre ancien, un homme, vêtu d'une veste bleue aux boutons dorés scintillants, fléchit discrètement un genou et fit briller sa chaussure en la frottant légèrement à la flanelle du pantalon sur le mollet de l'autre jambe, tandis que sa cavalière, lasse, fixait le plafond.

— Non, ce n'est pas le ringard avec la bombasse, réagit-elle, impatiente. Même si cela vaut le coup d'œil… On dirait que c'est *open bar* ces dernières années ! Autrefois, ces gars-là se contentaient de boire du *Beirão*[2] dans les maisons de fado, ils ne se montraient pas à l'Açordas avec leurs costumes qui sentent la transpiration. C'est l'autre, celui qui est encore entre la porte d'entrée et les rideaux.

1 Célèbre boîte de nuit lisboète.

2 Liqueur d'herbes aromatiques et d'épices, qui est l'alcool spiritueux le plus consommé au Portugal.

Marcelo aperçut deux silhouettes, qui visiblement étaient au téléphone ou parlaient avec quelqu'un dans la rue. Les lourds rideaux de velours délimitaient une sorte de sas d'entrée avant d'arriver au niveau du comptoir où l'on attendait d'être placé après un bref échange avec l'ancien obèse Rudolfo, ridé, les yeux exorbités tel un crapaud libidineux à l'affût de la moindre mouche. Margarida était capable de suivre le vol d'un insecte à distance sans le perdre de vue. Quelle que fût la personne à l'entrée, elle l'avait déjà reconnue, mais elle avait décidé de ménager le suspense.

— Il a maigri le connard, il est plus décharné, ça le rend encore plus sinistre, observa Margarida, d'un ton méprisant.

Le regard empli de haine de son amie surprit Marcelo. Sa main tremblait quand elle éteignit sa cigarette.

Au moment même où les deux hommes franchirent le rideau de velours, une étrange agitation se produisit à la table derrière eux, la plus proche du comptoir. Marcelo regarda par-dessus son épaule et vit un homme au visage très bronzé, au menton proéminent rasé de près, aux traits simiesques prononcés, attablé avec deux jeunes baraqués, âgés de trente ans environ. Ses cheveux blancs clairsemés formaient çà et là quelques boucles perdues sur son crâne, il portait une veste de lin blanc et arborait une pochette assortie à sa chemise. Plusieurs verres d'apéritif parsemaient la table. Il leur parlait à voix basse, ses mains posées sur leurs épaules, comme s'il voulait éviter qu'ils se battent. À les voir, on aurait dit des chiens de combat, prêts à se jeter l'un sur l'autre. Les deux balèzes, chemises noires et costumes sombres, l'écoutaient, l'air tendu. Un serveur s'arrêta près de leur table avec une attitude dédaigneuse calculée.

— Ces messieurs désirent-ils autre chose ?

L'homme le plus âgé fit un geste brusque de la main, et la silhouette élancée du serveur, malgré une petite bedaine sous son tee-shirt moulant, s'évanouit au loin en titubant.

— Tu vois qui c'est maintenant ? interrogea Margarida sans se soucier de l'exaltation de la table voisine.

Marcelo plissa les yeux.

— António Carmona, le banquier des riches ! s'exclama-t-il, surpris. Et l'autre, c'est Álvaro Machin-Chose, un ancien ministre de l'Intérieur ou de la Justice.

Marcelo essaya de se souvenir du portefeuille qu'il avait occupé.

Margarida l'interrompit.

— Ce n'est pas « ou », c'est « et » : Justice et Intérieur, dans cet ordre. Il s'agit de Avelino Simões, depuis plusieurs années administrateur et numéro deux du BVG, le Banco de Valor Global présidé par António Carmona.

Pour Marcelo, l'ancien ministre était le prototype du politicien corrompu portugais. Tout autour de lui, il y avait des décennies d'affaires troubles, de têtes coupées, des secrétaires d'État, des conseillers ou des collaborateurs qui étaient tombés en disgrâce, des associés et des partenaires trahis. Des signes extérieurs de richesse et une prospérité inexplicables.

Dès qu'il fut nommé ministre, Avelino Simões, comme une bonne partie du gouvernement, suivit l'exemple du Premier ministre, un homme verbeux et sans caractère, en élisant domicile dans une résidence fermée du centre-ville, protégée derrière un immense portail en fer et surveillée vingt-quatre heures sur vingt-quatre. Les premiers mois, pour preuve de son action, il ordonna de démanteler le quartier phare du narcotrafic à Lisbonne avec pour résultat de voir ce cancer, parfaitement localisé jusque-là, répandre ses métastases dans toute la ville.

António Carmona et l'ancien ministre s'assirent à la table précédemment occupée par le couple barbu. Margarida leur sourit et ils la saluèrent en retour, Carmona d'un regard appuyé et d'un discret hochement de tête, tandis que son acolyte, bombant le torse comme un coq, le fit d'un signe de main comme pour dire « oui, c'est vraiment moi » et avec un grand sourire plein de dents blanches aussi naturelles que la porte d'un frigo.

Voulant éviter de sacrifier aux règles de bienséance, Marcelo décida d'examiner avec la plus grande attention la forme de l'olive qu'il tenait entre ses doigts, avec un tel effort que ses sourcils noirs se rejoignaient presque au-dessus de son nez crochu semblable à celui de la tristement célèbre caricature d'un juif, le tout surplombant une barbe touffue. Cela donnait à son visage à la peau blanche un air de Raspoutine joufflu, les yeux perçants, en amande, le front large bordé de cheveux fins châtain clair, courts et dépeignés, qui contrastaient avec les sourcils et la barbe noire. Il était ce que Margarida appelait un bel homme moche. S'il avait été acteur, il aurait pu jouer à la perfection le rôle d'inquisiteur ou de capitaine d'un bateau de pirates. Marcelo avait décidé de ne pas toucher au pain servi en amuse-gueule, et de manger au maximum trois olives. Son objectif était de perdre du poids et de peser quatre-vingts kilos à la fin de l'année. Il avait en main la quatrième olive, un spécimen vert et concassé, exactement de la couleur et de la forme de ses yeux.

Si l'on se fiait à son aspect, on pouvait difficilement deviner son ascendance allemande, les gènes de son père semblaient invisibles. À Lisbonne, il n'y avait personne de plus portugais que lui, Marcelo Silva.

Pendant quelques secondes, Margarida le regarda avec tendresse.

— Carmona et l'ancien ministre dînent ici tous les lundis m'a dit ma sœur, qui est très amie avec sa femme. On dit que la seule activité d'Avelino Simões au BVG, c'est de venir ici manger une fois par semaine. Ils se passent quelques documents et, à la fin, Avelino Simões raconte des blagues jusqu'à ce que son chauffeur et son garde du corps viennent le chercher. Carmona, lui, repart à pied, mais le plus intéressant, c'est…

À cet instant, quelqu'un parla juste au-dessus de leurs têtes. Une voix de fumeur, aussi puissante qu'une grosse caisse de fanfare. Herberto avait ôté sa veste de lin blanc et se tenait debout, la main d'un de ses gros bras appuyée sur une chaise, tandis qu'il s'adressait à la table de l'ancien ministre.

— Bonsoir messieurs. Content de vous voir, m'sieur Carmona. Z'êtes bien installé ? Pas besoin d'expliquer à votre ami qui j'suis, pas vrai ?

Brusquement, il gomma son accent algarvien prononcé.

— Vous vous souvenez de moi, non ? J'étais en Alentejo, sur votre domaine, moi et des investisseurs irlandais, des amis qui vont être contents quand je vais leur dire ce qui se passe. Vous allez sans doute me dire pourquoi j'ai essayé toute la journée de vous parler et qu'on n'a pas fait suivre mon coup de fil, monsieur Carmona. J'ai dû supporter vos secrétaires répétant que vous n'étiez pas au Portugal. Je sais exactement ce qu'il se passe avec votre banque. C'est pour ça que je suis parti vite de l'Algarve pour qu'on se parle face à face.

L'homme-singe posa son pied sur le barreau de la chaise d'un António Carmona stupéfait. Pris de court, sans les habituelles formules pour répliquer, des gouttes de sueur perlèrent à son front et les quelques syllabes qu'il balbutia parurent confuses.

— C'est impossible maintenant, il s'agit d'un dîner de travail avec un homme d'importance qui me fait l'honneur d'être là.

Il se tut lorsque l'arnaqueur des casinos appuya ses deux mains sur la table et rapprocha son visage comme s'il avait eu du mal à entendre Carmona.

Carmona sentit l'haleine de l'intrus et son propre estomac se soulever. Ce fut à cet instant précis que l'ancien ministre décida d'agir. Jusque-là, il était resté très concentré pour simuler une mimique amusée. Il n'attendit pas d'autres d'explications.

— Cher monsieur, je suis venu dans ce restaurant pour dîner, annonça Avelino Simões avec l'autorité d'une inscription de piédestal d'une statue équestre.

Il continua sur le ton de quelqu'un qui considère la moindre divergence comme une menace pour le fonctionnement normal des institutions, plus grave même, une menace pour ses propres intérêts.

— Je vous prie de faire vos réclamations dans un cadre plus adéquat, un tel lieu ne me semble pas des plus opportuns…

L'intervention de l'ancien ministre aurait pu se poursuivre s'il ne s'était pas retrouvé subitement debout, éjecté de sa chaise. À partir de là, les événements se précipitèrent. Le visage d'Avelino Simões était tordu de douleur. L'armoire à glace qui l'avait soulevé en tirant sur son oreille se retourna. Le patron de l'Açordas faillit être percuté par deux serveurs qui avaient eu dans l'idée de porter secours au client agressé, mais qui préférèrent battre en retraite derrière le comptoir. António Carmona se leva et voulut se rattraper en imposant son mètre quatre-vingt-dix, mais avant qu'il ait pu esquisser le moindre geste le second acolyte de l'homme-singe lui fit une clé de bras dans le dos et le tint par la nuque. Le banquier gémissait, la tête penchée. Aucun client ne bougea de sa chaise, Rudolfo restait en retrait, tous ses employés avaient disparu en cuisine, à l'exception des deux serveurs toujours à l'écart.

— Vous savez qui est cet homme et vous savez qui je suis ? gémit Carmona sans pour autant que son bourreau ne relâche son bras.

Herberto, impassible, n'avait pas bougé.

— Chico, Tochas, lâchez ces messieurs, apparemment ils n'avaient pas l'intention de m'agresser, mais merci de votre attention. Vous pouvez retourner à l'hôtel maintenant. Ouste !

Les deux gorilles ajustèrent leurs costumes cintrés, qui leur allaient comme un gant, ainsi que le col de leurs chemises noires. L'un d'eux caressa les cheveux de l'ancien ministre, qui essayait de respirer profondément, à nouveau assis sur sa chaise, les traits du visage affaissés par l'effroi aussi soudain qu'inattendu. *C'est un geste de footballeur*, pensa Marcelo, observant attentivement la scène comme s'il s'agissait d'une nouvelle olive entre ses doigts. Le joueur qui commet une faute et voit que son adversaire est peut-être blessé a un réflexe de compassion. António Carmona s'effondra sur sa chaise, des larmes coulaient sur ses joues et le bras endolori pendait le long de son corps.

— Je ne veux faire de mal à personne. Personne n'a besoin de savoir ce qui se passe. De mon côté, personne ne saura rien. Je veux juste ce qui est à moi. Vous m'entendez monsieur Carmona ? Demain, à dix heures, vous aurez tout ce qui m'appartient dans une mallette, je passerai la récupérer à votre bureau.

L'agitation avait duré moins de cinq minutes. Tel un tour de magie, tout revint à la normale dans le restaurant, on entendit le bruit des couverts, le tintement des verres, et les serveurs reprirent leur ballet entre les tables. Seul l'ancien ministre était accroché au téléphone, tapant frénétiquement des numéros sans parler à personne.

— Vous savez, ils dînent ici chaque semaine. On peut dire en quelque sorte qu'Avelino Simões et M. Carmona font partie de la maison… Faut-il que je prévienne la police ?

Rudolfo parlait tel un conspirateur, comme s'il proposait un mets illégal, des oisillons frits ou des chinchards plus petits que la maille minimale.

— Vous pensez que nous devons appeler la police ? J'appelle ? Vous désirez plus de vin ou… ?

Margarida lui coupa la parole.

— Qu'avons-nous à voir avec cela ? Occupez-vous plutôt d'appeler une ambulance et arrêtez avec vos sensibleries, allons ! Et apportez-nous l'addition. J'ai eu ma dose, je veux rentrer, Marcelo.

Quelqu'un avait pris les devants. On entendit à cet instant précis une sirène et deux serveurs aidèrent António Carmona à se lever et marcher vers la sortie, son porte-documents serré contre lui. La sirène se tut, mais on pouvait voir, entre les rideaux de velours, une lumière bleue qui clignotait.

MARDI 7 JUIN

Maître Felizardo avait déjà rempli sa devanture et mis de côté les journaux et les trois revues que Marcelo récupérerait en arrivant, vers dix heures. En première page du quotidien le plus vendu s'affichait le visage d'un jeune homme souriant, blond, à grandes oreilles. « Un touriste battu à mort en Algarve. » En pages intérieures, l'article disait que la police judiciaire avait arrêté « des membres d'un clan tzigane » qui vivaient « dans les hangars désaffectés d'un poulailler industriel en ruine près de Vilamoura », où « le corps abîmé et sans vie avait été trouvé par un couple de promeneurs lundi matin à l'aube ». Le portefeuille de la victime avait été abandonné près du campement de « ce groupe d'une minorité ethnique notoirement impliqué dans le trafic de drogue de la région ».

Lorsque Marcelo arriva, Felizardo était excité et faisait de grands gestes hasardeux.

— Vous voyez ce jeune ?

Felizardo planta son index sur la photo en une du journal.

— Il était d'ici, il travaillait pour le gendarme de la bourse, un de vos collègues si l'on peut dire. Vendredi encore, je l'ai vu, c'était un garçon sympathique, très bien élevé. Et maintenant voilà. Roué de coups et tué par des gitans. Une chose est sûre, il se droguait pas, il pouvait être bizarre parfois, mais aujourd'hui tous les jeunes sont comme ça.

Marcelo ravala sa salive. Il reconnut la tête du jeune qui, quatre jours plus tôt, avait failli le renverser en voiture alors qu'il se rendait à l'Institut pour la première fois. Il se remémora l'expression du visage de ce garçon blond aux cheveux décoiffés et du cri qu'il avait poussé juste après. Espèce de fou. Marcelo l'avait traité de fou. Il se souvint aussi du bouquet de fleurs. Désormais, le jeune employé de l'Institut était mort. *Des fleurs pour les morts*, pensa-t-il.

À l'intérieur du bâtiment, sa mort était sur toutes les lèvres. Marcelo se réfugia dans son bureau et se mit à feuilleter des documents tout en essayant de ne pas penser à Margarida. La veille, juste après le dîner, il avait tenté de la convaincre de faire une virée dans des bars. Mais cette idée la rendit nerveuse et agressive. Son visage se referma et elle ne prononça plus un mot. Margarida héla le premier taxi venu et disparut dans la nuit. *Au revoir, ma vieille amie, bonne route, Cendrillon triste.* Marcelo l'avait vue dans cet état une seule fois, de nombreuses années auparavant, une nuit où ils étaient allongés tous les deux sur le gazon du jardin Gulbenkian, regardant le ciel, parlant de tout et de rien après un concert estival. Ils se connaissaient depuis peu. Margarida lui parla d'une relation amoureuse traumatisante qu'elle n'évoqua plus jamais par la suite. C'était un homme plus âgé, un manipulateur qui avait abusé d'elle. Quelque temps plus tard, Marcelo voulut aborder à nouveau ce souvenir blessant. Il lui demanda si c'était cette relation qui l'avait rendue solitaire. Margarida lui répondit par des phrases toutes faites : « C'est de l'histoire ancienne, je regrette seulement d'avoir, comme disent les Anglais, jeté le bébé avec l'eau du bain. C'est l'histoire de ma vie, mais la vengeance est un plat qui se mange froid. »

Marcelo prit la pile de papiers devant lui. À la fin de sa première journée de travail, il avait assisté à l'agression de deux banquiers. Simple coïncidence ? Que se passait-il avec le BVG de Carmona ? Comme lui avait dit Margarida, « dès le premier jour, le boulot s'étale presque sur ta table au restaurant ! »

Que réclamait à l'ancien ministre et au banquier le guignol d'hier soir avec ses deux gorilles ? Marcelo avait une excellente mémoire auditive… « Je veux juste ce qui est à moi », avait-il asséné. Qui était ce type ? Il avait un accent algarvien. Peut-être était-ce quelqu'un de connu en Algarve. Hypothèse fort probable puisqu'il faisait partie des relations de Carmona. Marcelo savait qui pourrait l'identifier. Zé Cambodja, patron de plusieurs bars branchés, connaissait tous les gens du Barlavento, l'ouest de l'Algarve, où le tourisme se concentrait en juillet-août.

S'il venait du Sotavento, à l'est, la côte la plus proche de la frontière espagnole, fréquentée en été par la bourgeoisie de gauche et les riches agriculteurs de l'Alentejo, ou ce qu'il en restait, Marcelo n'avait qu'à appeler Chico Socorro. On l'avait surnommé Socorro[1] parce qu'il était capable, en moins d'une heure, de livrer à domicile n'importe quel type de marchandise, une caisse de Bourbon, un sachet de cocaïne, un groupe de strip-teaseurs ou un mannequin masculin en début de carrière. Marcelo décida de plonger dans les entrailles du

1 « Au secours ! » en portugais.

BVG. Avant de déterminer par où commencer, il ouvrit la porte de son bureau, plein d'énergie, le temps de voir l'agent au crâne rasé, chemise bleu électrique cette fois-ci, sursauter sur sa chaise.

— N'ayez pas peur ! Aucun entretien aujourd'hui. Continuez ce que vous étiez en train de faire. Surtout, que personne ne me dérange.

Marcelo prit son portable, qu'il considérait plus sûr que le téléphone de son bureau, et commença à passer des appels.

Une douleur lancinante dans le dos, et ses yeux s'ouvrirent brusquement. Où était-il ? À cet instant, António Carmona comprit qu'il n'était pas à l'hôpital. Impossible de savoir si c'était le jour ou la nuit. Il était couché sur une natte matelassée, une sorte de lit de camp. Carmona regarda le plafond, beaucoup trop bas pour une maison. Il était vert clair, éclairé par un néon. Incapable de se lever normalement, le banquier pencha sa tête vers l'avant puis à gauche et à droite ; toute la cellule était vert clair, le sol, les murs, pas de meubles, et pas plus de quatre mètres carrés.

Carmona éprouva un soulagement en voyant, entre ses pieds, son porte-documents posé par terre contre le mur. Une sensation passagère qui disparut aussitôt. *Je me suis bien fait pigeonner*, pensa-t-il. *Cigognes, coucous, aigles, faucons et maintenant pigeons, faudrait que je comprenne cet engouement pour les oiseaux.* Il essaya de se lever une nouvelle fois. Carmona remarqua qu'il était nu et que sa tête lui faisait plus mal que son épaule. Il avait horriblement soif. Tout le reste, ses documents, son lieu de captivité, perdit de son importance. C'était la soif qui avait déclenché sa douleur aux tempes, comme si sa tête était prise dans un étau.

« De l'eau », dit-il timidement, dans l'espoir d'être entendu. Sa propre voix l'effraya, fêlée et sèche telle le bruit d'une craie crissant sur l'ardoise. « De l'eau, s'il vous plaît, quelqu'un peut me donner de l'eau ? », implora-t-il, plus fort cette fois, soit seulement quelques décibels au-dessus de l'aphonie.

Le silence s'installa de nouveau dans la cellule, un silence dense et impénétrable. Ses poumons brûlaient à chaque inspiration. Carmona roula pour sortir de la natte sans ressentir la douleur de son épaule blessée. Il resta allongé en diagonale sur le ciment peint en vert et rampa vers le porte-documents. Une fois ouvert, il constata que tout était là. Ses stylos, son carnet de notes, intact comme il put s'en apercevoir en le feuilletant, et son miniportable dans sa housse matelassée. Carmona ouvrit son ordinateur et l'alluma. Le logo du BVG n'apparut pas sur toute la surface de l'écran comme à l'accoutumée. Un bruit de ventilateur se fit entendre. Surpris, il pensa que c'était le système de refroidissement de son portable. Carmona remarqua seulement les grilles d'aération des deux côtés de la cellule lorsqu'il perçut un courant d'air. Quelqu'un avait branché un ventilateur. L'écran resta noir pendant plusieurs secondes, puis s'illumina en un éclair, et une boîte de dialogue apparut, remplie de lettres majuscules. « VOUS AVEZ BIEN DORMI, MONSIEUR CARMONA ? »

MERCREDI 8 JUIN

Les rapports de l'ESF, de l'AMF, de la Banque centrale du Portugal, du procureur de la République et de la police judiciaire étaient empilés sur la table de la cuisine. Les documents rapportés la veille du bureau ressemblaient à des pièces isolées d'un immense puzzle. Mais rien ne semblait s'emboîter. Marcelo grimaça en buvant une gorgée de son thé noir, presque froid à présent.

C'était la Caixa de Aforro, la principale banque publique en cours de privatisation sur ordre de Bruxelles, qui se trouvait au cœur des investigations. Le BVG ne figurait qu'au simple titre de partenaire d'investissements de la Caixa. Il fallait qu'il parle avec quelqu'un. On était mercredi, la veille il n'avait pas déjeuné et était resté cloîtré toute la journée dans son bureau. Marcelo venait de passer la matinée à lire les rapports qui l'avaient convaincu de se rendre à l'Institut uniquement l'après-midi.

C'était le jour parfait pour aller manger au japonais. Marcelo fit le numéro de Vasco et, tandis qu'il patientait, se remémora la rédaction où son ami travaillait. Elle n'avait pas beaucoup changé. Marcelo rendait souvent visite à Vasco et il connaissait la plupart des gens qui officiaient dans le bâtiment près du métro Saldanha, un petit palais du XIXe siècle en façade et un *sweatshop*[1] asiatique à l'intérieur. Marcelo avait rédigé une série d'articles pour le magazine à une époque où il enquêtait sur le trafic de drogue et la criminalité financière.

Le montant d'une pige payée par les revues portugaises ne couvrait même pas une journée d'enquête sur le terrain. Du coup, Marcelo se contentait de produire des versions écrites de reportages déjà réalisés pour le compte de télévisions allemandes ou autrichiennes. Il adaptait avec un esprit missionnaire condescendant, tout en se montrant cynique quant au résultat. Quelle chance avait-il qu'on lise ses écrits, au milieu de tant de photographies de jeunes femmes à moitié nues, des acteurs, des mannequins ou encore des footballeurs ? Marcelo conservait bon an mal an une croyance diffuse dans le journalisme, quelque part entre ce qu'il restait de sa volonté de changer le monde et la perspective, plus utilitaire, d'opérer une lecture intéressante des choses qu'il considérait comme importantes. Il continuait à écouter distraitement un classique de la musique d'attente téléphonique, une mélodie connue jouée au synthétiseur. Son ami répondit enfin.

— Félicitations, tu as mis seulement une demi-heure pour décrocher ton fichu téléphone. Tu es occupé à chercher des adjectifs pour un nouveau parfum ou tu as le temps de manger ?

— J'arrive tout juste de l'aéroport. J'étais à un show à Cannes. Je devais rester à la rédaction pour tester une cire de dépilation masculine et un kit de tatouage avec

1 En anglais dans le texte. Anglicisme désignant des ateliers de misère ou d'exploitation qui sont une forme d'esclavage moderne que l'on retrouve très souvent dans l'industrie textile.

une nouvelle collègue. Mais, si c'est une urgence parce que tu dois me parler de ta vie misérable, j'accepte que tu m'invites à déjeuner. Comment ça se passe pour ta nouvelle fonction ? Et tu as dîné avec Margarida, finalement ?

— Oui, mais après le resto elle est rentrée tout de suite chez elle. On n'est même pas allés boire un verre. Et ça fait deux jours qu'elle ne répond ni au téléphone ni à mes mails.

— C'est notre Margarida, tout est normal et rien n'est normal… Classique. Elle a dû recevoir un paquet de revues d'Italie ou d'Australie. Tu es déjà dans ton nouveau bureau ? À quel étage ? Qu'est-ce que tu vas y faire au juste ?

— Je suis à la maison. J'irai à l'Institut cet après-midi. Une heure au Go Juu ?

Marcelo habitait depuis vingt ans dans une rue qui part de l'avenue da Liberdade pour atteindre Príncipe Real, au sommet de la colline. C'était un appartement situé derrière le Jardin botanique, propriété de sa tante Anne, qui avait investi à Lisbonne bien avant la déferlante récente d'expatriés et des visas *gold* mis en place en 2012 par le gouvernement de droite afin d'attirer les capitaux étrangers, notamment chinois.

Dans l'une des quatre pièces, il y avait encore une partie de la bibliothèque de sa tante Anne, sœur aînée de son père, une violoncelliste qui vivait à Berlin depuis les années soixante. Elle venait rarement au Portugal et séjournait toujours dans un hôtel du Chiado, un quartier commerçant et chic du centre-ville, avec son mari ou son compagnon de voyage, qu'elle changeait en moyenne tous les quatre ans.

Anne, « proche de la soixantaine » depuis longtemps, prétendait que le corps renouvelait ses cellules tous les sept ans, y compris celles du cœur. Mais Marcelo avait fait ses calculs et, sur les vingt dernières années, il était arrivé sans difficulté à compter cinq partenaires, dont deux, les plus latins (un percussionniste mozambicain et un propriétaire terrien brésilien), avaient tenu jusqu'au mariage. Une autre tante de Marcelo, restée célibataire, disait toujours en parlant de tante Anne, dont elle avait été camarade de classe au lycée, que tout cela était la conséquence « de sa posture quand elle travaille, c'est à cause du violoncelle, de la musique qui insuffle la liberté, peu importe si c'est du Bach ou du Gardel ». Et elle ajoutait : « Si j'avais su tout cela à l'époque, j'aurais appris la contrebasse. »

Marcelo était dans les temps. Les fleurs lilas des jacarandas, qui avaient entamé leur chute plus tôt que prévu, recouvraient les trottoirs d'une couche noire. À chaque pas, les semelles de ses chaussures collaient à cette pellicule visqueuse, semblant freiner sa progression. En réalité, il était toujours à l'heure, d'ailleurs la simple idée d'un retard le terrorisait. Qu'il pleuve ou qu'il vente, que la circulation soit fluide ou non, qu'il y ait des jacarandas ou non, le restaurant était à vingt-cinq minutes à pied de chez lui.

Avec le temps, la liste des restaurants où il allait déjeuner ou dîner s'était réduite comme peau de chagrin. Le nombre de cigarettes qu'il fumait chaque semaine également. Marcelo n'avait jamais été un grand fan des établissements à la mode, le japonais constituait une exception étant donné que la cuisine nippone était indéniablement devenue très tendance à Lisbonne. Vingt-cinq ans auparavant, Marcelo était entré pour la première fois dans un restaurant japonais, un sushi bar à Düsseldorf, et il avait détesté l'ambiance *yuppie* qui régnait à l'intérieur.

À l'époque, il suivait un cursus d'Études africaines à l'Université de Bochum, ancien centre névralgique de l'acier et du charbon en Allemagne. Marcelo passait ses journées dans une usine occupée avec une centaine de camarades, des soft punks aux post-hippies, avec la ferme intention de transformer ce lieu en centre culturel. Mais il refusait de dormir dans un sac de couchage dans le hangar aux machines ennemi, suscitant l'indignation des autres « squatteurs » (tous les soirs il rentrait dormir chez lui). Marcelo estimait également important de connaître les habitudes et le cadre mental de leurs adversaires, les spéculateurs immobiliers, les traders et autres capitalistes du même genre. Même si cela devait l'obliger à manger du poisson cru et des algues, ou à dépasser largement le budget mensuel de la carte de crédit alimentée par sa mère pour payer les livres, le loyer, les courses et les droits d'inscription.

Après ses nuits à la maison, Marcelo retournait dans le chaudron révolutionnaire, propre et parfumé, son keffieh palestinien autour du cou. Un morceau de tissu qui faisait fureur dans le sushi bar dont il devint, peu à peu, un client régulier, au nom de ses recherches pour appréhender la stratégie de l'ennemi, le libéral motivé par le plaisir facile que procurait le profit.

Un des leaders du mouvement d'occupation de l'usine était un Allemand aux cheveux verts, plantés tel un palmier fontaine, dont la petite amie avait eu l'occasion de prendre un bain moussant chez lui. Un jour, il décida d'accuser Marcelo d'être un agent infiltré des fascistes et des corrompus qui voulaient construire des appartements et des immeubles de bureaux à la place du « parc archéologique industriel » en ruine qu'ils occupaient. L'Allemand convoqua une assemblée générale pour en discuter. Et Marcelo, qui n'appréciait pas d'être au centre des attentions, tout du moins pour de mauvaises raisons, préféra quitter ce jour-là la scène culturelle alternative.

Depuis lors, et jusqu'à ce jour où il marchait d'un pas élastique à la rencontre de son ami Vasco, Marcelo était resté fidèle aux sushi et aux sashimi, quand bien même cela l'obligeait à se rendre dans un restaurant branché. Enfin, selon lui ce n'était pas le Go Juu qui était à la mode, mais la cuisine japonaise. Même le Sapato, un restaurant semblable à tous ces établissements tape-à-l'œil au style urbain et cosmopolite, fréquentés par des politiques en vogue, des acteurs et des journalistes rétrogrades, qui avaient en commun un manque criant de culture gastronomique, où les moules étaient visqueuses, la lotte surgelée et sans saveur, même le Sapato donc avait son sushi bar, et nombre de vieux restaurants chinois s'étaient travestis pour leur part en ambassadeurs souriants de la tradition culinaire nippone.

Bien que le Go Juu accueillît bon nombre de journalistes, c'était une oasis de fraîcheur et d'efficacité, avec un maître, fidèle à la tradition, qui avait la dextérité d'un samouraï dans la découpe des tranches de bar ou de chinchard.

Marcelo se déplaçait à pied dans la ville. D'où la nécessité « impérieuse », disait-il avec emphase, d'avoir des baskets à semelles larges. « Avec mon poids, je foutrais en l'air rotules et vertèbres en moins de deux si je n'utilisais pas ces chaussures à ressorts amortissants », concluait-il. Avant l'arrivée d'Internet dans toutes les rédactions, un collègue en âge de prendre la retraite lui avait expliqué que le journalisme c'était 10 % de travail intellectuel et 90 % de travail avec les pieds. Marcelo avait appliqué la formule à toutes ses expériences professionnelles. S'il pouvait se rendre à pied à un endroit, pourquoi appeler, chercher sur le Net ou aller sur Google Maps pour trouver des photos ?

La discussion était bien entamée. Ils en étaient à la deuxième planche de sushi et de sashimi. Marcelo portait maladroitement le poisson à sa bouche de la main droite, car ce matin-là, en sortant de l'appartement, il s'était légèrement blessé la main qui le faisait toujours souffrir. Vasco venait tout juste d'écouter son ami lui raconter l'étrange incident de l'Açordas lorsque, à cet instant précis, le directeur du *Notícias* fit son entrée. Il regarda autour de lui, aperçut Marcelo et s'approcha pour le saluer. Marcelo le devança, bondissant avec enthousiasme de sa chaise pour lui serrer la main.

— Honorable directeur, comment allez-vous ? Vous avez déjà léché pas mal de bottes aujourd'hui ?

— Arrête tes conneries, Marcelo ! Je pensais t'appeler ce matin, mais j'ai trouvé préférable de venir te parler directement. Tu es un animal aux habitudes bien ancrées, un sacré animal d'ailleurs, et je savais que je te trouverais ici. Désormais, tu es à la tête du service de lutte contre la criminalité en col blanc à l'Institut, n'est-ce pas ? Tu es déjà au courant pour Carmona, le banquier ? Apparemment, il a disparu, la dernière fois qu'on l'a vu, il dînait au Bairro Alto. Et tu ne devineras jamais ce qu'il s'est passé ce matin : on a remis à la rédaction, à mon nom, des documents de Carmona, un carnet de notes, une liste de paiements versés à des politiques… Je ne sais pas trop quoi en faire, mais cela me semble des informations pour le moins incendiaires.

Marcelo feignit d'être désintéressé.

— Tu pourrais peut-être te faire confirmer l'authenticité des documents, parler avec quelqu'un du BVG et publier un article demain. Voilà à quoi je pense, là, maintenant, mais c'est juste le journaliste qui parle. Comme stratège, je n'ai aucune idée de ce que tu vas faire. Alors António Carmona… a disparu ? réfléchit-il à voix haute.

— On a essayé de parler avec lui bien sûr. À son bureau, on nous a dit qu'il était en voyage, mais nous avons réussi à joindre sa femme, l'actrice Maria da Alma, celle des *telenovelas*. Il semblerait qu'elle ait appelé hier en fin de journée la police pour signaler son absence.

Marcelo abrégea la discussion.

— OK, on en reparle. Faudrait que je voie cette fameuse liste de Carmona. Et sache que, c'est du off, je dirige rien du tout, mais le président de l'Institut est en congé maladie depuis aujourd'hui, un problème à la colonne, semble-t-il, l'épine dorsale, tu sais ce que c'est ? C'est ce qui se termine par le coccyx.

— Tu es un sacré connard, Marcelo, c'est pour ça que je t'aime bien. Bon appétit les gars ! s'exclama-t-il en partant, visiblement satisfait d'avoir bénéficié de l'attention de la table.

— Quelle drôle de coïncidence de voir Nojeira[1] venir nous parler du banquier au moment même où tu viens de me raconter cette scène du restaurant ! réagit Vasco.

C'était un homme charmant et oisif, dix ans moins âgé que Marcelo. Vasco était toujours fauché, ce qui

1 Jeu de mots avec le nom de famille Nogueira et *nojeira*, chose répugnante, cochonnerie.

n'avait rien de surprenant vu que son salaire suffisait tout juste à payer ses dépenses en boissons et en compléments vitaminés.

— Mais cette manie que tu as de dire les choses les plus dures, les moins appropriées et sans prévenir, ça va te coûter cher si tu continues. Un jour, tu auras besoin des gens. Et les gens te tourneront le dos, Marcelo.

— Au contraire, cela me permet de toujours savoir sur qui je peux compter. Insulter, c'est comme craquer une allumette dans le noir et surprendre l'expression du visage de la personne concernée. Tu sais ce qui l'anime parce qu'il ne s'y attend jamais.

— Oui, oui… Où ai-je lu cette histoire d'allumette dans le noir ? Conan Doyle ? Allan Poe ? Et ensuite, tu fais quoi ? Tu inhales le soufre ?

— Tu es froid, très froid : c'est d'Agatha. Et l'idée du soufre, ça sent… Maugham. *Le Magicien ?*

Marcelo était pressé.

— Désolé, Vasco, faut que je parte, dit-il en posant sur la table deux billets de cinquante euros qu'il défroissa des deux mains. Ce soir, tu me rendras la monnaie, misérable pique-assiette !

— C'est bon, c'est bon, va faire ce que tu as à faire, Marcelo. On boit un coup ce soir ? Je passe te prendre. Et c'est moi qui invite.

À chaque fois qu'ils déjeunaient ensemble, Vasco faisait toujours la même proposition et Marcelo refusait systématiquement. Il était dans une période de sa vie où seul le travail l'intéressait, il n'avait plus la patience de supporter les longues soirées de beuverie avec les amis. Mais ce jour-là, il accepta.

— Bonne idée, passe vers neuf heures et on dînera ensemble pour commencer. Je m'occupe de réserver.

Ah ! Tiens, deux repas le même jour, dont un peut-être chaud. C'est ton jour de chance.

— Je préfère avoir de la chance la nuit, aux heures auxquelles tu es en pyjama à la maison pendant que les vivants prennent du bon temps.

Lorsqu'il ouvrit de nouveau les yeux, il était en plein brouillard. Impossible de savoir combien de temps s'était écoulé. Ses yeux, que la fatigue avait rendus troubles, entrevoyaient de façon diffuse la lumière réfléchie sur les murs, une brume verdâtre qui se dissipait lentement pour laisser apparaître le contour des objets et le revêtement de la cellule. Impossible de s'endormir. Depuis combien de temps était-il enfermé ?

La natte était le seul point de repère entre les murs, le sol et le plafond. C'était son refuge. Mais il y avait « la voix ». Une voix silencieuse malgré le bourdonnement de son netbook. Composée de lettres, elle l'avait accueilli avant de rester longtemps silencieuse. La voix parlait avec lui en lettres noires sur fond blanc.

« Qui êtes-Vous ? », avait-il demandé en appuyant sur la touche shift pour écrire le « v » en majuscule.

« Nous sommes qui vous voudrez. Vous aimez les blondes à gros seins armées d'un fouet ? Ou vous préférez les petits garçons au ventre plat comme une planche à repasser ? Comme vous le savez, tout est possible sur le Net. »

« Pour l'amour de Dieu, j'ai besoin d'eau, je suis complètement déshydraté, j'ai la tête qui va exploser. »

« Considérez ce lieu comme un hôtel, monsieur Carmona. Nous nous occupons du service de chambre. Si vous vous comportez bien, dans une heure nous vous passerons du thé, de la nourriture et des aspirines par la fente de la porte. Maintenant mémorisez la seule règle en vigueur dans ce monastère : nous fixons le prix et Vous payez. »

« Mais je paye quoi ? Ma femme vous paiera ce que vous voulez. Vous avez parlé avec Alma ? C'est ma femme. Combien voulez-vous ? »

« Arrêtez vos conneries. Vous paierez ce que nous exigerons. Quand nous l'exigerons. Nous sommes en train de régler quelques formalités. Et nous n'avons aucunement besoin de votre femme. Ni de la police. Vous allez transférer tout ce que nous vous demanderons, jusqu'au dernier centime, sur les comptes que nous vous indiquerons. Ou bien vous pensiez qu'on avait laissé votre ordinateur pour que nous nous amusions à tchatter ? Nous avons toutes les données du BVG et des déposants qui ont mis le paquet chez vous.

« Nous possédons la liste des paiements illégaux que vous avez effectués ces dernières années. Au total, cela représente plusieurs milliers de personnes qui voudront vous voir mort et enterré. Chaque année, on compte en moyenne une centaine d'homicides au Portugal. Un de plus ou un de moins... La seule chose que nous pouvons vous garantir c'est que vous n'alourdirez pas ces statistiques si vous jouez le jeu. Vous nous donnez accès à vos comptes, ceux qui ne figurent ni dans les bilans ni dans les rapports, et vous transférez tout ce qui s'y trouve sur les nôtres. C'est clair ? »

Les caractères sur l'écran semblaient être martelés et les mots se formaient à un rythme constant, comme s'ils étaient dactylographiés par une secrétaire compétente mais endormie.

Carmona savait ce qu'ils voulaient. Il commença à taper sur le clavier avec les doigts de sa main gauche.

« Je suis désolé, mais je n'ai pas accès aux opérations du BVG ni aux certifications de sécurité numériques sur ce miniportable. Par ailleurs, il n'y a pas de réseau ici, je peux seulement parler avec vous, les autres fonctions sont désactivées. »

La réponse fut instantanée et cinglante.

« Espèce de vieux con ! Nous contrôlons entièrement ton portable. Vous devez simplement nous communiquer vos données bancaires, les montants transférables et tous les codes de sécurité. »

En lisant le message, Carmona s'indigna : *Je ne suis pas vieux !* Après sa réaction vaniteuse, il réagit à nouveau : « C'est impossible. J'ai des difficultés en ce moment avec la banque… »

« CRAPULE. VOUS ÊTES UN VRAI PARASITE ! », cria la « voix » dans l'écran, mais elle retrouva rapidement son calme : « Un escroc, voilà ce que vous êtes, Carmona. Ne vous moquez pas de moi. »

Le banquier était trop fatigué pour s'apercevoir que la « voix » avait écrit pour la première fois au singulier.

Marcelo était prêt à essayer de faire les choses autrement. Il était impératif qu'un changement se produise, pour le bien de sa santé mentale.

Était-ce la peur de vivre la fin de sa vie émotionnelle qui l'avait poussé à accepter de jouer à un jeu où l'attendait la défaite ? Son statut de célibataire lui pesait-il ? Il avait vécu des histoires avec des cocaïnomanes, des catholiques intégristes ou des femmes en souffrance. Leurs traces s'effaçaient peu à peu. Le besoin de changement constituait-il un symptôme de la crise de la quarantaine ?

Marcelo voulait se purifier par le travail, même si cela signifiait être trituré par la grande machine administrative. Et même s'il avait choisi la pire administration possible. La bureaucratie d'État est un être vivant complexe, composé de plusieurs organismes reliés entre eux, se ramifiant dans une myriade d'organes, gérés par d'innombrables cerveaux et un vaste système nerveux central, souffrant de schizophrénie, du trouble de personnalité multiple, d'Alzheimer, de Parkinson, de polyarthrite rhumatoïde, d'ostéoporose et d'une fièvre dépensière pathologique profitant à un pourcentage minime de la population. Au Portugal, tout le système était « animé » – Marcelo fronça les sourcils, en quête d'un terme plus adéquat, une déformation de journaliste… – par des fonctionnaires fonctionnellement analphabètes à la base, des cadres intermédiaires peu qualifiés et des dirigeants de haut niveau ayant leur propre agenda.

Certes, il bénéficierait de moyens importants, mais Marcelo pressentait qu'il serait impossible de défaire les mailles criminelles entremêlant le monde de la finance et les milieux politiques, les grandes fortunes privées et les pouvoirs publics toujours moins indépendants. Au moment où il prendrait ses fonctions, il n'aurait que deux options : se plier progressivement aux pouvoirs installés ou devenir une cible à abattre pour les haut gradés de la police judiciaire, les procureurs, les gendarmes de la bourse, les bureaucrates de la Banque centrale du Portugal et des organismes de contrôle du secteur bancaire, ainsi que pour les politiques et gouvernants corrompus. Pour ce qui était des entreprises et de l'élite financière, Marcelo deviendrait *persona non grata* s'il devait refuser de se faire acheter. En d'autres termes, Marcelo conserverait peu d'amis.

Tout était-il écrit d'avance ? Perdrait-il dès la première bataille en vue l'indépendance qui lui avait été garantie ? L'invitation faite par le procureur général de la République, un ami de longue date de la famille de Marcelo, avait été définie en concertation avec deux membres du gouvernement et un haut responsable de l'Intérieur. La nature de son poste, temporaire et transversal, et le budget alloué lui conféraient, à première vue, une bonne base de travail. Si tout se passait bien, si le crime en col blanc reculait pour de bon grâce à son action, il pourrait toujours s'exiler à la fin de son « mandat ».

L'appareil administratif, ankylosé et rouillé, était rempli de postes de direction créés uniquement pour la galerie, Bruxelles et les citoyens électeurs. Le procureur général voulait éviter d'ajouter sa pierre à l'édifice branlant. « C'est de la poudre aux yeux et cela aurait créé encore plus de confusion », avait-il jugé. Et c'est ainsi que fut choisi, parmi les multiples structures chargées de la supervision de l'économie et de la finance, un organisme suffisamment moribond pour qu'il puisse être « reprogrammé et modelé aux exigences de cette mission », selon les mots de l'un des deux ministres. Le pays venait de sortir de la banqueroute technique. Cependant, on évoquait ici et là des opérations financières illégales d'envergure entre des organisations criminelles, les banques, les partis politiques, tous présents au Parlement, de l'extrême-gauche à l'extrême-droite.

Marcelo craignit, dès le premier contact, que sa nomination fît partie d'une stratégie d'une opposition hors des partis politiques, de l'un des nombreux pouvoirs agissant dans l'ombre. Toutefois, il tentait de se rassurer. À une époque où la presse, les *think tanks* et les organisations internationales commençaient à classer le Portugal comme un « paradis fiscal » avec une « structure de pouvoir opaque », on pouvait au moins compter sur le procureur général et deux ministres indépendants pour estimer que la ligne rouge avait été franchie et qu'une réaction était encore possible.

— J'ai totalement confiance en toi, Marcelo. Personne n'aurait pu résister comme tu l'as fait, ni physiquement ni moralement, dans cette sombre affaire de la Fondation.

Le procureur général lui tapota le genou avec sa main charnue.

— Les arrestations, ces dernières années, de quelques banquiers au sommet ont été des manœuvres de diversion. Il s'agit d'un jeu d'échecs à plusieurs échiquiers. Le système a sacrifié des pièces importantes pour ne pas mettre en ligne de mire les figures centrales. Nous devrons faire face à une menace encore plus grande et je ne connais personne d'aussi indépendant que toi, qui plus est doté d'une capacité d'analyse et d'action hors pair. L'illusion que nous sortirions de la crise voit croître le nombre de personnes prêtes à tout au sein des partis comme de l'appareil étatique. Tu auras carte blanche pour enquêter et faire ce que tu estimeras nécessaire. Et tu pourras me demander ce que tu veux. Sans compter le soutien d'Europol et de Mendonça au renseignement. Tu peux compter sur lui... Même si le bordel règne aux services secrets et qu'il est pieds et poings liés. Nous le sommes tous, d'ailleurs.

Tel était le discours que lui avait tenu le procureur général à la fin d'un dîner dans la cour de sa maison à Sintra, protégée par un auvent, équipée de chauffe-terrasses au gaz, et entourée de fausses colonnes ioniques datant du XIXe siècle couvertes d'une mousse ancienne.

— Tu as donc besoin de quelqu'un qui se salisse les mains, qui monte au front et qui se moque de ruiner sa carrière, étant donné qu'il n'en a pas.

Marcelo rit de son propre humour.

— Pour ça, il faut plus que des moyens au sein de l'État, il est indispensable d'avoir quelqu'un qui sache secouer le cocotier et qui connaisse bien les correspondants de la presse internationale à Lisbonne afin d'être entendu à Bruxelles, avec un coup de pouce, aléatoire, d'Europol, conclut Marcelo tandis qu'ils dégustaient une deuxième bouteille de vin. J'ai tout de suite été méfiant. Tu n'es pas le genre de type qui va chercher un Petrus juste pour m'impressionner. Tu ne dois pas en avoir plus de cinq dans ta cave. J'ai cru par moments que tu m'annoncerais ta démission. Mais bon, comme tu m'as invité à dîner chez toi et pas à ton bureau, pour cette raison et pour ton choix de vin, je vais réfléchir à ta proposition.

Le procureur général avait tout l'air de la caricature d'un politicien turc, il pesait trente kilos de plus que les quatre-vingt-dix de son interlocuteur du soir, ses lèvres charnues sous sa moustache noire luisante semblaient tracées au pinceau, les poches grisâtres sous ses yeux semblaient avoir été recouvertes de rimmel.

— Le bâtiment où je travaille possède un jardin plus vaste que le mien, mais il est plus récent et les murs ont de bonnes oreilles. Ceux-là sont sourds comme un pot, ironisa-t-il en lissant sa moustache à l'aide de son index droit.

Assis à son bureau, Marcelo parlait avec une jeune femme d'une vingtaine d'années aux hanches larges et à la forte poitrine fourrées respectivement dans une minijupe moulante noire et un minuscule haut de la même couleur qui laissait apparaître une partie de son ventre et un piercing brillant au nombril. Comment pouvait-on aller au travail habillée de la sorte ? Paradoxalement, la jeune femme ne paraissait pas provocatrice, elle avait l'air ingénue, tel un modèle des mers du Sud peint par Gauguin, avec la peau mate, les yeux en amande et un petit nez qu'on avait envie de toucher du bout du doigt. *Vive l'ancien empire colonial !* s'exclama intérieurement un Marcelo enthousiaste, mais en réalité il dit tout autre chose :

— Félicitations, c'est votre premier emploi, et après seulement huit mois à l'Institut vous faites déjà l'objet d'une procédure disciplinaire.

— Mais c'est pour cette raison que j'ai intégré votre équipe, non ? Et pour les autres, il y a des demandes de mutation en cours, des retours de congé maladie de longue durée, des sanctions prononcées à leur encontre… Voire pour certains, il s'agit de plaintes en cours contre la direction. Dans les couloirs, on raconte que le président a recruté un barbu cinglé vêtu d'un tee-shirt et de chaussures d'ado pour faire de notre vie un enfer. Mais je pense que vous n'êtes pas cinglé. Je m'y connais pas mal en hommes et vous me semblez vraiment équilibré. À mon avis, vous êtes ici pour mettre de l'ordre dans cet asile, et parfois il faut paraître un peu timbré pour survivre au milieu des fous, n'est-ce pas ? Je connais tout ça parce que j'ai passé de nombreuses années…

— Mon Dieu… Respirez profondément, s'il vous plaît. Ne me faites pas regretter d'être venu ici.

— Excusez-moi, j'ai tendance à trop parler quand je suis nerveuse.

— OK, Rosa. Sachez une chose : ici, avec moi, vous pouvez raconter ce que vous voulez, mais tout ce qui est dit ici ne peut en sortir. J'ai lu dans le rapport vous concernant que vous aviez refusé d'indiquer le nom des personnes ayant bu du mousseux avec vous le jour de votre anniversaire. Faites en sorte d'agir de même pour tout ce que vous entendrez dans ce service, c'est compris ?

— Oui, monsieur.

— Appelez-moi Marcelo. Quelle était la marque ?

— Quelle marque, monsieur ?

— Marcelo !

— … Marcelo ?

— La marque du mousseux ?

— Ah oui, c'est un Luís Pato, cépage baga, brut, une couleur tendant vers le rose se mariant parfaitement avec les leggings que je portais ce jour-là. Mais ça n'a rien à voir, en fait c'est la couleur naturelle du mousseux, les autres producteurs préfèrent…

— C'est bon, c'est bon. C'était un excellent choix, Rosa. Je pense que nous deviendrons sûrement amis si je survis ici un certain temps. Mais maintenant, vous devez trouver le maximum d'informations sur António Carmona, le banquier du BVG, et sur sa femme. Ne cherchez pas dans les archives, vous allez là où vit notre homme, à Estoril. Vous vous asseyez au café, vous passez à l'épicerie du quartier, vous parlez avec les gens et vous m'envoyez, par mail ou *via* Messenger, tout ce que vous aurez déniché, avant demain soir de préférence. Je vous laisse mon portable. Au moindre problème, vous m'appelez et vous inventez ce qu'il vous passe par la tête.

— Et comment je fais pour les horaires de travail et la pointeuse électronique ?

— Sortez ! Allez, dehors ! Le seul responsable de l'emploi du temps du personnel ici, c'est moi, uniquement moi. Partez tout de suite. Attendez ! Vous avez de l'argent ? Tenez, prenez ça.

Marcelo sortit de sa poche une épaisse liasse de billets et en retira quatre de cinquante euros qu'il défroissa et posa sur son bureau.

— Gardez les factures. Vous me redonnerez l'argent quand vous aurez été remboursée. Allez-y maintenant et soyez prudente.

— Mon Dieu ! Comment peut-on avoir autant d'argent dans sa poche ? Vous devez avoir des milliers d'euros, monsieur.

— Marcelo ! Si vous m'appelez à nouveau monsieur, je vous colle une nouvelle procédure disciplinaire. Je ne sais pas combien il me reste... Le lundi, j'ai deux mille euros en billets de cinquante. Je dois nourrir beaucoup de monde.

— Des ex ? Des amantes ?

— Non, des amis et des fainéants. Certains cumulent les deux, répondit-il en décrochant le téléphone.

« Allô, monsieur ? C'est Lassalete à l'accueil, on était ensemble dans l'ascenseur, j'ai un tatouage de dauphin avec une rose. »

Marcelo se remémora la standardiste, une femme d'une cinquantaine d'années.

« Vous avez un appel du *Notícias*, apparemment le directeur veut régler un problème urgent avec vous.

Je connais bien sa secrétaire, Anabela, elle me disait justement que… »

Malgré le risque de laisser passer une information importante, Marcelo lui coupa la parole.

« Passez-moi le directeur tout de suite et ne me prenez plus la tête avec vos histoires ou je fais arracher votre tatouage à vif, avec une râpe à légumes. »

« Vous n'aviez pas besoin de me répondre ainsi, je ne fais que mon travail. »

« Allô ? Bonjour, monsieur, c'est le *Diário de Notícias*, M. Nogueira souhaite… »

Marcelo l'interrompit aussitôt.

« On se croirait dans du théâtre de boulevard, madame, passez-moi l'appel et dites de ma part à votre imbécile de patron que la prochaine fois il peut me téléphoner directement sur mon portable ! Anabela… Vous vous appelez Anabela, c'est ça ? Désolé de m'être emporté et passez-moi votre chef. Merci. Nogueira ? C'est toi ou tu as une autre secrétaire en ligne ? »

« Ça va, cousin ? »

Marcelo fut surpris. Zé Nogueira l'appelait toujours par son nom de famille et de plus ils n'avaient aucun lien de parenté.

« Tu sais ce qu'il s'est passé ? On a cambriolé mon bureau pendant qu'on se parlait au restaurant ! Quel culot ! Deux types venus pour changer les filtres de la climatisation ont volé mon téléphone, mon ordinateur portable et ils ont aussi fracturé le coffre. La PJ est là pour les empreintes digitales. C'est pour ça que j'ai demandé qu'on t'appelle. On prend toujours un verre ce soir ? »

« Oui avec grand plaisir… » Marcelo marqua une pause avant d'ajouter : « Tu sais, cousin, que j'aime passer des soirées avec toi et écouter tes histoires. Passe au Café Viena à onze heures et demie. » Il raccrocha le combiné brutalement, écrasant en partie ses doigts.

— Ils ont piqué la liste de Carmona, il fallait s'en douter ! hurla Marcelo.

La sonnette retentit pile à neuf heures du soir.

— Ah, Vasco, tu es venu m'apporter la monnaie de midi, c'est très aimable de ta part.

— Va te faire voir, Marcelo. Où as-tu réservé une table ?

— Ici.

La cuisine était la plus grande pièce de la maison et la seule équipée de meubles modernes, en inox brossé, avec notamment un piano de cuisson gaz à cinq feux. Au sol, du parquet comme partout ailleurs, avec çà et là d'épais tapis rouges. Vasco s'assit sur un grand tabouret collé au plan de travail en granit où trônait, sur une planche à découper, un poisson à la couleur brune, luisant et visqueux, semblant se résumer à une grosse tête aplatie qui se terminait avec une queue.

— Ah, excellente idée que tu cuisines. C'est quoi ? Un chien écrasé ?

— Une baudroie, espèce d'ignorant.

Les autres ingrédients étaient méticuleusement disposés dans des récipients en verre à côté de la planche : de l'ail et de la coriandre hachés et des petites crevettes buhottes crues. Marcelo, un torchon de cuisine enfoncé dans la ceinture pour tout tablier, avala un fruit de mer avant d'ouvrir une bouteille de Freixenet Brut Nature et de remplir lentement les deux grands verres allongés semblables à des tubes à essai de laboratoire.

Vasco regardait, distrait, par la fenêtre la dense végétation du Jardin botanique, mais il tourna la tête, se redressa et porta un toast.

— À cette soirée, Marcelo, que le grand architecte récompense l'hommage que tu lui fais avec ce beau tablier et qu'il fasse en sorte que deux belles femmes croisent notre chemin. Et que ce chemin soit long et mystérieux tel un fleuve s'écoulant dans la nuit en milieu humide. À la nôtre !

Marcelo sourit de l'humour libidineux de son ami.

— À la nôtre. Si tu n'étais pas si occupé à écrire sur des poupées gonflables et les meilleurs exercices pour maintenir ses abdos, tu pourrais un jour te donner la peine d'user de ton talent pour une œuvre d'envergure : le génie gastronomique du chef Silva en vingt-quatre volumes.

Vasco vida d'un trait sa première éprouvette. Marcelo retourna la baudroie, la découpa verticalement avec un grand couteau en céramique et plongea sa main dedans pour la vider.

— Le poisson arrive de la Costa da Caparica, trois heures avant il frétillait encore, plus frais, c'est impossible, souligna Marcelo qui s'empara du foie et le garda dans la paume de sa main. Joli, hein ?

— Magnifique, confirma Vasco. Tu devrais le mettre dans un bocal rempli de formol et l'exposer dans une vitrine du salon, avec tes autres trophées.

Il connaissait suffisamment son ami pour savoir qu'il était inutile de parler de l'affaire du banquier tant qu'ils restaient dans la cuisine. Les têtes des crevettes et les restes du poisson cuisaient pour faire un bouillon pour le riz. La première bouteille se terminait. Lorsque Marcelo ajouta en fin de cuisson l'huile, la coriandre et les crevettes décortiquées au riz et à la baudroie coupée en cubes, la deuxième bouteille de Freixenet était presque vide.

— Comment as-tu trouvé Margarida ?

— Normale, enfin, égale à elle-même, disons.

— Tu n'as rien remarqué ? Tu te souviens de Helena, celle qui est médecin à l'hôpital São Lázaro ? Je l'ai croisée par hasard. Elle m'a demandé comment allait Margarida, et puis elle a fini par me dire qu'elle devait être opérée, mais refusait de le faire.

Marcelo se montra inquiet, mais Vasco, à l'humeur volatile, avait déjà changé de sujet.

— Nos sorties me manquent. J'ai la nostalgie de l'époque où j'étais un jeune de vingt ans et où je passais mes soirées à vous écouter raconter n'importe quoi. Je me sens vieux. Vieux et fini.

Vasco s'effondrait toujours quand l'alcool commençait à faire effet. Il avait l'air d'un enfant perdu à la plage, de grands yeux vert clair qui pouvaient éveiller l'instinct maternel même chez la chauffeure de bus lisboète la plus endurcie. Si l'on faisait abstraction des rides d'expression sur le front et au coin des lèvres, Vasco ne faisait pas ses trente-cinq ans. Malgré sa vie de bohème et ses sorties nocturnes, il dormait beaucoup et prenait un bain de mer tous les matins, sur la plage en face de son modeste appartement de Parede, à l'ouest de Lisbonne. Une hygiène de vie qui renforçait son air de surfeur bronzé et solitaire, une image soigneusement cultivée en partie grâce à un subtil style nautique dans sa tenue vestimentaire.

— Eh oui, mon vieux, comme dirait Margarida, tu es une vraie épave.

— Quoi ? Sérieux ? Elle t'a parlé de moi ?

— On passe notre temps à parler des uns des autres…

— Je ne la vois plus depuis des mois. Les dernières fois où je suis allé chez elle, je sentais qu'au bout d'une demi-heure il lui tardait que je parte.

Pendant le repas, Marcelo ne parvint pas à oublier Margarida. Vasco parlait de ses quelques jours passés dans le sud de la France, aux frais d'une marque de montres, décrivant des fêtes sur un yacht avec « des gens très très intéressants », une de ses expressions favorites au retour de voyages. Marcelo se remémorait les anciennes rumeurs concernant Margarida, notamment celle qui prétendait qu'à la vingtaine elle aurait été internée après un avortement. C'était peu de temps avant leur rencontre. Elle aurait eu des complications et serait tombée en dépression. Margarida n'en avait jamais parlé, pas même à eux. Marcelo vida son verre de rouge, un Má Partilha, frais et souple, avec des tanins distingués.

À la fin du dîner, ils firent le chemin en silence. Après avoir monté les escaliers de Mãe d'Água, près du jardin Príncipe Real, et traversé la rue, ils pénétrèrent au Bairro Alto par la rue da Rosa et progressèrent au milieu des immeubles sales et recouverts de graffitis. À gauche, à chaque coin de rue, on pouvait voir des vendeurs de drogue proposant leur marchandise.

Le crime est un univers parallèle. Marcelo avait été victime de vol plusieurs fois au Bairro Alto, avec plus ou moins de bonheur pour les voleurs. Le butin pouvait se révéler modeste, un simple ticket de métro remis en main propre, ou bien plus appréciable à l'instar d'une montre de quelques milliers d'euros, arrachée de son poignet par deux spécialistes qui l'avaient sans doute repérée dans un bar et étaient capables d'ouvrir le fermoir à boucle. Des cambrioleurs s'étaient introduits à deux reprises chez lui, les deux fois où il avait oublié, chose rare, de fermer à double tour. Il en avait conclu que les habitants de cet univers parallèle se cachaient sur les paliers des immeubles, à l'écoute de la moindre porte claquée sans tour de clé.

Marcelo avait préféré ne pas informer la police de ces différents incidents, y compris le dernier en date lorsque deux gamins avaient réussi à subtiliser les billets qu'il retirait à un distributeur. De fait, la petite délinquance n'était pas celle qui l'embêtait le plus. Elle avait le mérite de faire disparaître des biens matériels autour de lui, du billet de banque à la voiture de luxe. Marcelo n'accordait guère d'importance aux objets. Le crime invisible était sa principale préoccupation, dont les auteurs pouvaient ressembler à ses voisins. Un crime qui faisait disparaître les choses le plus souvent avant qu'elles ne deviennent visibles. Des jardins publics, des crèches, des hôpitaux, des maisons de santé. Ou bien encore les maisons qui n'existaient pas pour les gens de la rue, avec leurs sacs plastiques et leurs cartons pour seule compagnie. Il était fasciné par la vie de ceux qui n'avaient rien. Le fait d'être un romantique irrécupérable expliquait en partie sa sensibilité au sort des sans-abris, en partie seulement, car il consignait et documentait tout ce qu'il voyait. Une habitude que l'on retrouvait par exemple chez certaines personnes, fragiles mentalement, qui passaient leurs journées dans les aéroports pour répertorier les atterrissages et les décollages des avions.

Bien qu'il eût toute sa raison et une situation financière très confortable, Marcelo cauchemardait. Il pourrait un jour passer à travers les mailles de la vie bourgeoise et finir comme eux : avec ce qui restait de son existence dans des sacs, un caddie ou deux vieilles valises. Marcelo laissa les effets du mousseux l'éloigner de la logique cartésienne régissant sa vie et ouvrir son cerveau à la spéculation émotionnelle. Le plus probable était que ses craintes, sa peur de la pauvreté fussent liées à des traumatismes d'enfance, du temps des histoires des Fräuleins, les deux dames allemandes qui, à tour de rôle, eurent la lourde tâche de l'éduquer.

Marcelo portait encore des couches quand la première entra au service de la famille. Gudrun, une juive blonde de Bavière, âgée de quarante-huit ans, lui parlait des fêtes et de l'opulence qui existait avant que les nazis n'exproprient son père. Elle lui racontait la fuite de l'Allemagne et la chute, rapide, des gens qui l'entouraient dans la plus grande misère. Un jour, Gudrun quitta la famille de Marcelo, emportée par un parfum de scandale. Elle avait pris pour amant un voisin et ami de la famille, marié et plus jeune qu'elle de six ans. Ils étaient partis vivre au Brésil, selon certains dires. Marcelo n'était pas encore à l'école. Il était persuadé que le couple vivait caché sous un pont, dans un pays parsemé de grandes marmites pour cuire les gens et les poissons volants aux grandes dents d'éléphants.

Puis ce fut au tour d'Helga d'entrer dans la vie de Marcelo. C'était une femme âgée d'une trentaine d'années, au visage triste. Elle n'évoquait jamais la vie possiblement heureuse qu'elle avait pu connaître en Silésie. Dès sa première nuit, Helga raconta en détail sa fuite à l'arrivée des Russes et des Polonais à la fin de la Seconde Guerre mondiale, les violences subies, les morts au bord des routes, le drame de tous ces gens s'exilant vers l'Ouest, vers ce qu'il restait de l'Allemagne. La première Fräulein resta au Portugal, terre d'accueil pour des milliers d'exilés, pendant trente ans avant d'émigrer définitivement au Brésil avec son amant. La seconde parcourut les chemins de l'exode jusqu'à Lisbonne, elle aussi, mais elle n'eut jamais la force d'aller plus loin.

Le petit Marcelo écoutait tout ouïe leurs histoires marquées par la faim, le froid et la violence. Les deux femmes pouvaient lui dire ce qu'elles ne disaient à personne d'autre en usant de formules comme : « Sais-tu ce qui arrive quand les hommes méchants arrivent ? » ou « J'ai vu un enfant, qui aurait rêvé de pouvoir manger ton dîner, mourir dans les bras de sa mère. » Elles complétaient leurs récits par la lecture en allemand des contes des frères Grimm – un nom qui signifie fort opportunément colère, rage, haine dans la langue de Goethe – ou d'autres auteurs de jeunesse. Marcelo s'endormait alors souvent en pleurs en découvrant le destin de Hänsel et Gretel, les enfants abandonnés par deux fois dans la forêt par leurs parents, de la petite fille aux allumettes qui meurt de froid la nuit de Noël, des princesses bannies de leurs palais, ou encore des gamins vivant au milieu des cochons. Mémoires de l'enfance. Quand il arriva en compagnie de Vasco au Largo do Calhariz, Marcelo fredonnait une comptine allemande, *Hänschen klein*, et laissait l'alcool agir jusqu'à la pointe de ses pieds. Il portait des baskets aux semelles vertes qui avaient suscité l'ironie de son ami : « Cette couleur est incontestablement la preuve d'une crise de la quarantaine, d'un mauvais goût aussi prononcé que si l'envie te prenait d'acheter une décapotable ! »

La voix surprise de Vasco interrompit ses divagations.

— Y a Nojeira qui arrive. C'est la deuxième fois qu'on le voit aujourd'hui. C'est encore un coup de ta part, Marcelo !

Zé Nogueira tentait de dissimuler sa nervosité.

— Vingt-trois heures et vingt-neuf minutes, tu es toujours à l'heure.

Marcelo prit une grande respiration. Il sentit l'oxygène atténuer les effets de l'alcool.

— La vraie ponctualité, c'est cinq minutes avant l'heure, disait Helga.

— Qui diable est cette femme ? s'étonna Nogueira.

— Laisse tomber, ça n'a aucun intérêt. On va aller boire quelque chose pour digérer.

— Une enveloppe fermée avait été remise à l'agent de sécurité. Elle était à mon nom. Elle contenait une lettre anonyme et trente-trois pages d'un bloc format A5 avec le logo du BVG et le monogramme d'António Carmona, AC.

Nogueira était penché sur leur table et parlait à voix basse.

— Et les feuilles étaient agrafées, ajouta-t-il.

Vasco et Marcelo restaient silencieux et gardaient une position décontractée.

— C'est cette enveloppe qui a disparu du coffre de mon bureau. J'ai compris toute de suite ce qu'ils cherchaient malgré le vol de l'ordinateur et de mon portable, que j'ai l'habitude de laisser quand je vais manger, se justifia-t-il comme si l'on s'étonnait d'un tel concours de circonstance.

Le souffle court, Nogueira semblait impatient d'en finir.

— Quand la secrétaire m'a mis en relation avec toi, j'étais à mon bureau avec deux membres du conseil d'administration du journal. J'avais parlé avec eux le matin et ils étaient passés pour voir la liste. Et tu sais ce qu'ils m'ont sorti quand ils ont eu connaissance du vol ? demanda-t-il avec une indignation non feinte.

« Oubliez cette affaire ! » Ils m'ont dit cela clairement. Je devais oublier cette histoire. Et je pouvais commander un ordinateur et un portable. « Ne vous occupez pas du prix, prenez ce qu'il y a de meilleur », a même ajouté un de ces deux salopards. J'ai failli leur dire d'aller se faire foutre. Mais je leur ai dit que je n'allais pas lâcher cette affaire, qu'il fallait enquêter et que j'avais déjà assez d'éléments pour publier un premier article. Ils m'ont alors demandé comment je pourrais écrire quoi que ce soit sans avoir le moindre document. J'ai répondu que j'avais une confiance aveugle dans mes sources : mon œil gauche et mon œil droit.

Marcelo était quelque peu ébahi. Il avait déjà lu des choses sur ce phénomène. Dans certaines situations, même les opportunistes développent un degré d'identification avec leur fonction qui prend peu à peu le pas sur leur manque de personnalité et les aide à vaincre leurs faiblesses. C'est dans ces moments que la fonction commence à façonner les personnes. Nogueira semblait être dans ce cas. Était-ce possible que dans sa marche vers les sommets, il était arrivé où il voulait et que de façon inespérée il développait une véritable force de caractère ?

D'une voix terne, adoucie par le mousseux et le bénéfice du doute, Marcelo s'adressa au directeur du *Notícias*.

— Allez, accouche, qu'as-tu vu exactement sur cette liste ? Et pourquoi tenais-tu autant à ce que je la voie ?

Nogueira eut l'air ravi de voir Marcelo faire montre d'intérêt.

— Même sans la lettre anonyme, on pouvait comprendre qu'il s'agissait de versements avec des dates, des lieux, des sommes d'argent et des bénéficiaires. La première date figurant sur le document était le 1er janvier 2008 avec la mention : « Dons avec photos ». La liste mentionne des paiements à tout un tas de gens aux profils variés, sur une période de près de dix ans et demi.

— Quel genre de personnes ? s'enquit Vasco entre deux gorgées de son pisco sour.

— Des types ayant des fonctions publiques importantes surtout. Y avait tous les noms, la plupart politiques, députés, ministres, en poste ou précédemment en exercice. Ils y sont tous, les suspects classiques et beaucoup d'autres, dont certains que l'on pensait insoupçonnables. La liste mentionne toujours une date, un lieu. Un cocktail, un hôtel, une fondation, un restaurant, un congrès, une conférence, une ville, un siège, une mairie, et j'en passe.

Vasco siffla d'admiration.

— Corruption de politiques, qui plus est documentée par un banquier, dit-il à voix basse.

— Ou on a affaire à du financement politique, ça dépend si l'argent est arrivé dans les caisses des partis ou directement dans les poches de quelqu'un, ajouta Marcelo. Il y a une vingtaine d'années, en Allemagne, le ministre des Finances qui avait imposé l'austérité à son pays s'était vu obligé d'admettre qu'il avait reçu en main propre des dizaines de milliers d'euros provenant d'industriels et de trafiquants d'armes. Pourtant, il a réussi à survivre politiquement parce qu'on n'a jamais trouvé la preuve qu'il s'était enrichi personnellement. Seul le trésorier du parti a fini par être condamné en l'absence d'écriture comptable de cette manne financière « tombée du ciel ».

— Et ça donne quoi, les sommes versées par Carmona ?

— Dix mille pour la plus petite d'après ce que j'ai vu,

Vasco, et ça pouvait aller jusqu'à plus de cent mille. En moyenne, je dirais autour de vingt, trente mille euros.

— Si je savais siffler, je l'aurais fait à cet instant, réagit Marcelo. Tu as pu faire une copie de la liste, Nogueira ?

— Qu'est-ce que tu crois? C'est arrivé à onze heures à mon bureau. J'ai lu le document page après page, ligne après ligne. Ensuite, j'ai tout de suite essayé d'avoir Carmona et j'ai demandé à deux journalistes de contacter le BVG, mais sans leur montrer la liste et sans rentrer dans les détails. Personne ne rentre jamais dans mon bureau. Malgré tout, quand je suis sorti pour venir te voir au Go Juu, j'ai mis la liste dans le coffre. Je suis le seul à avoir la clé. J'ai immédiatement compris que c'était un dossier à traiter en partie officieusement et j'ai pensé à toi avec ta nouvelle fonction. Tu sais bien que je t'admire, Marcelo. Et j'ai pensé que tu étais la seule personne en qui je pouvais avoir confiance. Et puis, j'ai appris qu'ils avaient fracturé le coffre et tout emporté. Il est évident que mon téléphone était sur écoute. C'est clairement l'œuvre d'un grand professionnel.

Ils étaient enthousiastes. Si Marcelo et Vasco n'avaient pas été sur la réserve, on aurait cru qu'ils étaient revenus à l'époque où ils travaillaient ensemble. Zé Nogueira replongeait et multipliait les pistes, euphorique. « Comme au bon vieux temps ! » s'écriait-il, en frappant la table de sa main. Marcelo nota que son ancien collègue avait fait des progrès. Par le passé, il leur aurait tapé dans le dos et ils auraient renversé leur boisson.

Quinze ans plus tôt, Nogueira et Marcelo étaient embauchés dans un journal économique et Vasco venait d'arriver comme stagiaire. Plusieurs mois durant, ils ne se quittèrent plus. Fourrés ensemble, jour et nuit. Cependant, Nogueira se mit à cultiver peu à peu de bonnes relations avec ses chefs et la direction du journal. Devenu chef de service, il estima qu'il lui revenait de tenir le beau rôle au sein du trio. Ce fut à cette époque qu'ils firent la connaissance de Margarida, une fille fragile et sarcastique. Nogueira se retrouva vite affublé d'un surnom : « Nogueira le Vantard ». Il ne résistait jamais à faire son intéressant, à raconter des histoires barbantes sur ses parents, ses grands-parents et les amis de sa famille. Sans compter ses avances, qu'il pensait subtiles, mais qui étaient en réalité des plus embarrassantes.

Marcelo s'aperçut que lorsque Nogueira était avec eux, Margarida trouvait toujours une excuse pour partir plus tôt. Un soir, Nogueira retrouva ses amis et Margarida prit ses clés et son sac à main, prête à s'éclipser. Mais cette fois-ci, Marcelo toucha légèrement sa main.

— Reste, s'il te plaît.

Margarida hésita. Nogueira ne vit rien et s'assit à table en donnant de grandes bourrades dans le dos de Marcelo et de Vasco et en adressant à Margarida un sonore : « Salut, beauté balzacienne ! » Elle venait de fêter ses trente ans. Le regard vide, elle ne répondit rien et se dirigea vers la porte. Vasco gardait le souvenir, mot pour mot, de ce que dit alors Marcelo à Nogueira et de la réponse de ce dernier.

— Il vaut mieux que tu te lèves, Nogueira. C'est le moment de faire un bilan. Tu es très ambitieux. En soi, ce n'est pas un problème. Sauf que moi, je n'ai pas envie d'être à tes côtés dans ta marche en avant. Tu es incapable de cosigner un putain d'article avec un stagiaire qui a fait tout le boulot à ta place, mais par contre, pour devenir chef de service, tu as été capable de faire presque nuit blanche, à la belle étoile, pour surveiller la voiture d'un membre de la direction dont la vitre avait été cassée. Ça fait de toi un SDF mental. Je ne veux pas être près de toi quand tu deviendras rédacteur en chef ou directeur du journal. Je ne veux pas être assis à la même table que toi quand tu appelleras Margarida « beauté ». Je sais très bien qu'elle peut se défendre toute seule, il lui suffit d'un geste ou d'une moitié de phrase pour faire disparaître ton sourire satisfait. Elle ne fait rien par crainte de léser Vasco. Mais c'est surtout moi qui en ai marre. Je ne veux pas être là quand tu parleras à nouveau des titres de noblesse de ta famille et de leurs propriétés ou bien quand tu raconteras tes histoires avec tes amis et tes conquêtes féminines. Lève-toi et sors d'ici. Tout de suite, s'il te plaît.

Après quelques secondes de silence, Nogueira éclata de rire et se leva de table.

— Tranquille, les gars, je ne suis pas là pour me battre pour une demoiselle. Le plus important est de rester fair-play et que le meilleur reparte avec le trophée, répondit-il avant de se tourner vers Margarida. Demain, au journal, je mettrai tout ça au clair.

Lorsque Nogueira avait quitté les lieux, Margarida avait demandé si quelqu'un voulait aller se promener en bord de mer.

Pour la première fois depuis près de quinze ans, les trois anciens collègues étaient de nouveau réunis. Marcelo appuya ses coudes sur la table, le menton entre ses mains, et s'adressa à Nogueira.

— T'as bien fait, j'aurais fait pareil, je pense. Mais maintenant, on a besoin de la liste. Et on doit trouver Carmona. C'est ça la priorité. Faut qu'on se répartisse les tâches. Il y a des choses que je ne peux pas faire. Et on doit être très prudents : on est à découvert face à des snipers dont on ne connaît pas les positions. D'un côté, il y a celui ou ceux qui ont envoyé la liste et qui ont sans doute Carmona à leur merci, sauf si c'est lui qui a disparu volontairement après avoir perdu le contrôle sur sa liste. De l'autre, il y a celui ou ceux qui ont volé la liste et qui n'ont aucun intérêt à ce qu'elle refasse surface. Et qui ne veulent surtout pas que le *Diário de Notícias* publie quoi que ce soit ou que je me mette à enquêter sur cette histoire… D'autant qu'il est possible qu'il existe d'autres copies de la liste.

— Un vrai micmac, résuma Vasco.

— Un énorme micmac ! surenchérit Nogueira.

Marcelo et Vasco pouffèrent de rire en l'entendant répéter, tel un des frères Dupond et Dupont.

— Qu'est-ce qui se passe ? réagit-il.

De retour chez lui, vers deux heures du matin, José Nogueira, la chevelure grise décoiffée, cravate dénouée, chemise ouverte et costume froissé, descendait en direction du Largo Camões pour prendre un taxi lorsqu'une gamine, âgée de treize, quatorze ans, s'approcha pour lui demander une cigarette.

JEUDI 9 JUIN

La matinée était fraîche, le ciel affichait un bleu immaculé, les fleurs lilas des jacarandas étincelaient au milieu des feuilles vertes. La ville scintillait. Avec une telle lumière et l'effacement de certains détails, à l'instar des poubelles et des bouteilles qui jonchaient les rues, Lisbonne était un enchantement. Du moins, jusqu'au moment où la circulation reprenait ses droits.

Marcelo regarda autour de lui pour s'assurer qu'aucune BMW noire ne l'attendait. Visiblement, le différend avec le chauffeur de l'Institut avait été résolu. Au quatrième jour, celui-ci avait abandonné l'idée de se présenter devant son domicile pour venir le chercher. Le premier jour, à neuf heures et demie du matin, on avait sonné chez Marcelo.

— Bonjour m'sieur, je suis votre chauffeur.

Marcelo expliqua calmement qu'il préférait faire à pied les quinze minutes qui le séparaient de son bureau, mais M. Rebelo, c'était son nom, insista.

— Le président a formellement ordonné que…

Marcelo raconta alors que l'idée d'exiger que l'on vienne le chercher chez lui était un vilain tour joué au président. Il le remercia de sa disponibilité, s'excusa, but une gorgée de thé et referma la porte.

Le deuxième jour, l'histoire se répéta. La sonnette

retentit. M. Rebelo était devant lui, impeccable dans son costume. Marcelo se montra plus ferme.

— Monsieur Rebelo, je vous demande de ne plus vous présenter ici le matin. C'est très aimable de votre part, mais je vous ai déjà expliqué la situation. Je croyais avoir été clair. Je n'aime pas interrompre mon petit déjeuner et vous savez désormais que je préfère marcher jusqu'à l'Institut. Je n'ai rien contre votre métier, bien entendu.

Marcelo passa la journée enfermé dans son bureau, de mauvaise humeur. Il pensa à Margarida et à son jeune collègue, mort en Algarve, il multiplia les appels, lut tout un tas de rapports et fit de nombreuses recherches sur le BVG et Carmona.

Les principaux groupes financiers achetaient ou recrutaient des politiques de tous les partis. Le groupe privé le plus important du pays comptait dans ses rangs six anciens ministres. Mais depuis la chute du plus grand magnat portugais de la banque, surnommé le « Maître de Tout Ça », une guerre féroce pour le pouvoir régnait en coulisse. Si Carmona était riche et puissant, il ne l'était pas assez pour entrer dans la danse. Le nom qui revenait avec insistance était celui du commandeur Ferreira de Oliveira. Chaque fois qu'il l'entendait, Marcelo était pris d'un frisson, conscient que l'affaire de la Fondation avait fait de lui une cible à abattre.

L'économie était contrôlée par des sociétés angolaises et chinoises et des gérants de fonds issus du narcotrafic latino-américain, des mafias russes, des trafiquants d'armes du Moyen-Orient ou encore du turbo-capitalisme états-unien. La plupart des entreprises portugaises avaient été bradées. Grâce à la crise, n'importe quel délinquant plein aux as pouvait s'emparer d'une part du gâteau portugais. Le gouvernement et les pouvoirs publics restaient fidèles aux vieux réflexes en se cachant les yeux d'une main et en gardant l'autre bien ouverte. Le Portugal avait choisi de s'endetter jusqu'à la moelle pour éviter la faillite des banques.

La veille, au troisième jour de son nouveau travail, Marcelo était sorti vers midi pour rejoindre Vasco au Go Juu. À cet instant, il avait vu un homme en costume descendre de la BMW noire garée en face, dans le parking réservé aux clients de l'hôtel Príncipe Real. C'était le chauffeur. Marcelo respira profondément, traversa la rue entre deux taxis et se retrouva sur le trottoir à quarante centimètres du visage de l'employé de l'Institut.

— Bonjour, m'sieur Silva !

Le chauffeur se pencha en arrière, surpris ou plus sûrement gêné par son haleine empestant l'ail avalé au petit déjeuner avec le pesto ou la sauce tomate qu'il tartinait sur du pain grillé. Un cocktail odoriférant capable de s'attaquer à tout interlocuteur s'approchant à moins d'un mètre.

— Ça suffit, bon sang ! Je sais bien que les chauffeurs des hauts fonctionnaires sont habitués à conduire leurs enfants à l'école pendant la semaine et à les récupérer les week-ends aux fêtes d'anniversaire. Je sais bien aussi que vous facturez des centaines d'heures supplémentaires chaque mois et que vos employeurs jouent le jeu pour que vous puissiez continuer à amener leur belle-mère au centre commercial…

Le chauffeur sourcilla légèrement et se frotta le nez, le visage toujours proche de Marcelo Silva, haleine repoussante, barbe hirsute et les yeux perçants.

Marcelo prit l'attitude du chauffeur pour une provocation. Il se rapprocha encore plus et planta presque son grand nez busqué dans les yeux de l'effronté.

— Je me fous de savoir qui vous donne des ordres, un président ou le saint patron des chauffeurs, ce qui est sûr, c'est que si je vous revois ici, quelle que soit l'heure du jour ou de la nuit, je sors de chez moi avec ma batte de base-ball et je fracasse cette putain de bagnole !

Afin de rendre plus crédible la menace, il frappa violemment de son poing le capot de la voiture, provoquant l'apparition d'une douleur aiguë dans trois doigts de sa main gauche.

Au quatrième jour, la rue était calme et il n'y avait pas de BMW noire en vue. Ce jeudi débutait sous les meilleurs auspices. Seuls le chant des oiseaux du Jardin botanique et le passage lointain d'un avion, sans doute le premier de la journée, troublaient le silence d'une Lisbonne encore endormie à cette heure. Marcelo voulait travailler avant l'arrivée de ses collègues, mais surtout profiter de cette marche matinale pour mettre de l'ordre dans ses idées.

En réalité, il n'avait pas encore d'idée bien arrêtée sur les récents événements. Toutefois, déambuler à pied l'aidait à rassembler les interrogations restant en suspens, de quoi provoquer un tourbillon qui, à forte intensité, aspirait des données à proximité et sondait les recoins de sa mémoire. Pour quelle raison aucun centre de secours ni aucun hôpital n'avait trace de la moindre prise en charge d'António Carmona à l'heure où lui-même dînait avec Margarida à l'Açordas ?

Qui avait envoyé deux hommes fracturer le coffre de Nogueira et dérober la liste qui s'y trouvait ? Où était Carmona, et qui d'autre pouvait être en possession de la liste ? Qu'est-ce qui avait changé dans la vie de Nogueira pour qu'on choisisse de lui faire parvenir un tel document ? Pourquoi Margarida avait-elle accepté son invitation à dîner et qu'est-ce qui l'avait tant affectée au point d'écourter la soirée ? Certes, elle avait pris un dessert et un café à la fin du repas. Margarida s'était tournée vers un serveur qui tremblait comme une feuille et lui avait demandé d'une voix très calme : « Apportez-moi une part de gâteau au chocolat, je vous prie. Une grande part. Et un café. Je vais en avoir besoin. » Subitement, elle était devenue très nerveuse et avait rapidement pris un taxi en sortant du restaurant. Et puis, comment allaient s'y prendre ceux qui ne voulaient pas voir la liste de Carmona en une des journaux pour empêcher qu'elle ne soit envoyée à un autre média ?

Indiscutablement, l'arrivée de la liste sur le bureau de Nogueira était le signe que l'on avait affaire à un ou plusieurs connaisseurs du monde de la presse.

Le journalisme s'avérait miné par des pouvoirs faisant preuve d'une grande discrétion. Les agences de communication étaient un moindre mal en comparaison. Elles ne se cachaient pas de représenter des lobbys et envoyaient régulièrement aux médias des contenus publirédactionnels qui devaient être publiés. Si la méthode « douce » ne fonctionnait pas, des cadeaux aux journalistes pour l'essentiel, la menace de couper le robinet publicitaire achevait de convaincre les réticents.

Il n'était pas rare de voir des dirigeants ou des actionnaires téléphoner à des journalistes de confiance pour leur dicter leur travail. La classique « ligne éditoriale », confrontée à la circulation de l'information sur Internet et aux réseaux sociaux, était une construction fragile, un système de dunes victimes de l'érosion. Elle subissait d'un côté la pression d'une marée d'exigences du pouvoir politique et des grands annonceurs et, de l'autre, celle d'une mer de béton alimentée par les affaires de ceux qui dirigeaient et détenaient les médias. Marcelo se demanda si les métaphores des dunes, de l'érosion et de la mer n'étaient pas trop littorales. *Les métaphores peuvent être littorales, mais jamais littérales*, rit-il doucement. Il se souvint alors de ce que disait Margarida : « Le jeu de mots est l'ironie des gens ordinaires. » *Me méprise-t-elle, au fond ?* douta-t-il.

Au moment même où l'argent de cleptocrates et de véritables triades garantissait de pleines pages favorables dans les journaux et les faveurs des apparatchiks au sein des partis politiques, les journalistes battaient en retraite de peur de perdre leur gagne-pain. Une galerie de portraits défila devant Marcelo, les visages de collègues emportés par le chômage et ceux des autres, qui vivaient avec le goût du cirage dans la bouche, devenus des attachés de presse avec bureau personnel et carte de crédit à disposition pour leurs frais de bouche. Le prix du silence pour éviter toute enquête.

Arrivé au bureau, Marcelo décida que son premier coup de fil serait pour la Banque centrale du Portugal et le deuxième pour l'AMF. Il avait besoin d'informations plus récentes sur les actionnaires et les opérations du BVG. Une banque où régnait le crime. À dix heures vingt, ni le gouverneur de la banque centrale ni son homologue du gendarme de la bourse n'avaient fait leur apparition dans leurs bureaux. Marcelo laissa plusieurs messages aux secrétaires, chefs de cabinet et conseillers.

S'il ne parvenait pas à sauver le pays, du moins ferait-il son possible pour éviter le pire à ses amis. Marcelo essaya de joindre Margarida, sans succès. À dix heures et demie, le numéro de Vasco s'afficha sur l'écran de son portable. Avant même de répondre, il comprit qu'il se passait quelque chose de bizarre. Vasco n'appelait jamais avant onze heures. La voix brisée, il alla droit au but sans cacher sa nervosité.

— Nogueira a été arrêté hier soir, peu de temps après nous avoir quittés. Il a passé la nuit dans les cachots de la préfecture de police et a été présenté ce matin à un juge. Il est accusé de détournement de mineur.

Marcelo resta silencieux et écouta la suite.

— Nogueira a été pris en flagrant délit, en tout cas selon les dires de la police. En attendant son procès, il est assigné à résidence et a l'interdiction formelle de s'exprimer dans les médias. L'affaire n'a pas encore été rendue publique, mais la direction du *Diário de Notícias* a déjà informé qu'elle avait immédiatement procédé à son remplacement.

— Et merde… grogna Marcelo. Et ensuite ?

— Tu crois qu'il y a autre chose ?

— Go Juu, répondit Marcelo.

— Go Juu, confirma Vasco.

À peine Marcelo avait-il raccroché son portable que le téléphone de son bureau retentit. Il se félicita d'avoir décidé de venir tôt pour avancer dans ses dossiers.

— Bonjour, j'ai un appel pour le bureau de M. Marcelo Silva, annonça une voix mélodieuse qui lui semblait familière.

— Bonjour, je vous écoute.

— Je souhaite parler à Marcelo Silva. Nous avons été contactés ce matin par l'Institut. Je vais le mettre en relation avec le bureau du gouverneur.

— Pour l'amour de Dieu, c'est moi Marcelo Silva ! Je vous l'ai déjà dit, j'ai parlé avec vous plus tôt dans la matinée et je vous ai donné ma ligne directe. Vous ne reconnaissez pas ma voix ?

Après quelques secondes de silence, Marcelo répéta sur un ton de prédicateur évangélique en transe :

— Je vous ai donné ma ligne directe !

— Ah, m'sieur Marcelo, je vous demande de m'excuser, j'ai pensé que c'était quelqu'un de votre bureau, je n'ai pas compris que c'était vous personnellement. Je vais vous mettre en relation avec M. le gouverneur.

On entendit un clic et une longue pause, sans sonate de Bach ni Mozart en version électronique.

— Bonjour, je suis Marcelo Silva. Je suis le nouveau…

— Un instant, je vous prie, M. le gouverneur va prendre votre appel. Je suis Martim Ramos de Carvalho, son chef de cabinet. C'est un honneur de vous parler. Accordez-moi quelques secondes, je vais m'assurer moi-même que M. le gouverneur est désormais joignable.

— Écoutez, Martim, si votre chef est en train de prier à la chapelle Sixtine, surtout ne l'interrompez pas, je vous prie.

— Je suis désolé, mais je ne comprends pas…

— Moi non plus ! Passez-moi votre chef une bonne fois pour toutes !

Marcelo fut surpris de constater qu'il pouvait demander ce qu'il voulait au gouverneur. Celui-ci savait parfaitement à qui il avait affaire, en tout cas c'était l'impression qu'il donnait en faisant assaut d'amabilités. Il promit de lui faire parvenir toutes les données le jour même. Du côté de l'AMF, il n'y avait toujours rien à midi. Marcelo décida alors de se rendre personnellement au dernier étage de l'Institut. *Ils vont me voir en chair et en os, ma patience a des limites.* Il sortit du bureau en secouant la tête et répartit les tâches entre les trois agents présents.

La quatrième, Rosa, était sur le terrain, tentant de rassembler le maximum d'éléments sur le couple

Carmona. Mais il fallait recueillir d'urgence d'autres informations.

— On reporte les entretiens individuels à la semaine prochaine. Pour le moment, j'ai besoin que tout le monde mette la main à la pâte. Et si vous utilisez en plus votre tête… c'est pas plus mal ! Marco Saumon ! Oui, vous, avec le tee-shirt saumon. C'est quoi, cette couleur ? Vous faites partie d'une secte ? Non ? Parfait, car vu ce que j'attends de vous, autant que vous ne soyez pas objecteur de conscience.

Le jeune agent au crâne rasé luisant était tout sourire. Son chef lui expliqua en détail ce qu'il attendait de lui. Puis Marcelo donna toute une liste de choses à faire aux deux autres agentes, âgées d'une trentaine d'années. Elles souriaient moins, mais notaient tout.

— Comme vous pouvez le constater, j'ai bien fait de vous demander de lire toute la presse économique de ces deux derniers mois.

Au dernier étage du bâtiment, dans l'antichambre du salon du président de l'AMF, Marcelo passa les quinze premières minutes d'attente à regarder les murs et à feuilleter des catalogues et des dépliants sans que rien ne se produise. Une affiche encadrée annonçait une conférence sur le blanchiment de capitaux au Grand Auditorium de l'AMF. *Une formation pour des voleurs*, pensa-t-il. Il s'énerva en découvrant la façon dont étaient présentés les principaux intervenants. On pouvait lire, en majuscules « SON EXCELLENCE, DOCTEUR PAIVA MELO, PRÉSIDENT DE L'AMF » et, en minuscules, en dessous, « Mr. Jack Corner, SEC »[1]. Paiva Melo, cadre

1 *Securities and Exchange Commission*, souvent abrégée en «SEC», l'organisme fédéral américain de réglementation et de contrôle des marchés financiers.

moyen du parti au pouvoir, avait suivi un cursus universitaire modeste, conclu dans des circonstances suspectes au sein d'une faculté privée. Jack Corner, représentant de l'organisme états-unien de réglementation et de contrôle des marchés financiers, était professeur dans une prestigieuse université et l'une des voix les plus influentes de la supervision du marché financier.

Son agacement grandit. Les deux secrétaires qui travaillaient dans la pièce finirent par le faire craquer.

— Mettez vos noms sur ces feuilles ! fulmina Marcelo.

Il zigzaguait entre les deux tables en bois doré situées à gauche et à droite de l'entrée du salon, à cinq mètres l'une de l'autre.

Afin de renforcer le bloc défensif présidentiel, un agent de sécurité fit son apparition. Marcelo portait des tennis jaunes à semelles noires. À chaque pas, son jean court laissait entrevoir ses chevilles nues. Il avait sorti de sa poche un bloc-notes et en avait arraché deux feuilles blanches aussitôt mises sous le nez des secrétaires.

— Mais, m'sieur... ! répondirent-elles à l'unisson.

Celle qui semblait la plus âgée, à quelques semaines près, poursuivit, la voix tremblante :

— Nous vous avons déjà expliqué que nous avons des consignes pour ne déranger sous aucun prétexte M. le président jusqu'à ce qu'on vienne le chercher pour déjeuner. Pourquoi n'attendez-vous pas un petit peu plus ? D'ici quarante minutes, il devrait être là...

Marcelo mit les mains sur ses hanches et prit une grande bouffée d'oxygène en se disant que, la prochaine fois, il vaudrait mieux qu'il fasse irruption en costume-cravate et accompagné. En demandant par exemple à son chauffeur de porter ses dossiers et à Rosa de lui tenir son portable.

— Écrivez vos noms sur ces feuilles et informez sur-le-champ le président que je l'attends ici pour m'entretenir avec lui de toute urgence. Dans le cas contraire, je vous garantis qu'en fin d'après-midi vos comptes bancaires seront gelés jusqu'à Noël pour entrave à une enquête en cours.

Marcelo prit l'initiative de passer en force entre les secrétaires. L'agent de sécurité lui barra alors la route. Il affronta le regard déterminé de l'homme aux baskets jaunes.

— Si vous me touchez, même légèrement, avec vos grosses pattes, je vous assure qu'avant la fin de la semaine j'aurai vos testicules dans un bocal sur mon bureau.

On entendit alors une voix stridente provenant du fond du salon.

— Monsieur Silva ! Monsieur Silva !

Arrivé au milieu de la pièce, entre deux cheminées de marbre ostentatoires, les portes de son bureau grandes ouvertes derrière lui, le président du gendarme de la bourse écarta les bras. Son petit crâne rasé brillait, ses lunettes en écaille étaient collées à ses orbites et un grand sourire s'affichait sur son visage flasque au triple menton agrémenté d'une barbe clairsemée de dix jours. À travers l'immense baie vitrée, le bleu du Tage attirait le regard.

— Mon cher ami, on vient tout juste de me prévenir de votre présence !

Quelques instants plus tard, ils étaient assis devant l'une des deux cheminées sur des canapés en cuir jaune, entourés de chiens et de flamants en porcelaine et de répliques du *Penseur* de Rodin et de *La Petite Danseuse* de Degas. Marcelo avait accepté sans grand enthousiasme un café. Il avait expliqué à deux reprises avec une véhémence grandissante qu'il lui était impossible de se joindre au déjeuner « entre collègues et amis de notre secteur ».

— Mais ce serait une très bonne chose pour vous de faire la connaissance de notre petit groupe, Marcelo. Je peux vous appeler Marcelo, n'est-ce pas ? Vous pouvez m'appeler Manel, ou Zé Manel, comme vous voudrez ! On aime bien rire, vous verrez, ajouta-t-il en faisant un clin d'œil, l'air ahuri. Allez, je vous attends la semaine prochaine à notre table !

Une invitation à un repas la semaine d'après, le genre de promesse qui n'engage que ceux qui y croient. Comme dans les tavernes où l'on peut lire : « Demain, le vin est offert ».

Paiva Melo prit les devants en soulignant sa préoccupation concernant le BVG et en révélant qu'il avait ordonné une enquête interne par l'un de ses meilleurs spécialistes. Le président de l'AMF s'approcha de son bureau et ouvrit révérencieusement une lourde caisse en bois rehaussée d'un cuir bordeaux avec le logo du gendarme de la bourse en lettres dorées. Il en sortit une chemise cartonnée marron avant de refermer à nouveau la malle à l'aide d'une ceinture en cuir. Paiva Melo la remit à Marcelo d'un geste quasi solennel, sourire discret en coin, en précisant immédiatement qu'il n'était pas possible de parler avec l'auteur du rapport, victime d'un tragique accident.

— Tragique, vraiment tragique ! Sans doute en avez-vous entendu parler, il s'agit du jeune qui a été tué en Algarve. Vous êtes au courant, forcément.

— Le jeune qui a été assassiné enquêtait sur le BVG ? s'enquit Marcelo.

— À ma demande, confirma Paiva Melo. Tout est écrit là.

— La police judiciaire qui mène l'enquête est passée dans vos bureaux ? Elle a vu ces documents ?

— La PJ ? Des malfaiteurs ou des gitans ont fait le coup. Visiblement, il fréquentait beaucoup trop les casinos et, ce soir-là, il avait beaucoup d'argent sur lui. Cela semble clair. Que viendrait faire la police à l'AMF ?

— J'aimerais aussi avoir accès à son ordinateur, réagit sans ciller Marcelo.

Paiva Melo frotta ses mains et se lança dans une longue explication. Étant donné qu'il fallait tenir compte des procédures et des questions de confidentialité, et que le père de la victime avait réclamé ses effets personnels, il lui semblait difficile d'accéder à sa requête. D'autant plus que le jeune auditeur, contrariant les règles de l'autorité boursière, ne travaillait pas sur le réseau interne, mais sur son propre ordinateur. Le président conclut que tout se trouvait dans la chemise marron, mais qu'il ferait diligence à toutes ses demandes.

— Vous savez, cher ami, c'était un auditeur qui était chez nous depuis peu.

Au moment de prendre congé de Paiva Melo, Marcelo sentit pendant la longue poignée de main une pression légère au niveau des articulations des doigts. Il rendit la pareille avec la même rigueur maçonnique.

— Ne vous faites pas d'illusion, je suis un imposteur et je porte le tablier uniquement en cuisine.

Il retira sa main et eut le temps, avant de se retourner, de voir le haut du crâne de Paiva Melo recouvert de sueur. Aucun rictus ne barrait son visage, comme s'il n'avait jamais souri de sa vie.

Dans l'ascenseur, Marcelo ouvrit la chemise cartonnée. Huit pages de cotations de la bourse de Lisbonne avec le sigle du BVG en évidence. Tous ces nombres n'avaient aucun intérêt si ce n'est d'indiquer la variation des valeurs des actions pour les dix années écoulées. Les actions avaient grimpé approximativement de 35 % depuis l'entrée en bourse de la banque. Un rendement moyen non négligeable, mais loin d'être spectaculaire. Il convenait de noter seulement la capacité qu'avait eue le BVG à surmonter la crise du secteur bancaire. Sept ans sans chute des cours, avec au contraire une progression régulière de la valeur des actions, c'était incontestablement une belle performance.

Huit pages. Survolées en cinq minutes. La structure actionnariale apparaissait sur la dernière feuille. Datée de juin, elle indiquait la présence aux côtés d'António Carmona et Avelino Simões d'une dizaine d'actionnaires de référence dont la plupart étaient des entreprises aux noms exotiques. La majeure partie du capital apparaissait comme « diversifié ». Le dernier paragraphe intitulé « Conclusion », juste avant la date et la signature de l'auditeur, spécifiait qu'aucune anomalie n'avait été décelée. Marcelo finissait de parcourir le document au milieu de la rue et secouait la tête, incrédule. C'était un rapport inoffensif à première vue, mais il était tout de même étrange de constater qu'au moment où la plupart des banques voyaient leur valeur s'effondrer de plus de 80 %, le BVG avait réussi pour sa part à gagner en capital. Une trajectoire qu'on pouvait identifier en quelques minutes sur le site de la bourse de Lisbonne. Nul besoin pour ce faire d'un rapport d'une autorité de contrôle.

— M'sieur Marcelo !

Felizardo, le propriétaire du kiosque, lui faisait signe de venir. Marcelo s'installa à l'ombre, sous l'auvent. En quelques jours, une complicité était née entre le vendeur de journaux et l'ancien journaliste.

— Vous voyez qui est Lassalete, la standardiste de l'Institut ? demanda Felizardo. Une blonde aux yeux bleus…

— … qui clignent tout le temps ? compléta Marcelo.

— Oui, c'est elle. Lassalete est la personne la plus intelligente là-dedans, elle en sait plus que n'importe quel spécialiste, s'enthousiasma Felizardo, dont les pointes de moustache étaient agitées d'un frétillement révélateur. Lassalete m'a demandé de vous remettre cette enveloppe.

Marcelo l'entrouvrit et vit à l'intérieur une chemise cartonnée marron avec le sigle de l'AMF. Elle était identique à celle que Paiva Melo lui avait donnée un quart d'heure plus tôt.

— Et elle m'a dit de vous dire que c'était le vrai rapport et que vous saviez de quoi elle parlait. C'est une chic fille, hein ? ajouta un Felizardo enjoué. Ah, au fait, regardez là-bas, le type en short avec des lunettes noires. C'est celui qui vous piste avec son micro. La semaine dernière, il vous appelait T4, maintenant vous avez droit à T10, sans doute un décompte des jours de surveillance. Et il ne vous lâche pas. Il est de l'autre côté de la rue, au café, une bière à la main. Vous le voyez ?

Marcelo salua de loin l'homme en short au comptoir, qui se tourna brusquement de l'autre côté, visiblement décontenancé.

Herberto Aragão, mâchoire carrée en avant et les yeux injectés de sang, était assis à l'arrière de sa Porsche Panamera noire. À ses côtés, une carabine à canon scié sous une pile de journaux achetés ces derniers jours. Les annonces de prostituées offrant leur service pullulaient. Côté informations, c'était sans surprise le sport qui prédominait, plus exactement le football. Quelques histoires de chiens écrasés et surtout des pages de délits et de crimes. Les dernières nouvelles concernant le jeune tabassé en Algarve dataient de deux jours. Les gitans étaient sous les verrous. Herberto esquissa un sourire. Il est vrai que le visage du gamin s'affichant en une de la presse lui avait forte impression, plus qu'il ne l'aurait pensé. Un gamin malin, un peu paumé, mais intelligent et bien élevé. Tout ça avait été une foutue merde. Clairement. Ses deux sbires avaient perdu le contrôle de la situation ce soir-là.

En revanche, rien sur le BVG. Depuis quarante-huit heures, il était sur les traces de Carmona, roulant des centaines de kilomètres et dévalisant les kiosques. Les deux gorilles en tee-shirt, jean et lunettes noires dormaient chacun leur tour. Ils alternaient au volant de la Porsche tandis que Herberto restait éveillé coûte que coûte. Deux jours plus tôt, il avait attendu plus de trois heures l'arrivée de Carmona au siège du BVG. En vain. Herberto n'était pas un grand spécialiste de la mécanique financière et des règles qui régissaient ce monde, mais il s'y connaissait suffisamment pour savoir ce qu'il risquait de se passer. Si un mouvement de panique voyait les clients se ruer sur leurs comptes au BVG, la probabilité de retrouver son argent, soit la somme d'un million et trois cent mille euros, diminuerait de façon substantielle.

Brusquement, son avenir ne tenait plus qu'à un fil. L'homme-singe devait faire profil bas jusqu'à ce qu'il retrouve Carmona. Il multipliait les allers-retours entre Lisbonne, Estoril, l'aérodrome de Cascais et l'Alentejo. Une chose était sûre, il ne lâcherait rien. Herberto avait bien tenté d'aller à une agence du BVG pour récupérer ses fonds, mais on lui avait signifié que l'opération était impossible avant la fin du délai prévu. Sa proposition désespérée de sacrifier ses intérêts avait été refusée elle aussi. Attendre la fin du délai… Herberto Aragão doutait fortement que le BVG existât encore à cette date. Sans parler d'António Carmona.

***

— C'est vrai ce qui est arrivé à M. Nogueira ? demanda le serveur du Go Juu.

Comme disait Margarida, Lisbonne est un village. Un village divisé en strates, avec des classes sociales bien marquées où tout le monde se connaît. Mais même avec une telle échelle verticale, que ce soit dans un sens ou dans un autre en fonction de la perspective donnée, il était fréquent qu'un banquier de l'Opus Dei ou de la franc-maçonnerie soit l'ami ou l'amant d'une journaliste télé, elle-même ayant eu une aventure avec un trafiquant de drogue, un maître-chanteur, un violeur ou un vigile de discothèque. Ou faisant tout simplement partie de sa famille.

Habituellement, Marcelo faisait preuve de patience à l'égard des employés du Go Juu. Mais pas ce jour-là.

— C'est vrai que quoi ? Vous avez le numéro de Nogueira, n'est-ce pas ? Pourquoi vous ne lui demandez pas ? Allez, fichez-moi le camp !

Le serveur s'éloigna de la table à la vitesse d'un villageois apercevant un samouraï avec son nouveau sabre en quête d'un quidam pour tester l'acier de sa lame.

— Pourquoi au téléphone ce matin tu croyais qu'il y avait autre chose ? demanda Vasco avec cette fois-ci le flegme qui le caractérisait.

— Parce qu'il y a trop de coïncidences. En moins de vingt-quatre heures, Nogueira reçoit la liste de Carmona, puis son bureau est cambriolé, ensuite il résiste à la pression de ses patrons, séduit une mineure sous les yeux de la police et finit par être suspendu de ses fonctions. Nogueira a servi d'exemple : celui qui tente de publier la liste paiera le prix fort.

— Mais ce n'est pas possible ! Il doit y avoir une autre explication.

— OK, alors donne-la, l'autre explication ! Tu as déjà vu Nogueira s'intéresser aux stagiaires du journal ? Il s'est toujours jeté sur les secrétaires les plus âgées, les « vieux modèles » comme il disait. Le type est obsédé par les femmes d'âge mûr. Tu as oublié ces histoires de conquête ? Et maintenant il courrait derrière une gamine dans la rue ?

Sa main gauche avait retrouvé son état normal après le coup donné sur le capot de la BMW. Marcelo maniait les baguettes avec la dextérité d'une retraitée tricotant sur un banc public. Les sashimis volaient de la planche à sa bouche comme des saumons remontant le courant de la rivière. Il buvait le Planalto par à-coups, des gorgées rapides, signe d'une nervosité inhabituelle.

Marcelo n'avait pas la tête d'un joueur de poker. Ses lèvres fines et bien dessinées bougeaient avec une grande expressivité, ses narines réagissaient comme des membranes nerveuses et ses sourcils broussailleux s'agitaient tels les flottants d'un marin communicant avec un autre navire. Sa barbe noire et épaisse brillait.

— Maintenant qu'ils ont réglé son sort à Nogueira, le prochain sur la liste c'est Carmona. Ils vont très vite faire en sorte qu'il ait zéro crédibilité s'il s'exprime dans les médias ou ailleurs. Ou bien ce sera plus radical, ils le balanceront aux requins. Faut qu'on évite ça à tout prix.

Vasco se montrait toujours surpris par les fulgurances de son ami.

— Trop tard, Marcelo. Après notre échange au téléphone, j'ai aussitôt essayé d'avoir des infos. On m'a dit que j'aurais bientôt du nouveau. Et juste avant d'arriver au Go Juu, Vítor Alves, le type de la PJ, m'a appelé pour me filer un sacré tuyau : la maison de Carmona a été perquisitionnée ce matin à cause de sa disparition et d'accusations visant le BVG. Apparemment, ils ont trouvé de sacrées preuves de fraude. Ce n'est pas fini. Il y a une demi-heure, j'ai reçu un coup de fil d'André, du *Diário*. Je lui avais dit de me tenir au courant s'il savait la moindre chose sur cette affaire. Eh bien, le même Alves lui a révélé une bombe : des milliers de photos pédopornographiques se trouvaient dans l'ordinateur de Carmona.

— *Le Diário de Notícias* va faire sa une là-dessus samedi, soutint Marcelo. La PJ et le procureur doivent être sur le point de communiquer tous les éléments à la presse. Et la liste de Carmona, y a du nouveau ?

Après un bref moment de silence, Vasco demanda avec un sourire figé :

— La liste ? Quelle liste ?

Un V se forma sur le front de son ami qui ouvrit la bouche, prêt à rétorquer, mais au lieu de cela explosa d'un fou rire. Quelques secondes plus tard, c'était la moitié du restaurant qui riait avec eux. Vasco avait les larmes aux yeux et se tenait le ventre. Marcelo, hilare, répéta trois fois « Quelle liste ? » avant de répondre enfin au téléphone après plusieurs sonneries. Il écouta avec attention, reprenant un air sérieux.

— Maintenant ? demanda Marcelo à voix basse, comme s'il voulait en avoir la confirmation. Ça vient juste de se passer ? Vous êtes sûre, Rosa ? Il y a combien de minutes exactement ?

Il raccrocha et laissa son doigt sur la touche plus longtemps que d'habitude.

— C'était une employée de l'Institut, une collaboratrice de confiance. Elle est à Estoril, dans un café devant chez Carmona depuis neuf heures du matin. Elle a fait une pause à midi et a raté l'arrivée des flics. Mais elle était là pour les voir sortir : deux en uniforme et quatre en civil. Ils transportaient plusieurs ordinateurs et des caisses. Il y a tout juste dix minutes.

— Rappelle-moi de demander à l'inspecteur Alves les numéros de l'Euromillions de la semaine prochaine, plaisanta Vasco, le visage impassible.

— Il faut que tu me rendes un autre service, Vasco : essaye de te procurer les images des caméras de surveillance du *Notícias*. J'aimerais voir la tête des deux types qui ont fait le vide chez Nogueira. Ils ont forcément été filmés en entrant ou en sortant du bâtiment. Et si tu peux voir qui a parlé avec eux… Ah ! Et aussi quels sont les agents de la PJ qui ont fait un tour dans son bureau. Je ne serais pas surpris qu'Alves soit dans le lot. D'ailleurs, ça ne m'étonnerait pas qu'on trouve aussi des images de mineurs sur son ordinateur… Bon, faut que j'y aille. On se tient au jus.

Marcelo se leva de table, mais Vasco le retint par le bras.

— Minute, Sherlock Holmes, il y a une chose qui t'a échappé.

— Ah oui ? Laquelle ? demanda Marcelo, franchement surpris.

— L'addition. Si tu veux bien... Je suis fauché.

Marcelo sourit, condescendant. Vasco demeura encore quelques minutes assis, seul, caressant les deux billets de cinquante euros comme s'il s'agissait de deux chatons. Si quelqu'un était passé près de la table à cet instant, il aurait pu jurer avoir entendu un ronronnement.

Marcelo sortit du restaurant en face du jardin Gulbenkian et descendit la rue São Sebastião da Pedreira, qui commence presque au sommet du parc Eduardo VII et fend la ville en diagonale. Il sursauta en entendant un crissement métallique strident et qui s'amplifia rapidement. En regardant au-dessus de lui, il vit le métro sortir de son antre, au niveau du viaduc de l'avenue da Liberdade, avant d'y retourner aussi soudainement. Après ce bref instant de panique, Marcelo décida de regarder de près le document transmis par Lassalete, le fameux rapport sur le BVG rédigé par le jeune auditeur assassiné en Algarve, tout en avançant prudemment sur le trottoir. À chaque ligne parcourue, il regardait par terre afin d'éviter de se tordre la cheville dans un trou ou de marcher sur une mine fécale.

Le dossier contenait également huit pages, avec trois graphiques et des commentaires concis, lucides et analytiques. *Excellent travail*, pensa-t-il. Mais comment tout cela avait-il pu passer inaperçu pendant tant d'années ? Et pourquoi une telle différence entre les deux rapports ? Concentration actionnariale ou investisseurs en nombre en bourse, profits ou pertes, dons ou pots-de-vin, tout était une question de perspective. Marcelo s'était fait cette réflexion en voyant le métro passer au-dessus de lui alors qu'habituellement il reste sous terre. Les choses doivent être appréhendées sous tous les angles. Celui qui est dans le métro se croit invisible pour les gens de l'extérieur même dans ce court tronçon en plein air, et celui qui marche dans la rue à cet endroit devient témoin pendant quelques secondes de ce qu'il ne peut jamais voir, grâce au pont aérien.

Le rapport ne laissait aucun doute sur l'état des comptes du BVG. Si Rosa ne l'avait pas appelé au Go Juu, la bombe qu'il avait en main l'aurait de toute façon orienté vers Estoril. Vers Alma, la femme d'António Carmona. Et le mail reçu aussitôt refermée la chemise cartonnée laissait présager une issue rapide. Dans son message, Rosa confirmait qu'Alma Carmona n'avait pas bougé de son domicile.

« Entrez en contact avec Alma. Prévenez-la que je serai chez elle à cinq heures. Envoyez-moi l'adresse exacte. Dites-lui que c'est d'une importance cruciale. Une question de vie ou de mort », écrivit-il rapidement sur son portable du bout des doigts, ratant à plusieurs reprises des touches. Il dut s'y reprendre à deux fois, mais parvint à garder son calme.

Le début d'après-midi n'était pas trop lourd, Marcelo allait pouvoir rejoindre à pied la gare RER du Cais do Sodré. Il fallait qu'il marche pour réussir à réfléchir. Ensuite le bercement du train longeant la côte l'accompagnerait jusqu'à la station balnéaire. Pour quelle raison le grotesque président de l'AMF lui avait-il donné une fausse version du rapport ? Qui avait alerté Paiva Melo qu'il montait au dernier étage à sa rencontre ? Certainement pas les secrétaires. Marcelo se mit à fredonner une mélodie sans se souvenir exactement des paroles. Puis elles retrouvèrent le chemin de sa mémoire.

Cambriole
L'on s'envole
L'on s'affole
Frénésie
Vide poche
Et sacoches
On s'approche
C'est Mackie

Le feu brille
Et brasille
Les gens pillent
Incendie
Le délire
On expire
Puis un rire
C'est Mackie[1]

La gare d'Estoril est un vestige du temps passé. Une fois sorti du wagon, on foule un fragment de paysage qui, à lui seul, justifie l'un des épithètes les plus éculés accolé au Portugal, celui de « jardin cultivé en bord de mer ». Ils pouvaient défigurer la côte alentejane,

1 *La Complainte de Mackie*, chanson écrite par Bertolt Brecht, reprise notamment par Louis Amstrong.

bétonner le reste de l'Algarve et transformer la côte de Caparica en un camping géant, mais tant qu'il existerait un tel recoin de terre, la ligne de chemin de fer, les hauts murs, les escaliers en pierre, les palmiers et l'Océan, l'espoir restait de mise, décida Marcelo qui quitta la gare, ragaillardi.

Sans grand sens de l'orientation, il se laissa guider pendant vingt minutes par le GPS de son portable, cheminant sur de vieux pavés, le long d'îlots de végétation tropicale et de demeures d'époques différentes et aux styles discordants. Des villas baroques et très chargées, d'autres totalement fantaisistes, recouvertes de coquillages ou agrémentées de tourelles, d'autres encore modernes aux lignes géométriques parfaites et aux larges baies vitrées, sans oublier celles laissées à l'abandon. Et puis, un grand portail se dressa devant lui. Dans cette propriété murée, à l'abri des regards indiscrets, où l'on pouvait seulement apercevoir une énorme coupole blanche de style arabe, Alma Carmona l'attendait.

Marcelo sonna à cinq heures moins cinq et sourit en direction de la caméra. Quelques secondes plus tard, un bourdonnement se fit entendre et le lourd portail glissa sur le côté, s'arrêta et se referma après qu'il eut pénétré rapidement dans le jardin. La maison était en retrait, à une cinquantaine de mètres de la route. À la vue des cubes, des parallélépipèdes et des angles droits, on aurait pu la classer dans la catégorie architecture contemporaine version Bauhaus, cependant on avait cru bon d'ajouter une avancée surmontée d'un dôme, face à laquelle une colonnade en marbre, évoquant une ruine grecque, délimitait le parking des visiteurs. On aurait dit un champ de bataille où s'affrontaient le kitsch et le bon goût, avec une défaite incontestable pour ce dernier.

Aucune voiture en vue. Y avait-il une autre entrée pour les véhicules ? La question resta sans réponse, car la porte s'ouvrit à cet instant. Une domestique asiatique, toque blanche et tablier de dentelle par-dessus une jupe noire ordinaire, l'accueillit d'un doux sourire. Elle devait avoir une cinquantaine d'années et baignait dans un discret parfum floral.

— Bonjour, *sir. Madam* vous attend, veuillez me suivre s'il vous plaît, lui dit-elle en anglais.

Marcelo répondit par une formule de politesse et avança dans le hall, la tête rejetée en arrière, en admiration devant la monumentale coupole qui devait bien faire huit à dix mètres de haut. Le marbre blanc était omniprésent. Un vrai mausolée. La voûte affichait des tons dorés sur fond azur, dans un style... Marcelo tenta de le définir et seul « hyper kitsch » lui vint à l'esprit. De petits cupidons ou chérubins tenaient des lyres, des guitares électriques et d'autres instruments de musique, et semblaient danser autour d'une femme nue, blonde, aux airs de Barbie, embrassant une corne d'abondance dont jaillissaient des pièces d'or et des pierres précieuses. Au moment où il baissa la tête, le visiteur put observer que la scène était reproduite devant lui. Un ensemble de sculptures en marbre rose d'une dizaine de mètres de diamètre trônait au milieu du hall. Le marbre rose faisait fureur chez les sculpteurs portugais les plus redoutés. La pièce centrale était une femme, plus exactement une moitié de femme, mais une âme plus artistique aurait dit qu'elle émergeait d'un lac marmoréen. Elle tenait là aussi la corne d'abondance qui versait cette fois-ci un filet d'eau limpide disparaissant dans un orifice protégé par une grille dorée. « Jésus Marie Joseph... » murmura Marcelo, incrédule. Cette entrée avait visiblement pour fonction d'intimider les esthètes et les autres visiteurs. Ça brillait de partout et on pouvait encore sentir la peinture fraîche.

Après le hall, il se retrouva dans le salon, de la taille d'un court de tennis. Cinq ou six groupes de chaises, fauteuils et canapés entouraient des tables hautes recouvertes de bibelots, d'autres de taille moyenne tapissées d'un tissu vert et enfin des tables basses, comme dans un bazar oriental. Des centaines de tableaux étaient accrochés aux murs. Étrangement, l'ensemble donnait un résultat accueillant et intime, malgré les proportions et la profusion d'objets et de meubles. Son œil fut vite attiré par l'immense baie vitrée qui donnait sur le jardin. Il put y voir deux femmes assises sur des fauteuils en osier devant le miroir d'eau de la piscine se prolongeant à l'horizon jusqu'à l'Océan. Marcelo reconnut avec surprise celle qui était la plus proche d'une petite table à thé. C'était Rosa. Il en conclut donc que la femme en peignoir de bain ne pouvait être qu'Alma Carmona.

— Cinq minutes avant l'heure, c'est la vraie ponctualité ! proclama celle qui était peinte sous la voûte embrassant une corne d'abondance. Autant vous le dire tout de suite : c'est bien moi au plafond ! J'ai fait faire cette entrée pour punir António. Ils ont fini la semaine dernière. Vous êtes encore anesthésié par ce que vous venez de voir !

Elle pouffa de bon cœur, se redressa dans son fauteuil et lui tendit sa main.

— C'est ho-rri-ble, n'est-ce pas ? La petite Rosa m'a dit avoir aimé, mais je crois qu'elle a voulu être sympathique. Écoutez, quelle jeune femme a-do-ra-ble ! Occupez-vous bien d'elle ! Promettez-le moi ! Vous serez gentil avec elle, n'est-ce pas ?

Marcelo, Alma et Rosa rirent à l'unisson.

— Nous devons parler de choses très sérieuses, l'interrompit Marcelo.

— Vous croyez que je l'ignore ? répondit-elle en le prenant par le bras. Vous souhaitez boire un thé ou un *ice tea* pêche comme votre amie ?

Alma pressa le bouton d'une minuscule télécommande qu'elle avait dans la poche de son peignoir et continua à parler allègrement jusqu'à l'arrivée de la domestique avec un plateau de thé.

— Noir, sans sucre, précisa Marcelo.

Rosa, sandales blanches à talons hauts, bien en chair dans une robe verte au niveau des genoux et une petite veste en cuir blanche, semblait à l'aise. Elle but le fond de son verre et ajouta :

— Excusez-moi, puis-je avoir un autre *ice tea*, s'il vous plaît ?

La Philippine afficha un beau sourire et s'éloigna.

Le masque d'Alma tomba.

— J'ai bien compris la gravité de la situation. Mon mari a disparu il y a trois jours et, selon moi, il a été enlevé, j'en suis persuadée. La police était là ce matin, mais personne ne fait rien. Rien ! Aujourd'hui, j'ai déjà parlé avec trois de nos avocats et avec quelques amis de mon mari.

Son ton avait radicalement changé, expurgé de la moindre intonation d'une bourgeoise en représentation.

— Mais, pour vous dire la vérité, je n'ai aucune confiance en eux. Aucune ! Ni en eux, ni en la police. Heureusement, j'ai pu échanger avec une amie, une véritable amie. Elle m'a parlé de vous en de très bons termes, Marcelo, en m'assurant que je pouvais vous faire confiance. J'aurais tellement aimé vous voir arriver plus tôt. Avec vous, Marcelo, et avec votre collègue, je sens que je suis en terrain sûr. Que faites-vous Marcelo, aujourd'hui ? Vous êtes une sorte d'inspecteur ou de policier ?

Alma n'attendit pas sa réponse.

— Je vous préviens, j'ai eu ma dose de ce côté-là. Ils sont venus ce matin, c'était la première fois que je les voyais depuis la disparition d'António. Ils ont laissé son bureau sens dessus dessous en repartant avec des caisses remplies de documents et d'ordinateurs dont certains n'étaient plus utilisés depuis des années, vous imaginez ! Et puis, ils m'ont posé des questions sans intérêt. Si cette petite n'était pas arrivée juste après, je n'aurais pas supporté cet enfer. Elle m'a sauvée !

Rosa, radieuse, finissait à la paille son deuxième verre, la bouche en cœur. Marcelo, de son côté, décida qu'il valait mieux jouer cartes sur table.

— Non, non, je ne suis pas policier, Alma. Je peux vous appeler Alma ?

Alma hocha la tête.

— Parfait ! Considérez-moi comme un curieux avec… des pouvoirs élargis, en tout cas au moment où je vous parle. Je suis un peu comme le jeune homme là-bas avec son épuisette.

Il pointa de sa tasse de thé l'autre bout de la piscine.

— Vous parlez de Nelson ?

— Oui, Alma. Mon travail, c'est ce que fait Nelson en ce moment. J'aime l'eau quand elle est transparente et propre. Et j'aime bien voir ce que j'ai attrapé. Les policiers qui vous ont rendu visite… Que pensez-vous qu'ils cherchaient, Alma ?

— Je ne sais pas. António n'a pas pour habitude de travailler à la maison. Je leur ai dit. Mon mari a disparu…

Elle regarda sa montre, sertie de petits diamants.

— Il a disparu sans laisser de traces il y a bientôt soixante-huit heures. Personne ne sait rien. Mais personne ne semble être à sa recherche ! On m'a conseillé de ne pas parler aux journalistes et de ne pas prendre la moindre initiative parce qu'il allait réapparaître !

Sa voix était devenue stridente, elle semblait sur le point de craquer.

— Vous vous rendez compte ? Ne rien faire ? Suis-je devenue folle ou bien est-ce les gens autour de moi qui ont perdu la tête ? Mon mari est en train de souffrir, emprisonné quelque part. Peut-être est-il mort même, nom de Dieu ! Mort !

Marcelo alla droit au but.

— Alma, apparemment la police a trouvé chez vous ce qu'elle cherchait pour expliquer la disparition de votre mari : des preuves qu'il volait ses clients et que le BVG est en faillite, mais aussi une grande quantité de documents pédopornographiques.

Alma resta pétrifiée de longues secondes. Marcelo s'attendit au pire, mais elle parvint à se maîtriser tout en élevant la voix.

— Vous êtes fou ? António adore les enfants et notre plus grand regret est de ne pas en avoir. Mon mari peut être tout ce que vous voulez, tout ! Mais pas pédophile !

Elle se tut puis sembla hésiter avant de demander :

— Et comment savez-vous ce qu'ils ont trouvé ? Ils sont partis d'ici il y a moins de quatre heures ! Que veulent-ils de nous à la fin ?

— Écoutez-moi attentivement. Je vous ai dit que ceux qui étaient là ce matin ont mis la main sur ce qu'ils cherchaient. Ils devaient même savoir ce qu'ils trouveraient. De plus, la police n'a laissé personne ici, ni voiture ni planton. Elle doit estimer que votre mari est en fuite ou qu'il ne sera pas retrouvé, mais surtout qu'il n'y aura pas de demande de rançon. Une dernière chose : n'oubliez pas que votre maison et tous vos moyens de communication peuvent être sur écoute.

Il existe des acteurs que l'on reconnaît aisément au cinéma ou dans les magazines, mais dont le visage, à l'état naturel, se transforme. C'était le cas d'Alma. Sous l'effet de l'inquiétude, ses traits s'altérèrent, la poupée Barbie devint une femme forte et déterminée. Une femme habituée à tromper les prédateurs.

— Pourquoi croyez-vous que je vous aie attendu au jardin, Marcelo ?

— Je vais vous dire le fond de ma pensée sur cette histoire. Soit votre mari a décidé de disparaître, soit il a été kidnappé. Je suis plus enclin à privilégier la seconde hypothèse. Étant donné que personne n'a réclamé de rançon pour le moment, ou bien l'argent n'est pas le mobile de l'enlèvement ou alors votre mari a la possibilité de faire des transactions au bénéfice des ravisseurs sans l'aide d'un tiers. Dans le premier cas, on peut envisager que quelqu'un veut le réduire au silence afin d'éviter qu'il ne révèle des faits d'une extrême gravité pour bon nombre de personnes. Mais il peut s'agir aussi d'une simple vengeance, si ce que l'on suspecte à propos du BVG s'avère réel. Cela étant dit, je n'ai aucune piste pour le retrouver. À moins que vous ne puissiez m'aider. J'ai besoin de savoir, par exemple, s'il y a eu des mouvements suspects ces derniers jours ou ces dernières heures sur ses comptes, qu'ils soient ou non en lien avec le BVG.

Alma respira profondément, à l'image d'une comédienne avant d'entrer en scène.

— J'aime mon mari. Pourtant, je sais qu'il ne ressent plus rien pour moi depuis des années, si ce n'est du mépris. J'ai fait carrière au théâtre et à la télévision, comme vous le savez sans doute. Je n'ai pas fait de films, car il n'y a pas de cinéma dans ce pays. Mais, de nous deux, c'est lui le meilleur acteur, il l'a toujours été. C'est un faible qui semble fort, un type ordinaire qui sait apparaître comme brillant, un homme torturé et agressif qui vire confiant et calme en public. J'ai vécu ces dernières années en essayant de faire de sa vie un enfer, en tentant de l'humilier et de faire tomber ses masques. Je voulais juste qu'il éprouve à nouveau quelque chose pour moi. Mais c'est un lâche, un menteur ! s'écria-t-elle, des larmes dans les yeux. Je veux le revoir vivant, nom de Dieu ! Je ne veux pas qu'il meure. Pourvu qu'il soit encore en vie... Vous devez m'aider, je vous en supplie !

Elle obligea Marcelo à lui promettre qu'il retrouverait Carmona. Ensuite, elle appela sa domestique à l'aide de la télécommande.

— Préparez la caisse, Ju.

Marcelo prit les devants.

— Donnez-moi tous les contacts de votre mari. Les portables, les cartes réseau...

— Je vais vous donner ça et bien plus, mais vous devrez être très prudent, Marcelo, l'interrompit-elle, une inflexion dramatique dans la voix.

Elle se lança alors dans un long soliloque qui parut à Marcelo avoir été préalablement répété.

— Ce qu'a saisi la police n'a aucune valeur ! Je sais depuis longtemps où António garde ses documents personnels et confidentiels. Pour cette raison, je sais aussi ce qu'il peut être et ce qu'il n'est pas. Je peux vous assurer qu'il n'est pas pédophile, ça non ! Même si les policiers de ce matin avaient fouillé la maison de fond en comble, ils n'auraient jamais trouvé ces documents. Vous savez, Marcelo, j'ai aussi le numéro du portable anonyme qu'utilise António. Un jour, j'ai découvert un deuxième téléphone dans sa veste, j'ai appelé mon numéro et je l'ai enregistré dans mes contacts. J'ai payé un détective privé qui m'a appris qu'il avait une maîtresse. Et moi qui ai toujours été fidèle, toujours ! Quelle idiote ! lâcha-t-elle, indignée.

Puis elle reprit sur ton monocorde, comme si elle lisait un mode d'emploi.

— Il n'est pas du genre à fréquenter les prostituées. En ce moment, il est avec une étudiante qui vit dans le Bairro Alto. Incroyable... J'ai l'adresse et une photo où ils sont ensemble. Avant elle, il avait fréquenté une autre étudiante d'Alfama. Et ce n'était pas la première... Ce que je vous raconte est très cliché, n'est-ce pas ? Je suis d'Alcântara, vous savez. Et António sous son vernis est aussi originaire d'un quartier populaire. Depuis plusieurs années, chacun vit de son côté et n'a pas de comptes à rendre à l'autre. Tous les lundis, il passe la nuit avec son amante au Bairro Alto, parfois aussi le mardi. Une semaine entière à Estoril, c'est trop pour lui, tout comme il ne supporte pas de passer plus d'une ou deux nuits avec elle. Il a changé avec le temps. Parfois, je me console en me disant qu'il reste plus souvent avec moi qu'avec elle. C'est ce qui explique que je n'aie pas été surprise de son absence jusqu'à mardi soir. Nous avions un dîner prévu et il n'est pas venu. Heureusement, nos convives avaient raté leur avion et ont préféré annuler.

— Et vous étiez avec lui le week-end dernier ? interrogea Marcelo.

— Non, il était parti tout seul dans l'Alentejo. Je n'y vais plus depuis longtemps, il organise toujours des parties de chasse et des rendez-vous avec des clients étrangers. Des gens louches. Il se passe des choses bizarres, je n'aime pas du tout cette ambiance. António ne participe pas à tout cela, il se contente de leur offrir ce qu'ils aiment, avec l'aide d'un bras droit et du personnel qui vit à la propriété.

— Et quand vous êtes-vous aperçue de la disparition de votre mari ?

— Je vous l'ai déjà dit, mardi soir à l'heure du dîner. J'ai contacté la police. Et comme vous voyez, elle a fait le déplacement seulement aujourd'hui et m'a informée qu'il était introuvable depuis son repas au restaurant lundi soir avec Avelino, le sinistre Avelino, l'ancien ministre, vous voyez de qui je parle ?

— Oui, oui. Mais vous parlez de gens et de choses bizarres. Pouvez-vous m'en dire plus ?

— Des gens plus louches qu'Avelino ? Vous comprendrez mieux quand vous aurez vu le contenu de cette caisse que mon mari cachait. J'y ai ajouté des choses que j'ai moi-même collectées, des contacts de son téléphone anonyme, des rapports… C'est une boîte de Pandore, comme on dit. Prenez-en soin, Marcelo.

Marcelo hocha la tête et poursuivit son interrogatoire.

— Vous n'avez pas appelé le téléphone secret de votre mari depuis qu'il a disparu ?

— Non. Le détective privé m'avait donné la liste des numéros de son répertoire. Et ce téléphone semble servir également de modem pour aller sur Internet.

Marcelo se montra surpris.

— Et vous n'avez pas appelé ? Depuis mardi soir, vous n'avez pas tenté de le joindre sur son portable secret ?

— Non ! s'agaça Alma. Je vous l'ai déjà dit ! À aucun moment ! Et je ne le ferai pas, car je pourrais le mettre en danger. J'attendais seulement quelqu'un en qui je pouvais avoir confiance. Vous avez tout dans la caisse. Soyez prudent, Marcelo, très prudent.

— Une dernière chose, Alma, et réfléchissez bien avant de me répondre, est-ce que vous et votre mari connaissez un homme autour des soixante ans, avec un air de… un air de singe, bras longs, menton proéminent et une voix grave de fumeur ?

— Oh, j'en connais tellement ! répondit Alma, en roulant des yeux.

Marcelo sourit.

— Un type originaire de l'Algarve ou qui fait des affaires là-bas.

Alma ferma les yeux.

— Non, je ne vois personne en Algarve. António et moi séjournons depuis longtemps une semaine en août dans une suite de l'Hôtel Quinta do Lago, mais je n'ai pas souvenir d'une telle personne. Par contre, un homme des cavernes d'une cinquantaine d'années, je pense à un personnage étrange que nous avions rencontré une fois au Brésil. Un jour, allez savoir pourquoi, nous sommes allés à Fortaleza, une ville horrible, et nous avons fait la connaissance d'un Portugais qui savait qu'António était patron d'une banque. Il a fini à notre table. Un type rustre mais charmeur, plutôt agréable, un provincial avec une belle voix grave. Ils ont parlé beaucoup d'argent et j'ai décroché…

— Vous vous souvenez de son nom ?

— Hum… non, je ne crois pas. Je suis capable d'apprendre par cœur des extraits de scénarios en deux heures, mais ce genre de chose… Attendez…

Marcelo prit son bloc-notes. Le visage d'Alma s'illumina.

— Oui, voilà ! Herberto… Herberto Aragão… je me souviens, maintenant. António s'était moqué de sa physionomie après la soirée.

— Savez-vous s'il était resté en contact avec votre mari ?

— Il me semble qu'il était venu le voir une fois dans l'Alentejo. Mais je ne l'ai plus jamais revu.

Marcelo changea de sujet.

— Qui est le détective à qui vous avez fait appel ?

— Celui qui est dans les journaux, vous savez ? « Détective Ferreira, enquêtes privées avec compétence et discrétion. » Je n'ai pas cherché quelqu'un d'autre. Vous le connaissez ?

— Trop bien.

Alma sourit et Marcelo admira sa façon de changer de registre, passant de la comédie à la tragédie et inversement. C'était une très bonne actrice. Ou une très mauvaise actrice, Marcelo n'avait pas la réponse. À cet instant, Ju passa près d'eux et lui demanda si tout allait bien. Alma la rassura et l'incita à aller voir l'une des nombreuses *telenovelas* programmées sur les chaînes portugaises.

Ju, profondément catholique, était très attachée à sa patronne, mais aussi à son patron depuis qu'ils l'avaient sortie de la misère et du malheur. Pas seulement elle, d'ailleurs. À Estoril, comme à Cascais et dans toutes les zones résidentielles privilégiées où se concentre le pouvoir d'achat d'une partie de la société, une armée d'employés domestiques opérait en toute discrétion. Ju, diminutif de Julie, mère de quatre enfants restés à Manille, envoyait la quasi-totalité de son salaire à sa famille, gardant pour elle cinquante euros qui servaient à payer les cartes téléphoniques et les dépenses incompressibles, et dix euros pour les offices religieux, répartis en vingt pièces de cinquante centimes glissées dans le tronc de l'église. Ju était devenue, en seulement quelques mois, le port d'attache de plusieurs employées philippines qui avaient fui leur patron. L'année précédente, par une journée froide de novembre, António Carmona se promenait dans le jardin, déjà plongé dans l'obscurité, lorsqu'il entendit des voix dans une dépendance de sa maison. Il découvrit que Julie cachait trois compatriotes, âgées de dix-huit à trente ans, victimes notamment d'abus sexuels, sans le sou et sans papiers. Sa première réaction fut de la congédier.

— Renvoyez-moi, *sir*. Mais aidez ces filles, pour l'amour de Dieu.

Plus tard, en entendant leurs histoires, Alma pleura, et même António sentit un pincement au cœur et une sensation qu'il identifia par la suite comme de l'embarras. Sans jamais s'exposer, afin de ne pas compromettre leurs relations de voisinage, ils décidèrent d'héberger les jeunes femmes dans une pension lisboète. Carmona fit ensuite appel à un avocat qui se chargea de remettre la main sur leurs passeports et parvint même à récupérer des indemnités auprès des anciens employeurs *via* des accords extrajudiciaires, sous la menace de plaintes pour agression et séquestration.

— En réalité, je pense que nous l'avons aidée uniquement pour soulager notre conscience, confessa Alma. António, s'il en avait dans le pantalon, serait capable de gérer un club de strip-tease pour se faire du fric. Et moi, eh bien, disons que j'ai fréquenté quelques années un établissement de ce type. Comment croyez-vous que j'aie pu faire carrière à la télé ?

Alma donnait l'impression d'être troublée. Ju apparut alors avec une caisse de vin.

— Je vais être une femme différente, je sens que je suis en train de changer, jugea Alma juste avant de prendre congé. Merci, merci beaucoup, ma chère petite Rosa. S'il vous plaît, retrouvez António. Et puis faites-moi deux bises, allez, je n'aime pas les choses factices, je ne veux plus rien de factice dans ma vie et il n'y a rien de plus hypocrite qu'un baiser tout seul. Je vais être à nouveau celle que j'étais avant, je vais à nouveau avoir une âme ! Mais maintenant, je dois aller me coucher. Tout cela m'a épuisée.

Elle les embrassa. Marcelo devait éclaircir un dernier détail.

— Une dernière question : qui étaient les invités qui ont préféré annuler leur venue au dîner de mardi ?

— Un couple angolais, un banquier et sa femme, une ancienne mannequin.

Marcelo tenait sous son bras la caisse en bois qui contenait six bouteilles de Herdade de Todos os Santos. Plus exactement, cinq. La sixième avait été remplacée.

— Alma, nous allons rester encore un peu dans le jardin. Je dois parler avec Rosa et je dois surtout m'assurer que la voie est libre autour de votre propriété avant de repartir.

— Vous êtes ici comme chez vous, proclama Alma, bras ouverts. Si vous avez besoin de quoi que ce soit, Julie est à votre service. D'ailleurs… Julie, apportez quelque chose pour que ce joli couple ne meure pas de faim ! Je m'excuse une nouvelle fois, mais je dois vraiment me retirer.

Alma serra un peu plus la ceinture du peignoir, l'ajusta, laissant entrevoir par instants une longue jambe bronzée, et elle partit à reculons, non sans envoyer des baisers des deux mains. Marcelo était pris dans ses pensées. Il était convaincu que la vie d'António Carmona ne tenait plus qu'à un fil. *Cela ne ressemble ni à une simple affaire de criminalité financière avec disparition volontaire, ni à une histoire d'enlèvement avec le col de Carmona maculé de traces de rouge à lèvres par une femme désespérée, en pleine souffrance.* S'il s'agissait de ce qu'il suspectait, on pouvait craindre, outre la présence d'un vaste réseau mafieux et d'un système de corruption, l'imminence d'un crime en col blanc avec cadavre baignant dans son sang.

Julie vint les informer qu'il n'y avait personne devant le portail et aucun véhicule garé dans la rue. Elle ajouta que le panneau des écrans de surveillance était à leur disposition. Marcelo décida d'aller jeter un œil. Tout en regardant sa montre, il put constater que deux voitures passaient toutes les dix minutes environ devant la propriété. Un SUV Land Rover blanc avec deux Noirs à bord et une Porsche Panamera noire avec au moins deux hommes à l'avant, deux Blancs. Les vitres arrière étaient fumées, empêchant toute identification. La fin de journée approchait, la lumière du jour avait pris des tons pastel comme dans une carte postale.

— Y a-t-il une autre sortie qui ne donne pas sur la rue ? demanda-t-il à la domestique.

— Il existe un petit portail au fond du jardin qui permet d'accéder au terrain voisin. C'est une villa abandonnée.

Rien d'étonnant pour Marcelo. Estoril avait vu nombre de maisons luxueuses péricliter. La faute au casino qui se trouvait à quelques centaines de mètres. L'un des plus grands d'Europe, propriété et confetti d'empire d'un magnat chinois depuis une trentaine d'années. Il n'était pas rare de voir un mari décontenancé en découvrant des gouffres dans les finances domestiques, provoqués par la fréquentation assidue des machines à sous par la maîtresse de maison. Nombreuses aussi étaient les femmes qui se retrouvaient peu à peu désargentées à la suite du rituel de leurs époux d'aller « boire un verre au casino » après le stress de la conduite entre Lisbonne et Estoril ou Cascais. Une route qui longeait la côte, « l'une des plus belles du monde » affirmaient les dépliants touristiques. À juste titre, il est vrai, mais ils oubliaient de parler des sempiternels bouchons… Marcelo avait connu des gens touchés par la folie des casinos. À cet instant, il ne pouvait que remercier le maître du jeu de lui permettre de se retirer du tapis en toute discrétion.

— Magnifique ! Mais ne risque-t-on pas de croiser quelqu'un ou de tomber sur des chiens ?

— *No, sir.* Les fenêtres et les portes ont été murées pour empêcher des sans-abris de rentrer, et il n'y a pas de chiens. Le portail extérieur doit être fermé, mais il n'est pas très haut.

— Ça n'est pas un problème.

— Attendez, *sir.* Je vais chercher la clé du portail de ce côté. Et je vous apporte aussi un *snack*. Que souhaitez-vous manger en attendant ?

— Ce que vous avez, merci, répondit Marcelo, qui commençait à avoir faim.

— Du saumon fumé et des crackers ? Avec du vin blanc ? *Mister* Carmona fait venir chaque semaine un excellent saumon de chez Hédiard, à Paris.

— Magnifique ! s'enthousiasma Marcelo avant de regretter aussitôt d'avoir répété le même mot que vingt secondes plus tôt.

Il se sentit tel un personnage d'une série de la BBC.

Marcelo et Rosa s'installèrent près de la piscine et échangèrent leurs impressions sur la journée écoulée. Le saumon était exceptionnel et le vin, fruité et sec, un Herdade de Todos os Santos réserve spéciale, fut servi frappé dans un seau à glace en argent apporté par un employé des plus discrets.

Neuf heures passées, le soleil s'était déjà couché quand Marcelo se leva. Julie les guida dans le jardin, entre des figuiers à caoutchouc, des palmiers, des bougainvilliers ou encore des hibiscus, jusqu'au petit portail peu visible dans le grand mur recouvert de végétation qui séparait les deux propriétés.

— Savez-vous que ces hibiscus sont aussi connus sous le nom de roses de Chine ? s'amusa Marcelo.

Rosa sourit à moitié.

Il coupa quelques plantes grimpantes avec le couteau suisse qu'il portait toujours avec lui et la serrure apparut.

— Des passiflores, le fruit de la passion, observa-t-il, surpris.

La domestique philippine tourna la vieille clé et après un clic sonore le portail s'ouvrit sans difficulté.

— Parfois, je dois emprunter ce chemin, *sir*.

Marcelo imagina un petit groupe de Philippines courant dans la nuit sur la pelouse.

— Au revoir et faites attention, car il y a beaucoup d'herbe et il peut y avoir… des bestioles.

Julie avait prononcé le dernier mot d'une voix sifflante. Marcelo sentit alors la main de Rosa s'enfoncer dans son avant-bras.

— J'ai peur des serpents !

— Ne soyez pas stupide. Le pire qu'il puisse vous arriver c'est de marcher sur un crapaud.

— Brrr, réagit Rosa, prise de frissons.

C'était une nuit chaude de juin et pas une feuille ne bougeait. Rosa trébuchait régulièrement avec ses talons hauts sur le chemin de pierre du jardin, parsemé de trous et déformé par endroits par les racines des arbres. Elle s'accrochait à Marcelo, qui tenait la caisse de vins de l'autre main. Malgré tout, elle riait de bon cœur avec son chef qui redevint sérieux un instant.

— Nous devons éviter à tout prix que quelqu'un s'empare de cette caisse. Ce qui est certain, c'est que je ne peux pas la prendre chez moi. Trop risqué.

Plus bas, la vieille demeure se dessinait, grise, avec la mer sombre à l'horizon.

— On ne peut pas non plus rester dans cette maison hantée ! plaisanta Rosa.

La jungle avait succédé au jardin. Marcelo attrapa au vol un doux arôme de romarin puis, subitement, ils furent enveloppés d'un parfum enivrant de cestreaux nocturnes, les fameuses dames de nuit qui poussaient en tapis au bord du chemin. L'une des senteurs les plus intenses de la nature, selon les manuels de botanique.

Son corps était endolori et ses pensées partaient dans tous les sens. Souffrait-il de fièvre ? Avait-il été drogué ? Pourquoi la « voix » restait-elle muette ?

Ce matin-là, António Carmona avait été contacté une seule fois sur son portable, toujours branché.

« Nous avons tout notre temps », avait-il lu.

Avant la disparition du message, il vit fugacement une suite d'images. Il reconnut, étonné, la reproduction d'une peinture à l'huile, un tableau surchargé de personnages enfermés dans des œufs, des poissons volants à propulsion rectale, des êtres effrayés cachés sous des ponts tandis que d'autres brûlaient sur des bûchers. Cette œuvre ne lui était pas étrangère, mais il ne se souvenait plus où elle pouvait bien se trouver. L'image suivante voyait un type courant et criant la bouche grande ouverte dans un enfer de flammes. Ensuite, ce fut au tour d'une simple photographie noir et blanc : un soldat pointant son pistolet sur la tempe d'un homme agenouillé. La dernière illustration était un fœtus humain baignant dans un seau rempli de sang, dans une pièce où seule une marquise était visible. On aurait dit une salle de torture. Carmona ricana. On ne risquait pas de l'intimider de la sorte. *Quand tout semble perdu, un homme trouve en lui des réserves insoupçonnées de courage et de résistance*, se rassura-t-il.

Le banquier comprit qu'il était primordial de garder sa santé mentale. Il réfléchissait confusément à sa conquête du pouvoir et à sa déchéance. Cela donnerait un bon titre de roman : *Ascension et chute d'António Carmona.* Bien qu'il éprouvât de la fierté en se remémorant sa progression dans l'échelle sociale, il n'aurait pas honte de connaître l'échec. *Seuls tombent de la montagne ceux qui ont réussi à la gravir.* António Carmona avait compris l'après-midi du coup de fil dans l'Alentejo qu'il n'avait plus d'avenir.

Avait-il pu croire ces dernières années à un quelconque futur radieux ? Il sourit, amer. Un futur avec qui ? Avec Alma ? Avec la petite Vânia ? Ou avec une autre jeune femme avant elle ? Carmona avait commencé avec des filles de bonne famille, mais il s'était fatigué des discussions de petites bourgeoises, passant ensuite avec plus d'enthousiasme à celles, plus naïves, originaires des quartiers populaires. *J'aurais dû réagir plus tôt.* Des larmes apparurent dans ses yeux. Par contre, côté banque et stratégie financière, il était imbattable. « Le génie des finances », pouvait-on lire en une de la revue *Fortunas.* Il se souvenait d'autres titres de la presse magazine : « Le mécène des arts », « Le super banquier », ou encore « Le Rockefeller portugais ».

J'aurais dû être plus proactif. Même dans ses réflexions, Carmona utilisait des expressions sorties des brochures du BVG. Il était devenu l'un des financiers les plus influents grâce à son *business model*, le CAIS, le « *Classified Algorithmic Investment Strategy* », comme il disait en anglais pour impressionner les investisseurs et tranquilliser les organismes de contrôle. Le BGV lui avait permis de bénéficier d'une aura de banquier sérieux, de quoi ouvrir toutes les portes, y compris celles du pape. Les gens le regardaient avec admiration et le traitaient avec considération. Après tout, il montait à cheval avec la même habileté qu'il usait pour serrer des mains de rois et de présidents, ou pour survoler monts et rivières à basse altitude aux commandes de son hélicoptère.

Une fois l'algorithme CAIS décodé, la base de son succès se résumait à une formule très simple : remplir des enveloppes d'argent et les remettre, le plus discrètement possible, avec le tampon « DON » à des personnes évoluant efficacement dans les coulisses du pouvoir politique, sans bien sûr réclamer de reçu. António Carmona n'avait jamais connu le moindre scandale. Certes, des disputes avec Alma s'étaient parfois produites en public, sans compter les fois où elle faisait la moue de manière ostensible, mais la presse restait discrète à ce sujet. Les journalistes n'écrivaient pas sur ce qu'il leur demandait de taire.

Son statut lui évitait de faire pression sur qui que ce soit. Carmona pouvait se rendre au bras de Vânia, ou d'une autre fille avant elle, à une fête, au dernier restaurant à la mode, rien n'était publié dans les magazines. Les médias s'autorégulaient. *Pour alimenter en scandales et trahisons les pages people, les candidats VIP ou de la jet-set ne manquaient pas !* Un sourire sardonique s'afficha sur son visage. C'étaient des gens si caricaturaux qu'on trouvait amusant de les inviter. Toutes les cours ont leurs bouffons. La cour lisboète leur permettait de s'alimenter en rissoles de crevette et rouleaux de saumon de supermarché.

« Les lois sont comme les saucisses. C'est mieux de ne pas voir leur préparation. » Carmona aimait bien citer cette célèbre formule de Bismarck, mais il savait que c'était une vérité à relativiser. C'était plutôt le processus permettant de suspendre l'application des lois qui devait véritablement rester secret. En effet, au XXIe siècle, les autorités alimentaires interdisaient la transformation de chiens, chats et autres animaux écrasés en produits de charcuterie, tout comme les gouvernements et les parlements s'appuyaient sur des processus législatifs raisonnablement salubres. Lors des fêtes qu'il organisait, à Estoril ou dans son domaine, les invités avaient droit à des mets de qualité provenant des meilleurs fournisseurs. Carmona était fier de l'entreprise de *catering* avec laquelle il travaillait et dont le BVG était un des principaux actionnaires. Les cochons roses ne supportaient pas la chaleur de l'Alentejo et mouraient à petit feu, incapables de s'alimenter sous le soleil brûlant. Les porcs noirs, eux, enduraient des températures pouvant atteindre quarante degrés à l'ombre. António Carmona, lui, était un porc noir.

Il faisait partie des personnalités en vogue dans le milieu politique. Encore un motif de fierté. Carmona payait très bien pour qu'il en aille ainsi, bien au-dessus des autres banques. En général, il versait des pots-de-vin trois à quatre fois supérieurs à la concurrence. Côté sexe, les filles étaient à discrétion. Mais avec l'âge, écouter de la musique assis sur le canapé avec sa jeune amante dans les bras, dans un quartier authentique de Lisbonne, représentait le summum.

Le baron des finances se complaisait à entendre les gens parler et crier aux balcons et aux fenêtres. Il aimait aussi l'idée de tendre la main depuis la petite véranda du troisième étage de l'immeuble de Vânia et de pouvoir donner au voisin de la maison d'en face, un vieux coiffeur guitariste qui jouait le soir venu, une bouteille de *medronho*[1] rapportée pour l'occasion. Dans cet univers, on le traitait avec affection sans se préoccuper de son statut ni de connaître les dates de versement des dividendes.

Après tant d'années, Carmona était encore surpris par le grand respect que lui témoignaient le gendarme de la bourse, la Banque centrale et les autres institutions financières. Mais cette bienveillance n'était pas du même ressort que celle des gens du peuple lisboète. Il savait être un parfait gentleman, par exemple en tenant à remettre, « en main propre », aux présidents des entités de supervision bancaire et de contrôle des marchés de

1 Eau-de-vie d'arbouse.

capitaux la documentation légale que devaient fournir annuellement les entreprises financières cotées en bourse. Chaque fois que Carmona s'entretenait avec des personnes d'un certain statut, il simulait un léger claquement de talons avec ses chaussures anglaises cousues main. De surcroît, il cultivait généralement un port aristocratique, n'hésitant pas de temps à autre à afficher une gestuelle des coudes signe d'une grande proximité avec les chevaux. Lorsque la rencontre justifiait un déplacement solennel, l'homme fort du BVG arrivait dans une luxueuse cylindrée précédée d'une caravane de véhicules convoyant les principaux auditeurs de la banque. Avec le temps, la seule chose qui avait changé, c'était le format des rapports. Au départ, c'était sous la forme de plusieurs dossiers, des rames de papiers à grammage épais avec une reliure en cuir. Plus tard, ce fut au tour des disquettes et des CD. Désormais, une simple clé USB suffisait, remise avec la même solennité, dans un étui en peau de crocodile avec charnières plaqué or. La délégation du BVG était accueillie avec le même apparat, entre révérences et éloges.

Habituellement, la remise officielle du rapport s'effectuait avec un café et des petits gâteaux servis par des valets de pied cédés pour l'occasion par le Ritz. Le soir, la fête était d'usage, avec *open bar*, les stars des rissoles et des rouleaux de saumon, et des jeunes chargés de relations publiques à l'animation. Le lendemain, personne ne se souciait d'aller au-delà de la simple consultation des colonnes de chiffres. Que ce soit sur papier ou en format numérique, ils semblaient aussi fiables que la relève de la garde royale anglaise ou les *scones* servis par l'équipe du Ritz. Carmona en profitait ce jour-là pour distribuer des enveloppes remplies de billets de deux cents ou cinq cents euros au profit de bonnes causes.

Qu'avait donc réussi à voir le jeune auditeur de l'AMF ? Son rapport révélait que le *Classified Algorithmic Investment Strategy* de Carmona était une banale pyramide de Ponzi, une gigantesque escroquerie dissimulée derrière une complexe vitrine financière. António Carmona recevait d'importantes sommes en dépôt de particuliers à qui il reversait des intérêts un à deux pour cent supérieurs à la plupart des autres banques. L'âpreté au gain se chargeait ensuite de lui ramener du gros poisson. Il se montrait sélectif dans le choix des nouveaux déposants. Le dépôt minimum au BVG était de cent cinquante mille euros. À la longue, être client du BVG ou avoir une carte de crédit du BVG était devenu un symbole de prestige.

Pour le reste, António Carmona faisait comme les autres banques : il acceptait l'argent des déposants, aussitôt réinvesti et prêté à des entreprises. Son portefeuille financier rapportait plus que la moyenne, grâce au système CAIS, à la « globalisation de ressources locales », au « différentiel d'effet de levier sur l'arbitrage », ou d'autres formules obscures qui impressionnaient les investisseurs. Les entreprises à qui le BVG accordait des prêts – une grande partie d'entre elles existaient seulement sur le papier – payaient avec une régularité irréprochable, permettant ainsi à la banque d'António Carmona de continuer à mieux rémunérer ses clients que la concurrence.

Tout cela figurait, noir sur blanc, dans les rapports du BVG. Malheureusement pour les déposants, il n'y avait rien à voir derrière les chiffres des comptes du BVG qu'il manipulait tel un prestidigitateur. Actuellement, les relevés de compte où figuraient de grosses sommes d'argent en dépôt ne valaient guère plus que le papier sur lequel ils étaient imprimés. Depuis plusieurs années, le baron des finances parvenait à payer les intérêts à ses déposants uniquement grâce aux liquidités des nouveaux clients qui lui confiaient leurs économies. Le BVG était condamné à s'effondrer dès l'instant où l'argent des nouveaux manquerait pour rémunérer les anciens ou s'il n'avait plus la capacité de s'endetter. Une banqueroute annoncée, pourtant. Ainsi, deux ans plus tôt, malgré des clients éparpillés dans toute l'Europe, notamment au Luxembourg, en Suisse ou en Allemagne, Carmona avait constaté que l'argent frais ne suffisait pas à boucher les trous. À cette époque, une solution avait pu être trouvée : le directeur de l'agence de Vilamoura, un homme aux relations privilégiées avec les propriétaires de yachts de luxe amarrés chaque année entre la côte algarvienne et Cannes, avait ferré deux nouveaux clients. Le premier représentait un fonds angolais. Quelques jours après leur première rencontre dans son domaine de l'Alentejo, il avait déposé trois milliards d'euros à condition de pouvoir à tout moment récupérer au moins 50 % de la somme. Le second était un financier de Francfort, gérant d'une société de production de films pour l'Europe et les États-Unis. Le fisc allemand assurait un certain nombre d'avantages aux petits investisseurs nationaux du secteur, sous prétexte qu'ils développaient une industrie concourant à donner une meilleure image des Allemands dans les salles obscures. Personne ne mord la main de celui qui paye les factures. Il leur était donc possible de déclarer des pertes et ainsi échapper à l'impôt, ou tout du moins repousser son paiement. Sauf que l'homme d'affaires de la ville la plus riche du pays était un vrai charlatan aux faux airs d'aristocrate. En lieu et place de financer des films à hauteur de deux milliards d'euros, il s'était contenté d'investir une part dérisoire de l'argent dans une modeste production hollywoodienne. Un film de série Z avec des acteurs et actrices prêts à coucher avec le moindre producteur daignant apparaître à Los Angeles. Il avait déposé discrètement le reste au BVG pour au moins un an. Carmona achetait le temps de la sorte. Deux clients coup sur coup qui pesaient cinq milliards, de quoi assurer la survie de la banque, pensait-il. Mais la stratégie avait échoué.

Un manager du BVG avait commencé à financer une série de projets ruineux. Carmona n'avait pas réussi à identifier le fauteur de troubles ni les affaires concernées. Les chiffres étaient confus. Il ne parvenait plus à identifier clairement le cash que la banque possédait dans ses coffres au regard de ce qu'il prétendait posséder. Carmona avait opté finalement pour un audit interne réalisé par un de ses rares collaborateurs de confiance. La réponse fut accablante. Même en incluant les fonds propres, le BVG était techniquement sous-capitalisé. Il ne restait plus, environ, que quatre cent cinquante millions d'euros disponibles. Une véritable coquille vide. Si de nouveaux clients de poids ne se manifestaient pas, la banque allait devoir fermer boutique d'ici peu, incapable de faire face à ses remboursements de prêts et au paiement des intérêts des déposants. D'autant qu'au vu de la situation actuelle du marché, aucune banque n'accepterait de leur concéder le moindre crédit. Et puis, pour parachever le tout, il avait appris le jour du coup de fil dans l'Alentejo que le représentant du fonds angolais s'était rendu à Vilamoura. Il avait fait irruption sans prévenir dans les locaux luxueux du BVG près de la marina et avait informé le directeur régional que « la famille » exigeait le versement d'un milliard et demi d'euros « avant lundi soir dernier délai ». La « famille »... Carmona soupçonnait depuis le début que derrière ce nom se cachait un cercle d'influence lié au pouvoir angolais qui avait détourné l'argent du pétrole.

Désormais, tout cela était du passé. Il aurait dû faire comme les autres banquiers déchus : s'adosser à des grands groupes, trop gros pour couler car ils auraient entraîné avec eux le reste de l'économie. Peut-être que même les gros poissons couleraient un de ces jours... Carmona ne put s'empêcher de rire. Mais sa véritable erreur avait été de travailler en solo. Quelques années plus tôt, deux banques portugaises, le BPN et le BPP, s'étaient également effondrées, mais tous les dirigeants s'en étaient tirés. Ils avaient su, lentement mais sûrement, faire échec à toutes les procédures judiciaires à leur encontre. Il aurait dû placer plus d'anciens ministres dans les organes de direction et au conseil de surveillance pour s'offrir une impunité totale. Le seul Avelino était un filet de sécurité bien mince. Le plus important pour qu'il puisse échapper au pire était d'éviter à tout prix que les listes des « dons » ne deviennent publiques. Carmona éprouva une forme de soulagement malgré l'inconfort de sa situation dans cette cellule inconnue. Il était à l'abri, car les listes étaient son assurance vie. Les listes et les images filmées au domaine. L'homme fort du BVG avait toujours considéré indignes les vidéos compromettantes enregistrées dans des chambres. Mais, à cet instant, il se félicitait de n'avoir eu aucun scrupule à installer des caméras. Et d'avoir eu le nez fin en recrutant le gérant de son domaine quand il n'était pas sur ses terres.

C'était une question de temps pour que tout le système parte en fumée. Lui, c'était une victime sacrificielle. Le bouc émissaire. Pourquoi ? Parce qu'il avait tout compris ? Parce qu'il touchait le fond ? Et pourquoi lui ? Pourquoi était-il touché en premier ? Pourquoi devait-il toucher le fond avant les autres ? L'effondrement était proche. Pour sa part, il devait garder son sang-froid. Surtout ne pas sombrer mentalement. Lundi était loin désormais. Que faisaient les Angolais à cet instant ? Était-il leur prisonnier ? Que se passait-il dehors, hors de son enfer vert ? António Carmona se sentait protégé, en sécurité, allongé sur sa natte.

VENDREDI 10 JUIN

Le soleil s'était levé depuis une demi-heure, la matinée était fraîche. Avelino Simões prenait le petit déjeuner dans son jardin. Il avait repoussé son départ en week-end prolongé du 10 au 13 juin suite aux derniers événements. Tous ceux qui étaient le pouvoir ou jouaient un rôle en coulisse avaient eux aussi estimé plus prudent de l'imiter, à cause du BVG et de Carmona. Le 10 juin, « Jour de la Race » sous la dictature, devenu par la suite « Jour du Portugal » ou « Jour de Camões », devrait attendre. Tout s'était précipité, les choses ne tenaient qu'à un fil. S'il ne trouvait pas une solution rapidement, il serait hors circuit au plus tard en début de semaine prochaine.

Au fond de la propriété, on pouvait apercevoir à l'horizon trois silhouettes se déplaçant lentement sur le terrain de golf, sans qu'il soit possible de voir précisément où se terminait la pelouse du jardin et où commençait le green. L'ancien ministre de la Justice et de l'Intérieur, membre du Conseil d'État, s'était installé loin du centre de Lisbonne. Sa « résidence » actuelle était l'une de ses plus grandes fiertés du moment. Haute de trois étages, dont le dernier accueillait son bureau, elle comptait deux ascenseurs, un intérieur et un extérieur, climatisés et en verre teinté. Peu de gens savaient que l'homme d'État était le patron du club de golf *via* une entreprise anonyme basée aux îles Caïmans.

La semaine précédente, la maison et son propriétaire avaient été photographiés à l'occasion d'un reportage d'une revue économique. Un cliché pris à l'endroit où il sirotait bruyamment son café. Avelino Simões posait avec un sac de clubs de golf à ses pieds et, sur suggestion du journaliste, une Winchester plaquée or dans les bras, tel un chasseur de lions. Une arme que lui avait offerte le président zimbabwéen. En toile de fond, la somptueuse demeure avec son imposante tourelle.

Quatre jours plus tard, le magazine était livré par coursier et le maître de maison le montra à sa fille, un large sourire empli de fierté éclairant son visage. Il la regarda droit dans les yeux, afin d'observer sa réaction. C'était encore un homme puissant. Mais il était devenu aussi l'un des hommes les plus riches du pays.

— C'est quoi, cette pose guindée, papa ? Tu ressembles à un vrai paon ! Comment tu fais ? Quelle honte si quelqu'un voit ça… commenta, écœurée, l'adolescente âgée de dix-neuf ans.

L'ancien ministre la dévisagea, consterné, et secoua mollement la tête. Il n'arrivait pas à comprendre sa fille, ni son fils, d'ailleurs, plus jeune de trois ans. Ils avaient grandi sans qu'il s'en rende compte. Sa vision de la vie de famille se résumait depuis longtemps à un simple coup d'œil par-dessus le journal ou un dossier de travail. Parfois, il avait l'impression d'être un intrus dans sa propre maison. Certes, le foot permettait de discuter avec son fils, mais ses relations avec Carla étaient au point mort. De quoi pouvait-il bien parler avec cette gamine ?

Avelino Simões était un baron du régime. Sa fille, portrait craché de sa femme, avait besoin d'une bonne paire de claques, décréta-t-il en prenant le journal du jour. Comment était-il possible qu'un homme comme lui, qui faisait partie des cinquante personnalités les plus puissantes du pays désignées par le *Diário* (47e, trois places de mieux que l'année précédente), qui avait mené des guerres et nettoyé des villes minées par la délinquance, comment était-il possible qu'il puisse échouer à imposer le respect sous son propre toit ?

« *My castle is my castle.* » Après son entrée au BVG, Avelino Simões avait repris des cours d'anglais avec une professeure particulière qui venait à son bureau à la banque tous les vendredis en fin de matinée. « *You're good like corn.* » Un de ces jours, il faudrait qu'il lui balance ça. Après tout, il était connu pour son humour contagieux, et incontestablement cette peau blanche constellée de taches de rousseur faisait monter sa tension bien plus que deux professionnelles chevronnées. Mais bon, ce n'était pas la priorité du moment. Des choses beaucoup plus importantes devaient être réglées au plus vite. Il gérait une crise depuis trois jours, la plus sérieuse depuis son départ du gouvernement. Simões appréciait son statut d'ancien ministre. C'était le meilleur boulot, avec que des avantages, sans avoir à feindre la moindre pudeur. Mais les dernières soixante-douze heures, depuis le dîner avec Carmona et sa disparition, avaient été infernales. La une du *Jornal* annonçait ce à quoi il s'attendait. « Un banquier passe de la haute finance à la pornographie infantile. » L'article ne révélait pas son identité, indiquant seulement qu'il s'agissait de « l'une des principales figures du secteur bancaire privé ». On apprenait également que des ordinateurs avaient été saisis avec « des milliers de photos à caractère sexuel impliquant des mineurs ».

Il était vital d'éviter la chute du BVG. Coûte que coûte. Trop de monde impliqué. Les premiers temps, Simões s'était contenté d'aller au siège du BVG situé avenue da Liberdade pour s'occuper d'affaires étrangères à la banque. Il triait ses dossiers dans des chemises colorées sur son bureau. Le secteur bancaire n'était pas encore son fort. Un jour, il faudrait qu'il se tape la professeure d'anglais dans ce bureau. Être vice-président du BVG impliquait des activités financières qui ne l'intéressaient guère, seul le statut de la fonction avait grâce à ses yeux. C'est ce que l'ancien ministre avait expliqué au procureur, aux collègues du parti membres du gouvernement et aux dirigeants de la banque centrale en multipliant les coups de téléphone. Lisbonne avait des airs d'un manège tournant à grande vitesse depuis la disparition de Carmona. Cet idiot de banquier avait servi de poule aux œufs d'or pour beaucoup trop de monde.

Si on était quelqu'un et que l'on s'assurait les bonnes grâces d'Avelino Simões, on pouvait obtenir l'argent voulu aux conditions souhaitées. Le BVG était une caisse enregistreuse ouverte. L'année précédente, l'homme d'État avait accumulé plus de quarante millions d'euros, uniquement en commissions, en vendant des entreprises en faillite ou fictives à la banque de Carmona. Ce dernier achetait tout et signait le moindre papier qu'il lui mettait sous le nez. Au début, l'ancien ministre s'était montré discret, prudent, plein d'attentions pour le petit baron de la finance. À la longue, il comprit que Carmona « lui mangeait dans la main », comme il aimait à dire, et il entra dans une spirale euphorique alimentée par chaque million qui venait grossir son compte en banque.

Lorsque Simões se retrouvait avec ses amis proches, il parlait du président du BVG comme de sa « dinde aux œufs d'or ».

Il avait commis une seule erreur : avoir cru que Carmona était un type sérieux. Stupide soit, mais sérieux au regard des règles du système. La liste des « clients » de Carmona ne pouvait en aucun cas se retrouver dans la presse. L'ensemble des médias avait les mains liées. Aucune information ne devait sortir sur le sujet, pas même une brève.

La crise au BVG n'était pas un cas isolé. Preuve en était les scandales du BPN, du BPP et d'autres banques portugaises dont les conséquences destructrices avaient été sévères mais circonscrites. Une chose était d'attraper des maires corrompus, d'anciens parlementaires adeptes de la fraude fiscale, des secrétaires d'État monnayant des arrêtés ou encore un ancien ministre affairiste ramassant l'argent sale sans se poser de question. Tout autre chose était de voir une liste mettre en péril le régime dans son ensemble. Le Portugal ne pouvait s'offrir le luxe de se compromettre à cause d'un banquier anarchiste ! Simões avait à nouveau parlé avec le Premier ministre de bon matin.

C'était la quatrième fois de la semaine qu'ils conversaient au téléphone. Et les appels venaient toujours de São Bento, la résidence du Premier ministre. Ce matin-là, il était cinq heures ; soit il venait tout juste de se réveiller, soit il avait passé une nuit blanche. Dès le premier contact, Avelino avait convaincu le chef du gouvernement qu'il était à 200 % du côté de l'exécutif. « À 200 %, monsieur le Premier ministre », avait-il martelé. Avec le gouvernement, bon sang ! Y avait-il quelqu'un qui doutait de sa loyauté ? Il n'avait jamais imaginé que le BVG pût être une escroquerie, une véritable arnaque d'après les derniers événements en date.

Désormais Avelino Simões avait pris les choses en main. Lui, le vieux porteur d'eau du parti au pouvoir. « Je suis en train de m'occuper de cette affaire au plus haut niveau », insista-t-il plusieurs fois auprès du Premier ministre. Cela signifiait, concrètement, rejeter la responsabilité sur d'autres en expliquant notamment que son aire d'intervention à la banque n'avait jamais été au-delà du « *corporate finance* », c'est-à-dire les investissements et les opérations de fusions-acquisitions des entreprises. Il ne savait rien s'agissant des déposants, des paiements ou encore des algorithmes.

— J'ai toujours été nul en maths, monsieur le Premier ministre, vous pouvez le confirmer auprès de votre prédécesseur !

Si tout se passait bien, l'État procéderait comme de coutume en injectant des milliards pour boucher les trous. Avoir le soutien de la Banque centrale du Portugal était une formalité, mais du côté de Bruxelles et de Francfort ce serait une autre histoire. Il serait sans doute plus compliqué de les convaincre cette fois-ci.

Mais lui, Avelino Simões, avec ses réseaux, il avait de fortes chances de sortir gagnant de cette histoire et de prendre seul le contrôle du BVG. Le Premier ministre voulait quelqu'un de confiance, et avec la main lourde pour faire ce qu'il y avait à faire. C'était là son intuition. À cet effet, il faudrait se débarrasser des parties malades, sans complaisance et en gardant son sang-froid. L'intelligence était de mise sur cette affaire, le flair politique également. Le BVG ne pouvait pas être un système de vente à la boule de neige ou une pyramide de Ponzi. Pour l'ancien ministre, une lecture plus financière de la chute devait exister, plus conjoncturelle, pensa-t-il. Il devrait s'entretenir avec certaines personnes, mettre des hommes sur le terrain. Au vu des circonstances, il n'y avait pas de demi-mesure possible, l'intérêt de l'État passait avant tout le reste. Simões pensa une nouvelle fois à la professeure d'anglais et au prochain cours. « *You look like Jodie Foster.* » Comment on disait seins en anglais ? Un sourire plein de malice apparut au coin de ses lèvres. « *I want to make love with your breasts, Madam…* » Pourrait-elle résister à son charme ?

Marcelo se réveilla en clignant brusquement des paupières. Il fut surpris de ne pas voir le plafond blanc et voûté de sa chambre. Au lieu de cela, c'était comme s'il se trouvait dans une tente berbère. Son premier instinct fut de s'enfuir au plus vite. Mais en se tournant, il vit Rosa, couchée, nue, le visage couvert de boucles châtain foncé, presque noires, affichant un doux sourire. Elle respirait lentement, comme apaisée.

Marcelo caressa avec la paume de sa main son dos, de la nuque jusqu'au haut des fesses. Il tira légèrement le drap blanc pour se couvrir et regarda autour de lui. C'était un modeste appartement où l'on notait la présence d'un vélo au design rétro, d'une petite table en verre avec pied en fonte d'une ancienne machine à coudre, d'une bouteille d'Herdade de Todos os Santos ouverte avec deux verres aux reflets violacés, ou encore d'une vieille malle et son verrou en cuivre surmontée par une valise vintage. Sur cette dernière se trouvait la caisse de vin que lui avait donnée Alma Carmona.

Marcelo retrouva la mémoire. La veille, alors que Rosa et lui étaient en taxi en route vers Lisbonne, il comprit qu'il aurait besoin de toute urgence d'un studio pour visionner les cassettes en format mini-DV trouvées dans la caisse de bouteilles. Ne restait plus qu'à contacter un ami travaillant dans les médias. Durant les congés de juin, la ville était vide. Le studio serait à son entière disposition.

Rosa ouvrit ses grands yeux noirs.

— Bonjour. Bien dormi, chef? demanda-t-elle d'une voix endormie et timide.

— J'ai dormi comme un ange toute la nuit et une partie de la matinée.

Marcelo effleura son doux visage et prit une mèche de cheveux entre ses doigts.

— J'étais en train d'admirer la déco de ton appart, ça m'a échappé hier soir.

— Ah, alors tu as compris que j'aime bien les antiquités et les vieilleries… Passons sur notre différence d'âge, OK? Tous les samedis matin, je vais aux puces de Feira da Ladra. Ça fait des années que ma mère me répète toujours la même chose : « Rosa, si tu achetais des meubles de ta génération, tu pourrais sans doute trouver quelqu'un qui… »

Marcelo posa une main sur sa bouche.

— Il doit bien y avoir un moyen de te faire taire !

— Là, comme ça, j'ai une ou deux idées en tête, chef.

Marcelo arriva au studio de production d'un ancien collègue, situé près du parc Eduardo VII. Le soleil était presque à son zénith et ses rayons brûlaient l'air de la ville. Le sixième compartiment de la caisse de vin contenait huit mini-DV avec des étiquettes, mais sans noms, uniquement des dates et des initiales. On y trouvait aussi des clés USB et une page A4 imprimée en petits caractères, datée du 16 mai avec l'en-tête suivant : DÉTECTIVE FERREIRA, ENQUÊTES PRIVÉES AVEC COMPÉTENCE ET DISCRÉTION. Marcelo avait croisé à maintes reprises le vieil enquêteur, un paranoïaque inoffensif et obèse. Un état sans doute provoqué par l'ingestion en grandes quantités de cacahuètes et de graines de courge, assis dans sa vieille Golf à observer des femmes et des hommes infidèles. C'était un détective méticuleux et peu loquace. À l'époque où Marcelo était journaliste, il avait bien tenté de lui arracher des informations mais sans succès. La feuille, pliée en quatre, semblait avoir été retirée d'un dossier plus épais.

Marcelo parcourut l'emploi du temps du banquier relevé par Ferreira : « 21:35 : AC entre restaurant Açordas, rue da Rosa, + Avelino Simões. » Puis 23:05 : « AC sort seul, monte la rue direction nord, tourne dans première rue à droite, et monte la rue do Diário Notícias. 23.15 : AC entre dans le bar Garrafeira do Alfaia. S'assoit à une table et attend VP. » Marcelo imagina l'enthousiasme du vieux détective parcourant à pied les ruelles du Bairro Alto. « 00.20 : AC sort du bar avec VP. Descendent la rue do Diário de Notícias jusqu'à croiser la Travessa da Espera, entrent au n° 8 du Beco dos Encalhados*. » En bas de page, l'astérisque précisait : « Contrat de location avec Financial Unlimited au nom de Vânia Andreia Anselmo Prata, 21 ans, originaire de Barcelos, étudiante en médecine, loyer mensuel de 80 euros / prix de marché de l'appartement estimé à 1 800 euros. » C'était trois semaines avant la disparition d'António Carmona. À sa connaissance, Carmona était un homme d'habitudes.

Marcelo passa plusieurs heures à éplucher les images et les fichiers des clés USB. Il découvrit une carte mémoire contenant une version détaillée de ce que Nogueira, le directeur du *Notícias*, avait décrit : la liste de Carmona en version électronique avec les noms des politiques, des magistrats et des journalistes in extenso. Le banquier avait une liste manuscrite dans son bloc, mais il actualisait tous les mois une version Excel conservée en lieu sûr. *Enfin !* pensa Marcelo. Indépendamment de ce qui était arrivé à Carmona, la bombe atomique se trouvait désormais également entre ses mains.

Avant de quitter le studio, le super enquêteur de l'Institut imprima une cinquantaine de photographies et plusieurs zooms de détails notables. La plupart des films, enregistrés dans la même chambre, avaient peu d'intérêt. L'angle des deux caméras camouflées dans les coins permettait de voir les draps d'un grand lit à baldaquin, avec au premier plan une table de nuit ainsi qu'une commode rustique, et à l'arrière-plan un secrétaire d'époque. On pouvait également admirer un grand tapis d'Arraiolos sur le plancher de bois. Certaines des rares images éclairées par la lumière du jour montraient une fenêtre avec vue sur un coteau. Le baldaquin ne possédait pas de rideaux sur les côtés, mais un ciel de lit en voilage blanc, *comme un faux plafond*, nota Marcelo. Avant de corriger aussitôt : *plutôt comme un réflecteur dans un studio photo, afin d'améliorer la qualité de l'image*. Une grande partie de ce qui avait été filmé se résumait à des rapports sexuels entre des hommes et des adolescents ou des femmes. Les vidéos étaient déjà coupées et montées. On y voyait presque toujours les visages, et les actes sexuels explicites étaient filmés en haute résolution. Visiblement l'auteur du montage avait une prédilection pour les femmes. Nombre de séquences offraient au regard des visages féminins se mouvant lentement de bas en haut et de haut en bas avec des expressions qui variaient de l'ennui mortel à la véritable jouissance.

Du travail de pro, réagit Marcelo. Par contre, la position décrite dans *Gargantua* ou *Othello* comme « la bête à deux dos » rendait difficile l'identification des personnes présentes. La lumière était parfaite. Quelques fois, la mise au point changeait lors d'une séquence et des images sombres gagnaient en clarté. Les caméras bougeaient de quelques degrés sur la gauche ou la droite. Ce n'étaient donc pas de simples caméras de surveillance. Il y avait dans cette maison un véritable studio avec quelqu'un aux manettes. Il va sans dire que les protagonistes ne savaient pas qu'ils étaient filmés. « Très ingénieux », murmura Marcelo. Certaines vidéos montraient des hommes d'âge mûr avec des enfants. Des gamins, les plus jeunes devaient avoir onze ans environ, qui servaient de jouets sexuels.

Marcelo imprima des photographies de vingt hommes. Il en avait reconnu neuf parmi eux. Trois anciens ministres désormais dans le secteur bancaire, le Premier ministre actuel dans un cliché datant de quelques années, deux membres du gouvernement, une star du football, un magistrat et un prêtre que l'on voyait souvent aux infos. Sur les onze qui restaient, six semblaient être étrangers. L'un d'eux attira particulièrement son attention. Non pas à cause de la position fœtale de l'enfant couché sur le lit à côté de ce qui paraissait être une tache de sang. Ni du fait de sa stature et de sa corpulence – c'était un homme d'environ soixante ans, cheveux blancs en brosse, qui devait mesurer près de deux mètres et peser dans les cent cinquante kilos.

Rien de tout cela n'avait accroché son œil de lynx. Il avait agrandi l'image sur un détail qu'il observait, le sourcil interrogateur : un porte-documents en cuir posé sur la table de nuit. On pouvait identifier sur le dessus, en relief, un logo d'apparence familière : un blason avec deux lances qui s'entrecroisent en formant un X. *Un X, où j'ai vu ce X ?* se répétait Marcelo. Assis par terre, les yeux fermés, la tête penchée en arrière, il tentait de se rappeler où il avait pu voir ce symbole.

Après de longues minutes d'errance intérieure, il se vit marchant main dans la main avec Katrin, le long d'une rivière, dans la forêt et, enfin, dans les rues d'une cité médiévale. Tous deux cheminaient, le pas aérien, comme dans les tableaux où les amants survolaient, dans les bras l'un de l'autre, les toits des maisons. Et puis, elle le tira violemment par les pans de son pardessus, de retour sur terre, jusqu'à le plaquer contre une porte en bronze. Marcelo se souvint du parfum de paille sèche, de fleurs des champs et d'autre chose de peu avouable. Il neigeait. Elle enfonça son visage au creux de son épaule et à cet instant il regarda vers le haut. Il s'apprêtait à la quitter et ne savait pas quoi lui dire. Ses yeux divaguaient sur les maisons d'en face jusqu'à ce qu'il tombe sur un portail en fer forgé avec un blason où deux lances se croisaient et la devise suivante : « *Schweigen ist Gold* », le silence est d'or. Mais Katrin avait droit à la vérité. Les lances les transperceraient, elles mettraient fin à leur relation. Leur dernier baiser marquerait leur séparation. Marcelo reconnaissait le blason et avait également réussi à se remémorer le nom figurant juste à côté. « Kötterer & Klappstein », des banquiers d'affaires.

Il rouvrit les paupières. Toujours assis par terre, photographies en main, il eut conscience qu'il reconnaissait et parvenait à comprendre uniquement ce qu'il connaissait et savait déjà. Le monde de la finance restait tel qu'il l'avait connu. Marcelo n'avait rien découvert de neuf.

« Le silence est d'or » est la seconde partie d'un proverbe cher aux Allemands. « La parole est d'argent, mais le silence est d'or ». Une telle sentence écrite sur le blason d'une banque privée ayant pignon sur rue à Berlin disait beaucoup sur le secret bancaire. La maxime originale, en latin, avait surgi dans un manuscrit découvert en Allemagne plus de quatre siècles auparavant : « *Narratio argentea, Silentium aureum est.* » Si parler valait de l'argent et si le silence était de l'or, quel vil métal récompensait la vérité ? Et quel pouvait être le prix à payer pour celui qui était prêt à tout pour la découvrir ? Il existait une version juive qui liait la valeur du silence directement à la pièce de monnaie. « Si une parole vaut un shekel, le silence en vaut deux. » Combien de shekels valaient un baiser, un souvenir ? Et la vie d'un homme ? Assez philosophé ! Sa mission l'attendait : retrouver Carmona.

Marcelo sortit du studio de production climatisé et descendit la rue, à quelques centaines de mètres du rond-point de la place Marquês de Pombal, toujours encombré de voitures venues de toutes parts. Il sentit un violent souffle chaud mêlé aux gaz d'échappement et préféra s'arrêter quelques instants pour se donner du courage avant d'entamer la montée. Devant lui, deux hommes se tenaient silencieux à l'entrée d'un immeuble, comme si leur discussion avait été brusquement interrompue. Ils portaient des bermudas kaki qui leur arrivaient sous les genoux et l'un d'eux arborait un marcel, avec l'idée sans doute de mettre en valeur des années de fréquentation de la salle de sport.

Le mercure atteignait les 37°C. L'air lisboète était irrespirable. Il traversa la rue, une mallette en plastique bleu qu'il avait trouvée dans le studio fermement maintenue sous le bras. Arrivé au niveau du métro, Marcelo commença à grimper le trottoir escarpé qui longeait le parc Eduardo VII. Les deux hommes le suivaient. Quand il parvint au jardin Amália Rodrigues, il posa la mallette par terre, s'appuya sur la statue de bronze représentant une mère obèse avec un bébé obèse dans les bras, et sortit son portable comme pour prendre une photo du monument commémorant le 25 avril, érigé un peu plus loin dans le parc. *Plutôt suspect*, pensa-t-il. Seul un collectionneur de monstruosités pourrait faire un cliché d'un tel tas de débris. Les deux types qu'il pensait pouvoir photographier ainsi s'étaient volatilisés.

La sculpture de Botero était brûlante, et son dos commençait à souffrir. Marcelo les chercha sur l'écran de son téléphone et appuya sur le bouton pile au moment où surgit la paire de bermudas derrière une fourgonnette garée à une vingtaine de mètres. Il ne possédait aucun compte sur les réseaux sociaux. Ce qui est social, c'est de parler face aux gens, disait-il. En réalité, Marcelo en avait un, sans « amis », qu'il gardait secret et où il stockait des photos de fleurs, de maisons, de sans-abris ou encore de phrases écrites sur les murs. Il n'eut pas le temps d'aller plus loin lorsqu'il reçut le premier coup.

Le visage enfoncé dans l'herbe, la première chose qui lui vint à l'esprit fut d'estimer que le jardin Amália Rodrigues était certes l'un des rares espaces verts plaisants du centre de Lisbonne, avec son miroir d'eau en forme de lac, ses pelouses, son pont en bois d'inspiration japonaise et ses quelques oliviers, mais que pour mourir sa préférence allait au Jardin Gulbenkian. Son corps couché à l'ombre des bambous, le bras dans le ruisseau et sa main sentant l'eau couler en cascade.

Les deux jardins étaient des perles rares de la capitale. La spéculation immobilière démolissait depuis plus de trente ans les bâtiments historiques et les petits poumons verts lisboètes pour les remplacer, sans discernement, par des boîtes à chaussures et des frigos ornementés dont le mauvais goût se situait quelque part entre le gâteau de mariage et la colonnade néo-grecque.

Le piédestal de l'œuvre de l'artiste colombien ne pouvait pas être brûlant au point de lui causer une douleur lancinante comme s'il avait plusieurs côtes cassées. Mais la souffrance avait le mérite de mettre de l'ordre dans ses idées. Bien évidemment, il avait troqué les cassettes contre d'autres enregistrements vidéo. Les deux salopards en bermuda avaient actuellement en leur possession une mallette de documentaires : *Le Merveilleux monde sous-marin des Açores*, *La Guerre coloniale portugaise* ou *Trás-os-Montes, Terre de contrastes*, entre autres films trouvés dans le studio. Marcelo avait pris soin d'ajouter un amuse-gueule pour le commanditaire de l'attaque. Quelques photographies triées sur le volet qu'il avait imprimées et où l'on pouvait reconnaître facilement des personnalités recevant des enveloppes des mains de Carmona. Il avait pris le temps d'écrire au dos d'une photo soigneusement choisie certains des éléments contenus dans les listes du banquier véreux : lieu et date de remise, montant du « don », en l'occurrence soixante mille euros, ou encore numéro du compte anonyme domicilié aux îles Caïmans. Les années suivantes, le destinataire de l'enveloppe avait reçu sur celui-ci plusieurs virements pour un total avoisinant les cinq millions d'euros, selon les notes de Carmona.

Tout le contenu sensible de la caisse confiée par Alma Carmona au super enquêteur de l'Institut avait de son côté été récupéré au studio par un coursier une vingtaine de minutes plus tôt. Au moment de l'agression, le paquet était déjà en route pour un lieu sûr à Berlin. Marcelo avait également réussi à trouver le temps de transférer des photos et des documents compromettants sur un serveur du cloud. Il pourrait ainsi accéder aux preuves au moment voulu et depuis n'importe quel ordinateur.

Carmona s'était volatilisé quatre jours auparavant. S'il était entre les mains des personnes à qui il pensait, le banquier du BVG passait un très mauvais quart d'heure. Marcelo sortit sa tête de l'herbe ; la première chose qu'il vit fut l'immense postérieur de la madone en bronze et le ciel bleu tout autour. Ses yeux se refermèrent à nouveau. Il se laissa aller. Vu son état lamentable, c'était le bon moment pour faire un bilan de sa vie. La veille, dans le train qui le menait à Estoril, Marcelo avait comparé les données du rapport du jeune auditeur de l'AMF avec les chiffres de la Banque centrale et les informations de la presse économique sur les principales opérations réalisées par le BVG ces dernières années. Puis le fin limier choisi par le procureur de la République avait croisé le tout avec les rapports internes de la banque et les notes de Carmona fournies par sa femme.

Le défaut de paiement du BVG pouvait facilement atteindre les dix milliards. Une somme astronomique à l'échelle du pays. Marcelo fit les comptes et conclut que les pertes occasionnées par Carmona le classait dans la même catégorie qu'un Madoff, le financier états-unien qui avait dilapidé la fortune de près de cinq mille millionnaires sans éveiller les soupçons du gendarme de la bourse de New York. « L'escroc du siècle » avait écopé de cent cinquante ans de prison. Mais le Portugal ne jouait pas dans la même cour que les États-Unis. L'affaire du BVG provoquerait un séisme capable de mettre à bas tous les efforts de redressement de l'économie à un peu moins de six mois des élections législatives. Aucun parti, aucun gouvernement ne pourrait survivre à une catastrophe financière d'une telle ampleur.

Tout aussi grave et destructrice était la possible révélation au grand public de la liste. En dix ans, Carmona avait distribué quinze millions en petites coupures à des politiques de tous bords, si on s'en tenait à ses notes. De la menue monnaie comparée aux pertes colossales de la banque, mais l'impact politique serait dévastateur. Marcelo avait en outre découvert une autre liste avec des virements sur des comptes anonymes basés dans des paradis fiscaux. Une liste à laquelle Carmona avait ajouté les noms des véritables destinataires de cet argent dissimulé au fisc. Pour la seule année précédente, les virements représentaient environ cent cinquante millions d'euros. Ces deux listes suffiraient à faire exploser tout le système politique situé entre les gauchistes du PCTP/MRPP, seul mouvement qui appelait encore à la lutte armée du prolétariat, et l'extrême droite des hooligans néo-nazis des clubs de foot portugais, qui s'exerçaient à la démocratie à coups de battes de base-ball et de poings américains.

Serait-ce si dramatique que cela si le système s'écroulait ? se demanda-t-il, toujours couché dans le jardin Amália Rodrigues. La dette extérieure du pays correspondait au quadruple du montant des pertes provoquées par le tsunami de 2011 au Japon. Sauf que le Portugal ne possédait pas d'entreprises comme Toyota, Mitsubishi, Honda, Sony, Canon ou Nissan pour éviter que le pays ne tombe dans l'escarcelle des créanciers. Le pays du sud de l'Europe pouvait compter sur une marée de touristes et sur la marque d'huile d'olive Gallo, dont le coq emblématique coqueriquait depuis 1919. Guère plus.

Les potentiels ravisseurs de Carmona pouvaient appartenir à plusieurs groupes : les clients floués par le banquier ou les dirigeants des banques en surchauffe du fait des prêts accordés au BVG, pour commencer. Mais aux yeux de Marcelo, les deux groupes les plus dangereux étaient, d'un côté, les politiques, gouvernants, superviseurs financiers, magistrats et journalistes qui figuraient sur la liste de Carmona, et de l'autre, ceux qui avaient détourné des millions d'euros des coffres du BVG sans que Carmona s'en aperçoive ou avec sa complicité, cela n'avait pas d'importance. D'autres terribles adversaires se trouvaient là où avaient été canalisés les centaines de millions invisibles dans les comptes du BVG ou ailleurs.

Carmona pouvait tout aussi bien être à la plage, un daïquiri à la main, après avoir fait une opération de chirurgie esthétique au visage en Suisse. Pour la préservation de son état de santé, il fallait espérer qu'il avait fait le choix de changer radicalement d'apparence et de s'exiler sur une île déserte du Pacifique. Marcelo cracha du sang. Cinq mètres plus loin, il vit son portable dans l'herbe, sous un buisson. Les deux misérables s'étaient concentrés sur la mallette. Il regarda de nouveau au-dessus de lui et s'aperçut que deux gamins d'une dizaine d'années l'observaient.

— Vous avez besoin d'aide ?

— Non, je me suis juste allongé pour méditer un peu… Bien sûr que j'ai besoin d'aide, bande d'idiots !

Les deux garçons se regardèrent.

— Il doit être saoul, décréta le plus petit.

Son comparse le tira par le tee-shirt.

— On s'en va.

Une génération perdue, trancha Marcelo.

— Comment des avortons de votre genre pourront-ils un jour payer la dette ?

Marcelo tenta de se lever tout seul. Les enfants détalèrent aussitôt.

Carmona s'apprêtait à connaître la pire journée de captivité de la semaine. Les jours précédents n'avaient pas été des plus reposants non plus. Il avait déjà effectué de nombreux virements et atteint les plafonds journaliers de plusieurs comptes. Le baron de la finance avait passé des heures la tête enfoncée dans la natte, en sueur, sans savoir si c'était le matin ou le milieu de la nuit. Soudain, il sentit un léger frisson sur sa nuque. Dans un premier temps, il ne comprit pas. Carmona se mit à quatre pattes, afin d'en identifier l'origine et après quelques tâtonnements découvrit une minuscule faille dans un angle de sa cellule. Comment une telle ouverture sur l'extérieur avait-elle pu lui échapper ? Elle avait l'épaisseur d'une feuille de papier, mais c'était déjà ça. Il réduisit l'intensité de la lumière du néon en se couvrant la tête de la natte avant de se mettre à genoux pour regarder à travers la brèche. Le « Rockefeller portugais » ne se laisserait plus intimider. Ils ne lui faisaient plus peur. C'est de l'argent qu'ils voulaient ? Eh bien ils l'auraient. Tout l'argent. Mais la peur avait disparu. *Je dois garder toute ma tête*, se répéta-t-il. L'important était d'anticiper, de se montrer actif. Pourquoi un tel silence depuis tant de temps ? Qu'attendaient-ils ? Carmona habituait ses yeux à l'obscurité. Aucun bruit extérieur n'était audible si ce n'était celui du ventilateur et les pas feutrés de l'un des ravisseurs qui lui apportait le repas quotidien, à intervalles irréguliers. En tout cas, c'était son impression. Repas était un bien grand mot. Des fruits secs et un verre d'eau en tout et pour tout. Ils voulaient qu'il meure de faim ou de soif? La première chose qu'il parvint à apercevoir fut un rocking-chair contre un mur. Ses contours devenaient plus nets jusqu'à ce que, brusquement, un faisceau de lumière, peut-être des phares de voiture, illumine sa cellule comme des projecteurs sur scène. Carmona poussa un cri et bascula en arrière.

Week-end prolongé ou pas, les réunions se multipliaient.

— Il faut arrêter ce type ! hurlait un homme à l'allure élégante et aux cheveux grisonnants derrière son immense bureau en acajou.

Il se leva de son fauteuil luxueux, appuya ses mains sur le bois précieux, se pencha en avant et continua à crier comme s'il s'adressait à une foule et non au petit groupe de personnes présentes face à lui.

— Qui a eu l'idée de laisser ce connard fouiller dans la merde ? QUI ? Ne me dites pas que c'est cet enculé de la rue da Escola Politécnica ? Alors maintenant, ils se mettent à inventer des super flics pour nous emmerder et je ne suis pas au courant ? Et les ministres signent ça dans mon dos ? Je vais tous les virer !

Le bâtiment où siégeait le procureur de la République se trouvait rue da Escola Politécnica. Le fou furieux qui hurlait dans son bureau évoluait pour sa part dans un palais situé à quelques centaines de mètres, près du Parlement.

— Les salopards de la PJ n'ont rien trouvé, alors que ce fils de pute se pavane dans la ville avec suffisamment de merde pour nous chier dessus, et personne n'arrive à l'attraper ? Vous avez vu les photos qu'on m'a apportées cet après-midi ? Vous savez ce que cela signifie ? Et Carmona, pourquoi personne n'a mis la main dessus ?

L'homme arborait un costume Armani, des chaussures Church's faites main, une coiffure soignée et des ongles manucurés. Mais la colère faisait craquer le vernis. Les meilleures marques de prêt-à-porter n'effaçaient pas les marques d'origine. Ceux qui étaient aux manettes sur cette affaire, avec peu de réussite à cet instant, avaient eu un parcours assez similaire au sien. Mauvais résultats à l'école, diplômes de complaisance obtenus dans des universités dirigées par des amis, ascensions rapides, fonctions au sein des nébuleuses des partis installés et angles arrondis sur les terrains de golf, où l'on apprenait à ne pas cracher sur le gazon, ni remonter ses testicules devant les dames. L'image des politiques était le pré-carré des conseillers qui s'inspiraient de l'exemple de leurs homologues européens, parvenant au prix d'un travail herculéen à éradiquer les cravates exotiques, les chaussettes blanches et les vestes à épaulettes.

Un anthropologue, caché derrière la somptueuse composition florale plongée dans un grand vase chinois, aurait pu observer que le représentant de cette espèce ne réussissait plus à dissimuler sous son costume sa posture d'homme abattu. Exténué de rage, il se tenait les bras pendant le long du corps, comme inertes, le menton tombant sur la poitrine et le dos courbé. *Il s'agit incontestablement d'un mâle alpha*, aurait noté soigneusement notre observateur sur son bloc-notes. Derrière le vaste bureau, on pouvait admirer à travers la fenêtre un jardin luxuriant qui renforçait cette idée d'état de nature. Quatre autres personnes se tenaient là, face à l'enragé. Trois hommes petits, ou en tout cas qui semblaient l'être tant ils étaient recroquevillés, et une femme de grande taille, les yeux grands ouverts.

— On va s'occuper pour de bon de ce fumier ! lâcha un des conseillers présents, qui prit aussitôt quelques centimètres. D'ailleurs, nous sommes déjà…

Ceux qui étaient dans le premier cercle autour du chef avaient suffisamment d'autorité pour intimider, menacer ou donner des ordres. La chaîne de commandement était cependant confuse. Tous voulaient s'attirer ses faveurs et tentaient de devancer ses désirs. Les plus audacieux prenaient l'initiative, mais tous restaient méfiants.

— Tout passe par Carmona, entendit-on.

L'animal alpha se frotta le coin de l'œil, releva la tête et étira son menton. Il semblait avoir retrouvé un second souffle. Son changement d'attitude vit s'enhardir un autre conseiller.

— Ce fils de pute est dans la mouise !

Une réaction qui déclencha un regard furibard du Premier ministre et l'éloignement quasi imperceptible des conseillers masculins. La femme, restée immobile et muette, observait la scène. Elle ajusta ses lunettes, tira une mèche de ses cheveux châtain clair comme si elle voulait la mettre dans sa bouche, se racla la gorge et prit la parole.

— Si vous en êtes d'accord, monsieur le Premier ministre, je vais demander que l'on me fasse un point très précis sur la situation et que l'on me communique de nouveaux éléments s'il y en a.

Le chef du gouvernement opina, le regard empli de reconnaissance et de soulagement. La conseillère fit demi-tour et se dirigea vers la sortie d'une démarche gracieuse, les hanches ondulant en douceur, suivie par quatre paires d'yeux rivés sur son corps. Lorsque la porte se referma, le mâle alpha porta sa main droite au menton, émit un léger sifflement et secoua son autre main tel un rapace séchant le vernis sur ses serres. Les quatre hommes éclatèrent alors de rire et la tension se dissipa. Mafalda les entendit et répondit au regard des deux secrétaires par un haussement d'épaules.

La douleur au thorax était particulièrement violente, mais aucune côte ne semblait cassée. *Sauvé par mes pare-chocs graisseux*, se gaussa-t-il intérieurement. Marcelo avait pris un premier coup à la tête qui saignait encore. Pas de traumatisme crânien non plus, visiblement. Le menton le faisait souffrir et une dent, une molaire, bougeait dangereusement. Le portable était en piteux état. L'écran était fendu et le reste brisé. Il enleva la carte SIM et la carte mémoire tandis qu'il se traînait en direction du Corte Ingles. Il jeta le téléphone dans la première poubelle sur son chemin et s'assit sur un banc pour se reposer.

Le super enquêteur avait perdu de sa superbe. Même s'il avait gardé ses vêtements de la veille en sortant ce matin de chez Rosa, ils étaient désormais déchirés et sales, tachés de sang et poussiéreux. Une croûte de sang se formait sur sa tête et sa barbe était hirsute, pleine de salive. Un couple de vieux touristes, cannes en alliage léger et tenues kaki, s'arrêta près de lui. L'homme se pencha et, sans un mot, prit sa main pour y glisser un billet de dix euros en prenant soin de lui refermer les doigts.

Cela avait fini par arriver. Marcelo était tombé dans la misère, comme il l'avait craint tant de fois. C'était un sans-abri. Il avait touché le fond. Il était perclus de douleurs, mais les plus insupportables étaient celles qui tenaillaient son âme. Marcelo avait la conviction que cet instant n'était pas le fruit du hasard, qu'il surgissait après être resté des années, des décennies – toute sa vie adulte – tapi dans l'ombre. Il leva la tête pour regarder l'homme bienveillant et dit en sanglotant :

— Merci, merci.

Des larmes se mirent à couler abondamment sur son visage. La vieille étrangère, ses yeux une paire de billes brillantes dans une mer ridée, afficha un large sourire et posa sa main sur sa tête, comme une bénédiction. Son mari, crinière blanche, visage flétri, le nez fin et le regard terne, serra sa main sale entre les siennes. Marcelo pleurait encore quand ils repartirent. Deux vieilles tortues avançant lentement sur le sable. Ses pleurs cessèrent quand il entendit la femme dire à voix haute : « *È la crisi, caro mio* ». Son mari compléta aussitôt par un « *Poveri portoghesi !* »

Au Corte Ingles, un bâtiment de six étages qui donnait sur le jardin Amália Rodrigues, on trouvait de tout : pommes de terre, caviar, chapeaux de plage, casquettes, chaînes hi-fi. Marcelo acheta un portable dernier cri avec une carte prépayée. À l'entrée, un vigile lui demanda si tout allait bien, il répondit que oui d'une voix sobre et autoritaire, expliquant qu'une chute à bicyclette l'avait mis dans cet état. Il monta deux étages plus haut par l'escalier mécanique. Chargé de plusieurs sacs, Marcelo se rendit dans le salon de coiffure du centre commercial. Une coiffeuse d'une soixantaine d'années le prit en charge avec le dévouement maternel que certaines femmes emplies de sagesse parvenaient à conserver. Elle lui coupa les cheveux, nettoya sa barbe et désinfecta ses blessures. Finalement, son entaille sur le crâne ne nécessitait pas de points. Un moindre mal.

Une fois sorti du Corte Ingles, il traversa l'avenue António Augusto Aguiar, très calme à cette heure, passa devant l'église São Sebastião et s'engouffra dans le Real Palácio, équipé d'un sauna et d'un spa, et dont le directeur était une vieille connaissance. Une heure et demie plus tard, c'était un homme neuf par la grâce du sauna, d'un massage, d'une coupe impeccable et d'habits neufs. Marcelo se débarrassa de ses baskets, de ses chaussettes, de son jean et de son large tee-shirt. Il se sentait plus léger, sans doute avait-il maigri de deux ou trois kilos cette semaine. Le super enquêteur de l'Institut portait désormais des mocassins classiques à lacets, couleur miel, une chemise en coton blanc et un costume italien bleu en lin. Son pantalon était tenu par une ceinture provisoire faite de scotch, réalisée à la hâte par le vendeur. C'était tout simplement ridicule, mais personne ne pouvait la voir. Sa grosse barbe noire avait été taillée à la tondeuse avec un sabot d'une longueur de deux millimètres. Marcelo se sentait rajeuni même si son corps était endolori. Il était pimpant, insouciant tel un millionnaire brésilien en vacances en Europe !

Le nouveau Marcelo s'installa à une table de la cour intérieure du Real Palácio, un ancien cloître, plutôt accueillant, avec de belles plantes grimpantes tapissant les murs. Le moment était venu de grignoter quelque chose. Un serveur posa devant lui du pain nordique avec de l'espadon fumé, des câpres ainsi qu'une fine couche de raifort, et enfin, en guise d'anesthésiant post-traumatique, un Esporão blanc avec un reptile dessiné sur l'étiquette. Il porta un toast silencieux au vieux couple italien avant de laisser le vin alentejan baigner ses gencives et adoucir l'intérieur de sa bouche meurtrie. Le médicament faisait son effet. Deux touristes scandinaves d'une trentaine d'années traversèrent le patio et lui adressèrent un sourire. Il fit de même. Ses yeux scintillaient de bonheur, la vie était belle, et Marcelo pensa à Rosa.

Lorsque les commanditaires des hommes préhistoriques en bermuda s'apercevraient qu'ils avaient entre leurs mains des documentaires animaliers et des photos de politiciens corrompus, la spirale de violence s'intensifierait.

Marcelo introduisit l'ancienne carte SIM dans le Samsung. Il voulait entendre la voix de Rosa. Le transfert des numéros terminés, la nouvelle carte installée, il ne restait plus qu'à appeler avec son nouveau numéro. Sauf que le portable de l'agente devait être sur écoute. Un message suffirait. « Ne laissez pas pour demain ce que vous pourriez faire aujourd'hui ! Offres exceptionnelles d'antiquités. À ne pas rater ! » Il quitta l'hôtel côté rue São Sebastião et héla le premier taxi venu.

— Campo de Santa Clara, s'il vous plaît.

Marcelo était trop diminué pour marcher. En outre, les mocassins n'avaient pas la capacité d'amortissement de ses vieilles baskets. Peu disposé à faire la conversation, il prit le journal froissé à côté de lui et commença à le lire d'un œil distrait. Si le chauffeur n'était pas en contact visuel *via* le rétroviseur, il y avait peu de chance qu'un dialogue s'établisse. Est-ce que Rosa comprendrait son message du premier coup ? Impossible d'en être certain. C'était une femme quelque peu ingénue mais intelligente. Avait-elle retenu tout ce qu'il lui avait dit ? C'était une condition essentielle pour saisir son message et le lieu de rendez-vous puisqu'elle ne connaissait pas son nouveau numéro. Le titre de l'article n'attira pas son attention. « Une jeune femme retrouvée morte dans sa baignoire. » Une simple brève de cinq lignes. Mais il lut la suite par réflexe. « Une étudiante de vingt et un ans, Vânia P., a été découverte sans vie mercredi, dans son appartement du Bairro Alto, à Lisbonne, après que les voisins se sont plaints d'infiltrations. Selon des sources médico-légales, elle était immergée dans sa baignoire, la mort s'étant produite deux jours auparavant. »

Vânia, Bairro Alto. La jeune maîtresse de Carmona évoquée dans le rapport du détective Ferreira s'appelait Vânia. Selon les éléments cités dans le quotidien, elle était morte lundi, soit le jour de la disparition de son amant. Et le jour où lui, Marcelo, avait dîné au restaurant Açordas. Les coïncidences étaient nombreuses. Trop nombreuses. Il déchira soigneusement la page, la mit dans la poche de sa nouvelle veste en lin, reposa le journal sur la banquette arrière et se pencha en avant pour que le chauffeur l'entende.

— Changement de destination : je vais Travessa da Espera, au Bairro Alto, s'il vous plaît.

Dix minutes plus tard, le taxi en terminait avec sa course.

— Ça vous fait six euros cinquante.

— Six euros cinquante ? s'indigna Marcelo. Vous plaisantez ? Le taximètre indique cinq euros cinquante.

— Six euros cinquante, chef. Je sais encore compter.

— Vous êtes vraiment une bande d'escrocs ! Ça changera jamais…

Le chauffeur, un jeune à moustache avec une chemise à motifs et des tatouages sur les bras, se retourna.

— Cinq euros cinquante, chef, plus un euro pour le *Correio da Manhã* que vous avez déchiré. Je vous laisse calculer !

Marcelo hésita puis rit de bon cœur.

— Vous avez raison, désolé, concéda-t-il en mettant le billet de dix euros donné par les Italiens sur la tablette située entre eux. On est quittes. Cet argent ne m'a rien coûté !

Le chauffeur de taxi étudia Marcelo de la tête aux pieds.

— Eh oui, ça saute aux yeux : c'est toujours nous qui nous faisons baiser par la crise.

Marcelo étudiait l'intérieur de l'appartement de Vânia Prata. La porte n'était pas sous scellés, et la concierge, Dona Isaura, un véritable moulin à paroles, l'avait laissé entrer sans regarder la carte d'usager de la bibliothèque du Goethe Institut qu'il avait brandie à dix centimètres de son visage.

— C'était une jeune femme si gentille… Quelle tragédie ! C'est moi qui l'ai trouvée et j'ai aussitôt appelé le 112. Vânia m'avait laissé une clé au cas où. Elle avait emménagé ici il y a deux mois, c'était quelqu'un qui faisait confiance aux gens. Aucun homme ne passait ici, son temps était consacré aux études. Elle avait juste un oncle qui n'était pas de Lisbonne : il passait la voir tous les lundis et dormait dans la chambre d'amis. Je le sais, j'ai même vu les draps, mais je ne me mêlais pas de sa vie, bien sûr. Son oncle est un vrai gentleman et quelqu'un de très généreux ! Je l'ai compris tout de suite. Et maintenant que la pauvre fille est morte, que va-t-il faire, le malheureux ?

— La police est revenue ?

— Y a deux agents qui sont passés juste après le départ de l'ambulance. Ils ont pris des photos et m'ont demandé de ne toucher à rien. Et puis ils sont partis après qu'on a pris le corps de la petite. Depuis, plus personne n'est monté ici. Vous êtes le premier à vous présenter. Ils m'ont dit de ne toucher à rien et qu'ils préviendraient la famille. Je sais même pas si elle en a, mis à part l'oncle dont je vous ai parlé. Voilà, vous savez tout, personne n'est venu. Vous pensez que j'aurais dû... ?

— Je suis sûr que le propriétaire s'occupe de tout. La police a-t-elle trouvé quelque chose ? Ont-ils pris quoi que ce soit ? Une lettre d'adieu ? Une enveloppe ?

— Uniquement son ordinateur, rien d'autre.

— Et quand l'avez-vous vue pour la dernière fois ?

— Lundi, à l'heure du déjeuner. Elle revenait des courses, la pauvre petite.

— Elle a reçu d'autres visites ce jour-là ?

— Je me suis endormie tôt, monsieur l'inspecteur. Je regardais la télé et je n'ai pas fait attention si quelqu'un était entré dans l'immeuble.

— Mais personne n'est venu ? Vous êtes sûre de n'avoir rien entendu ?

— Non, je n'ai rien entendu, mais y a toujours beaucoup d'agitation le soir avec les taxis, les voitures et beaucoup de monde dans la rue. Et quand il fait chaud comme maintenant, c'est encore pire ! Y a quand même le vieux Manel, l'ancien coiffeur, qui m'a dit qu'elle avait tiré ses rideaux comme vous les voyez maintenant. D'habitude, elle les laisse ouverts. Manel est bien placé, il habite en face. Il m'a dit aussi qu'il avait entendu des voix et un peu plus tard, à l'aube, c'est le bruit du portail électrique du garage qui l'a réveillé. On a un immeuble vraiment très bien avec tout ce qu'il y a de mieux. Après il n'est pas sûr à quel moment c'était et si ça venait de l'appartement de la petite. Alors bien sûr on ne se mêle pas de ce qui nous regarde pas, mais tout le monde parle de cette histoire. Tout le monde en parle, mais personne ne sait rien.

Quand elle eut terminé son monologue, Marcelo lui demanda où habitait le vieux Manel.

— Maintenant, laissez-moi tout seul dans l'appartement, je vous prie.

La femme hésita. Marcelo lui expliqua qu'il devait terminer l'« expertise macroscopique » pour l'assurance et il sortit de sa poche un billet de cinquante euros.

— Vous avez de quoi me faire un reçu ? demanda-t-il.

La concierge, apeurée, bafouilla que non, mais qu'elle devait acheter un nouveau carnet à souche, tout en lorgnant sur l'argent.

— Alors, à titre exceptionnel, je vous paye les honoraires prévus par la réglementation pour les informations posthumes sans exiger de reçu. À la condition expresse que cette conversation ne sorte pas d'ici, sinon nous aurons encore les impôts sur le dos, vous comprenez ?

— Bien sûr, monsieur l'inspecteur, ne vous inquiétez pas, je resterai bouche cousue.

Une gamine de vingt et un ans était retrouvée morte, envoyée à la morgue et autopsiée. Verdict ? Suicide. Pas de lettre d'adieu, pourtant. L'ordinateur avait été envoyé au service compétent pour être passé au crible, mais Marcelo avait déjà vu des hangars remplis de matériel informatique en attente d'analyse. Il savait parfaitement que la police scientifique ne possédait pas de *check list* standardisée pour les affaires d'homicide ou de présomption de meurtre. Chaque inspecteur fonctionnait comme bon lui semblait, décidant de la marche à suivre au cas par cas. S'il n'y avait pas d'indices de l'implication d'une autre personne, la police se contentait de conclure au suicide et passait à autre chose. Affaire classée, circulez, y a rien à voir !

Marcelo observa tout autour de lui. Visiblement, la police s'était contentée de prendre des photos de la salle de bains. Les rideaux étaient restés fermés. Le mobilier semblait avoir été acheté en une seule fois à Ikea. Un grand canapé de cuir rouge trônait au milieu du salon. Un fauteuil d'aspect confortable était positionné près de la fenêtre. Marcelo examina les quelques livres présents, un à un. Des manuels de médecine et des romans à la mode, mais aussi, dans un coin, quatre ouvrages de poésie et un exemplaire du *Banquier anarchiste* qui attirèrent son attention. Il ouvrit ce dernier et lut la dédicace : « Tous les baisers de mon cœur volent vers toi, Tony. » Une photographie était glissée entre les pages du livre : António Carmona et une jeune femme de grande taille, musclée, pâle, souriante, cheveux noirs, tous deux assis sur un banc en bois, chacun un verre de rouge à la main, à l'entrée d'un lieu que Marcelo connaissait bien. La cave à vin Alfaia, située plus haut, à quelques pâtés de maisons.

Au dos de la photo, quatre mots entre guillemets : « nous, en flagrant délitre ». L'humour étudiant, sans doute. Marcelo ouvrit les rideaux pour laisser entrer la lumière du jour, s'installa dans le fauteuil, posa la photo. Les rayons du soleil pénétrèrent à travers la vitre et quelque chose brilla sur le vieux plancher, dans un coin au fond du salon. Il se leva et alla ramasser ce qui ressemblait à un morceau de verre. C'était un petit brillant rond, d'environ cinq millimètres de diamètre. Marcelo le serra entre ses doigts. *On se concentre sur ce qui est près, on découvre des choses au loin. Visible ou invisible, tout est une question de chance*, pensa-t-il.

Dans la cuisine équipée au style rustique, encombrée de tout un tas d'appareils dernier cri, Marcelo constata la présence dans l'évier de deux verres à vin, et sur le plan de travail d'une bouteille de rouge Quinta da Fata Réserve. Elle était à moitié vide avec le bouchon posé à l'horizontale sur le goulot. Avec qui avait-elle pu boire ? Lundi soir, António Carmona était parti en ambulance, il en avait été témoin. Qui avait bien pu être chez l'amante du banquier le soir de son suicide ou de son assassinat ?

Marcelo devait encore faire trois choses avant de retrouver Rosa au Campo de Santa Clara. Primo, la photo. Situé à cinq minutes à pied de l'immeuble de Vânia, le seul bâtiment récent dans un océan d'habitations décrépites, la cave à vin Alfaia se trouvait dans une ruelle peu fréquentée du Bairro Alto. L'établissement était une modeste maison avec six tables à l'intérieur, des jambons pendus au plafond, des murs recouverts de bouteilles, des bancs en bois et des tables plus petites à l'extérieur collées au mur pour laisser passer les taxis et les habitants du quartier autorisés à circuler.

Marcelo connaissait le patron, un trentenaire grand connaisseur de vin.

— Nom de Dieu ! Marcelo en personne après tout ce temps ! Mais tu n'es plus le même, tu ressembles à un type respectable. Qu'est-ce qui t'est arrivé ? rigola-t-il en lui serrant la main avec enthousiasme. Tu fais de la politique et il faut que tu donnes l'impression d'être sérieux? Ou alors c'est une femme, oui, une femme qui t'a obligé à troquer tes baskets pour des chaussures d'homme! C'est ça, je parie!

Marcelo sourit et sentit ses côtes endolories.

— Dans le mille! Elle s'appelle Epifania. C'est une consultante en image, je l'ai rencontrée par hasard. Elle m'a transformé.

— Tu veux goûter une réserve spéciale du Douro que j'ai mis de côté?

Marcelo hésita.

— J'ai vraiment pas le temps aujourd'hui, merci. Mais j'ai besoin de ton aide, car j'enquête sur une affaire… Tu connais António Carmona, le banquier?

— Le nom me dit quelque chose, mais…

Marcelo lui montra la photo.

— Ah, Tony. C'est lui, le banquier? Je comprends mieux pas mal de choses. Ça fait des mois qu'il vient tous les lundis avec Vânia, son amoureuse.

— Réfléchis bien, le type a disparu. Plus grave, la fille est morte, et je ne suis pas sûr que ce soit un suicide comme le pense la police. Elle est venue lundi?

— Quoi? La fille est morte? Mon Dieu! Mais comment c'est possible? Elle est morte! Avant l'invasion des touristes, on savait tout ce qui se passait dans le quartier. Maintenant, une voisine meurt et personne ne dit rien! Tout le monde loue des apparts aux Français, aux Anglais et à d'autres qui viennent de partout. Et puis plus personne ne va à l'épicerie du coin, les gens se ruent dans les hypermarchés!

Marcelo l'appela au calme et lui demanda de se concentrer sur l'affaire.

— Tony vient tous les lundis avec elle. Enfin, il venait! En règle générale, elle arrivait plus tôt et vers minuit,

minuit et demie, ils repartaient ensemble. Ils devaient avoir trente ans de différence, mais quand ils étaient assis ici, on aurait dit un couple d'ados. C'étaient parmi mes meilleurs clients. Il me disait toujours de le surprendre. J'ai vite compris que le prix n'était pas important pour lui. Je lui ai vendu des bouteilles de trois cents à quatre cents euros. La plupart du temps, il repartait avec une bouteille sous le bras. Et puis c'est marrant, Tony faisait toujours ça…

Le patron de la cave Alfaia pointa du doigt la photo. Carmona avait un verre dans sa main droite et son autre main était posée sur genou de la fille.

— Ça quoi ?

— Ça, avec le bouchon. Tu vois la bouteille avec le bouchon couché sur le goulot ?

— Quel con je suis ! J'avais pas fait gaffe. Le bouchon à l'horizontale !

— Moi j'ai fait attention parce que c'est un tic qu'il a. Et le gars s'y connaît en vins. Tony insiste toujours pour ouvrir la bouteille. Et il m'avait confié qu'il avait une petite production…

— Ton Tony est le propriétaire du Herdade de Todos os Santos, l'interrompit Marcelo avec la pointe d'émotion d'un journaliste qui révèle un scoop. Mais, ce lundi, Tony n'est pas venu et l'étudiante est restée seule. Qu'est-ce qu'elle a fait du coup, ici ? Elle a essayé de l'appeler ? Elle est repartie aussitôt ?

— C'est ce que j'allais te dire. C'était la première fois que Tony arrivait avant elle. Il avait l'air chamboulé, nerveux et m'a demandé que je choisisse le vin.

— Il est venu lundi ? C'est impossible ! Tu en es sûr ? Réfléchis bien !

— Évidemment que j'en suis sûr, répondit-il, un brin offensé. Je connais mes clients !

— Mais ce n'est pas possible. Ou alors, il n'a pas…

Marcelo semblait perdu. Il poursuivit pour tenter d'élucider cette histoire.

— Carmona, enfin Tony, il était blessé ? Il t'a paru blessé ?

— Maintenant que tu m'en parles, je me souviens qu'il grimaçait quand il bougeait un bras, mais bon, ça avait l'air supportable. Tony a reçu et envoyé plusieurs messages et puis il s'est calmé. Le lundi, j'ai peu de clients dedans, donc je vois mieux ce qu'il se passe dehors. Je pensais qu'il parlait avec Vânia, pauvre petite. Il a bu un verre et m'a payé. Je lui ai demandé s'il voulait prendre le reste de la bouteille ou autre chose. Il m'a répondu que Vânia l'attendait avec un vin surprise. Je me rappelle lui avoir dit que je garderais la bouteille à sa disposition. C'était un Hexágono, un vin de Setubal. Tu connais, je suppose. Je l'ai là derrière le comptoir et tu peux aller voir, j'ai noté la date.

Marcelo alla constater par lui-même, incrédule. Aucun doute possible : « Tony, 6.6. »

— Tu peux la terminer, mon vieux. S'il est encore vivant, je ne pense pas que ton Tony sera en état de déambuler dans les ruelles du Bairro Alto quand cette histoire sera résolue.

— Mon Dieu ! Le pauvre homme… Tu sais quoi ? Si les choses tournent mal, c'est toi qui viendras la finir !

— Oui, je… la finir…

Désorienté, Marcelo salua son ami sans trop prêter attention à la fin de la discussion. Le patron de la cave à vins lui disait qu'il voulait laisser tomber et ouvrir un restaurant à Cascais, concluant par une phrase du style :

« Si je dois supporter les touristes, au moins que ce soit dans un endroit civilisé. » En temps normal, Marcelo aurait été sous le choc, mais à cet instant la crise de la quarantaine du patron ne l'intéressait pas.

Marcelo décida de se rendre sans tarder au restaurant Açordas. Quand il arriva sur place, l'un des employés était en train d'ouvrir.

— Vous vous souvenez de moi ?

L'homme, la quarantaine bien avancée, aux airs de mannequin à ses heures libres, le dévisagea avec intérêt.

— J'étais là lundi soir. Le soir où il y a eu une rixe au restaurant, précisa Marcelo.

— Bien sûr, vous étiez à la table de cette très belle femme… Margarida Quelque Chose. Mais que s'est-il passé ?

— Je ne sais pas, je n'ai pas eu Margarida récemment, répondit Marcelo.

Il se dit qu'il devait la rappeler rapidement et que si elle ne répondait toujours pas, il irait directement chez elle sans la prévenir, contrairement aux usages.

— Mais je ne parlais pas d'elle ! Que vous est-il arrivé à vous ? Lundi, vous ressembliez à un sans-abri et aujourd'hui vous êtes vraiment chic ! s'exclama l'employé en le regardant de haut en bas avec admiration.

Marcelo éclata de rire.

— Ça, c'est à cause ou grâce à une autre amie. Dites-moi, qui a aidé le banquier à prendre l'ambulance ?

— L'ambulance, quelle ambulance ?

— L'ambulance que quelqu'un a appelée et qui s'est arrêtée à l'entrée.

— C'est moi qui l'ai accompagné jusqu'à la porte avec l'aide d'un collègue. Il avait l'air en état de choc. Tous les lundis, il renvoie son garde du corps avant de s'installer à une de nos tables. Aucune ambulance n'était présente dans la rue. Ce soir-là, M. Carmona a pris une grande respiration et puis il est parti à pied. On lui a même demandé si tout allait bien avant parce qu'il avait l'air faible. Il a manipulé son bras et nous a dit : « Je pense que oui. »

— Mais… Et l'ambulance ? insista Marcelo.

— Je vous l'ai déjà dit : il n'y avait aucune ambulance ! Attendez, je pense comprendre pourquoi vous faites erreur. À ce moment-là, un véhicule de police, gyrophare allumé, a ralenti devant le restaurant car la circulation était dense dans la rue. Et il a mis la sirène quelques instants pour se frayer un chemin. J'ai failli les informer de l'incident dans la salle, mais mon chef n'aurait pas apprécié de voir des policiers embêter les clients du restaurant, et M. Carmona a insisté en disant que tout allait bien. C'était la police, pas l'ambulance.

Marcelo plissa les yeux. Quatre jours. Quatre jours à croire que Carmona était parti du Bairro Alto en ambulance. Marco, son agent à la chemise saumon, avait passé un temps fou à recueillir le maximum d'informations possibles sur les emplois du temps des ambulanciers de Lisbonne et sa région, sur les entrées dans les hôpitaux… Le super enquêteur de l'Institut avait perdu son temps en quête de sirènes.

Il aurait suffi de questionner les gens sur place pour éviter toute équivoque. La base du métier. Marcelo était furieux. Tout ce temps à penser avoir été témoin de quelque chose qui ne s'était pas produit. Et puis, la photo où il n'avait pas vu le bouchon couché sur le goulot. Un reflet, un petit diamant suffisait à le troubler et à le rendre aveugle. Combien d'autres détails lui avaient échappé ? Avait-il négligé certaines pistes ?

Le bijoutier installé au coin de la rue do Ouro portait un costume trois pièces, tel un gentleman. Après un examen minutieux, il décréta que la pierre ne valait pas plus de cent, cent cinquante euros. C'était un faux diamant. Mais, si monsieur y tenait, il pouvait lui en offrir cent cinquante euros. Marcelo déclina, remit la pierre dans une poche de sa nouvelle veste et marcha à grands pas pour attraper le tram n° 28 qui s'approchait de l'arrêt. Il fallait qu'il découvre l'origine du brillant.

En route pour le Campo de Santa Clara, Marcelo en profita pour contacter à nouveau Margarida avant d'envoyer un message à Rosa. « Les offres sur les Antiquités ne sont plus valables. » Rosa n'oublierait pas le dernier message de son chef d'une semaine et amant d'une nuit. Désormais, chaque fois qu'un homme plus vieux qu'elle l'inviterait, Rosa se souviendrait du message de Marcelo.

Si Margarida ne répondait pas à ses appels, c'était décidé, il passerait chez elle. Un mélange de crainte et de soupçon montait en lui. Campé sur le siège en bois du tram, diablement épileptique dans les rues étroites de la ville, Marcelo tapa le numéro de Vasco sur son portable neuf. Après un bref échange, il appela le bureau. De nouvelles instructions devaient être communiquées au plus vite à ses collaborateurs, notamment le contrôle des dernières opérations financières de Carmona. Il fallait en profiter tant qu'il avait encore des gens à son service. Le passage par son appartement, rue da Alegria, était inévitable. La plus grande prudence s'imposait.

L'issue de la rencontre amoureuse avait été un moindre mal comparé au reste, aurait pensé Paulo M.

si c'était un homme enclin à la réflexion. Ce n'était pas le cas, cependant. Il était conscient que sa première nuit de liberté n'avait pas été très propice. Une liberté fruit d'une évasion, mais ça ne le rendait pas moins libre à cet instant.

La sensation de ne pas trouver sa place, de ne pas faire partie de la société était pire que le sang ou la violence. La soirée de vendredi, quatre jours après sa fuite de l'hôpital, avait bien débuté. Il avait pris d'abord un en-cas à dix-neuf heures – une *bifana*[1] et une cannette de bière à une roulotte fréquentée par des chauffeurs de taxi à la gare de Santa Apolónia –, puis s'était mis en route vers le Bairro Alto. À l'entrée du quartier, au pied des rues montantes, il fit une pause avant de s'engouffrer dans une venelle envahie de bars, aux minuscules trottoirs jonchés de verres vides de la veille, avec du linge qui virevoltait dans le vent, accroché aux parapets des maisons délabrées, et des murs tagués sur deux mètres de hauteur.

Un peu plus haut, une femme d'une trentaine d'années se tenait adossée à la façade d'un des pubs à la mode, encore vide à cette heure. Elle suivait du regard Paulo M. Ce soir marquerait sa vengeance à l'encontre de son copain, un idiot qui préférait regarder un match plutôt que d'aller dîner en sa compagnie. Elle était sortie furieuse de la maison.

Le quartier était encore désert. La jeune femme nota l'allure franche et les muscles saillants à travers le tee-shirt blanc légèrement flottant de Paulo M. Il avait un torse sculpté qui semblait tiré d'une affiche publicitaire. La casquette de basket, assortie à ses chaussures de sport

1 Sandwich au porc mariné ou grillé.

noires, maintenait son visage dans l'ombre. Elle eut un désir irrépressible de voir plus que le menton de boxeur qui s'avançait.

Paulo M. la vit lui aussi. Ils étaient les seules silhouettes visibles dans la ruelle. *On se croirait dans un film*, se dit la fille, excitée. Au-dessus de sa tête, contre le mur, une rangée de vieux slips à poche en coton quelque peu jauni trônait le long d'une corde à linge. Paulo M. ressentit à la fois du dégoût et de la colère. Il tenta de se concentrer à nouveau sur la créature en équilibre parfait sur ses talons hauts, malgré les pavés disjoints, bien attrayante dans sa robe tricot moulante qui s'arrêtait au-dessus des genoux. Elle avait de longs cheveux blonds, sans doute une fortune en extensions, le coude fléchi, pour éviter que les anses du sac Vuitton ne glissent sur son bras, la main tombante comme si les muscles du poignet l'avaient abandonnée. *Des attitudes de femelle mûre, de femme gâtée*, pensa Paulo.

Une cigarette prête à être allumée tremblait entre les doigts de la main atone. L'homme à la casquette noire n'était pas vraiment un gentleman de haut vol avec un briquet prêt à servir, plutôt un prédateur attentif. Son bras se tendit. La flamme du Zippo éclaira leurs visages. Un geste qui peut faire d'un gamin imberbe un galant homme. Plus viril, il n'y a que gratter une allumette sur une barbe de trois jours.

Paulo M. avait parcouru un long chemin depuis le jour où, assis au comptoir d'un bar de prostituées, il pensait avoir déjà le savoir-faire pour craquer une allumette d'une seule main dans la poche intérieure de sa veste avant de la sortir pour donner du feu à la femme venue s'installer à côté de lui. À l'époque, il avait quinze ans et était maigrichon et chétif. Le gamin voulait impressionner la professionnelle d'âge moyen, d'un geste à la fois élégant et fluide, mais aussi effronté et sauvage. Un truc digne d'un proxénète, pensait-il à l'époque, qui exigeait de l'entraînement. L'objectif fut atteint, malgré un effet imprévu de son geste qui entraîna des dommages collatéraux.

Par accident, toutes les allumettes prirent feu dans la poche intérieure de sa veste. Un épais nuage de fumée à l'odeur âcre de soufre en sortit. Il quitta du regard la prostituée et tapa avec les paumes de ses mains sur son torse, craignant que sa veste ne prenne feu. Le jeune Paulo M. se lançait dans des explications quand la force avec laquelle le videur le chassa dans la rue projeta son corps contre le mur situé en face. Bilan : une veste trouée, une chemise déchirée, des côtes amochées et un orgueil blessé.

L'humiliation lui avait servi de leçon. À partir de là, il décida de mettre fin à sa fragilité physique avec l'entêtement d'un zélote.

Retour dans la ruelle. Vingt ans après l'épisode de la boîte d'allumettes, il s'immobilisa et orienta le regard de la femme sur la flamme du briquet, tandis que ses yeux glissaient le long de la robe tricot.

— Je ne sors plus depuis longtemps, lança Paulo M. tout en allumant la cigarette d'une main et en tournant la visière de sa casquette jusqu'à la nuque de l'autre. Ça vaut encore le coup de rentrer ici ?

— Non, à cette heure-ci ça n'a aucun intérêt, encore moins avec le Jour du Portugal et le foot, répondit-elle d'une voix douce, séduite par ses grands yeux marron et ses longs cils. Sauf si vous aimez vous amuser avec des ados... ajouta-t-elle sur le ton de la plaisanterie.

Paulo M. ravala sa salive et réussit à esquisser un sourire malgré son énervement. D'abord, les slips du type sur la corde à linge, et maintenant ce genre de provocation. La discussion se poursuivit le temps qu'il comprenne qu'elle avait une voiture et qu'ils iraient quelque part ensemble. De quoi économiser l'argent du taxi. Ils continuèrent à grimper la ruelle escarpée, tel un couple lambda, mais auquel il conviendrait d'ajouter l'écriteau suivant : « Femme qui a joué avec le diable et a perdu ».

***

Lorsque Mafalda Anacleto entra dans son appartement ce soir-là, la première chose qu'elle fit, après s'être déchaussée, fut d'ouvrir une bouteille et de remplir à ras bord un verre ballon. Elle but une grande gorgée de vin et se planta devant la fenêtre, laissant l'alcool faire son effet. Un vendredi soir, seule chez elle, à Alfama. À travers la vitre, Mafalda pouvait contempler, à perte de vue, le Tage. En plein jour, le bleu de la mer de Paille séparé de l'azur du ciel par la fine ligne de l'horizon s'offrait au regard. Un paysage maritime tel un tableau qui prenait vie quand s'avançait lentement dans cet espace un navire. Porte-conteneurs, bateau de croisière, frégate ou grand voilier traversaient alors la peinture avant de disparaître. À voir marcher Mafalda sur le plancher de son salon, on aurait pu croire qu'elle évoluait sur le pont d'un paquebot.

Si on regardait vers le bas, c'étaient les toits et l'arrière des bâtiments de la rue où le tram n° 28 grimpait jusqu'au belvédère de Portas do Sol. Leur état de délabrement, similaire à des milliers d'autres dans la ville, laissait penser que Lisbonne n'avait pas été reconstruite depuis le tremblement de terre de 1755. On pouvait aussi imaginer qu'à la suite d'un mystère géopolitique, le Portugal avait été accidentellement bombardé à la fin du XXe siècle. Désormais, les Français, les Allemands ou les Brésiliens acquéraient toutes sortes de bâtiments dans les quartiers historiques du centre-ville comme s'ils achetaient des petits pains.

La veille, Unhas[1], le chat persan de Mafalda, était tombé du parapet de la fenêtre de la cuisine sur l'avant-toit d'un bâtiment voisin, quelques mètres plus bas. Mafalda avait fait le tour du pâté de maisons pour aller récupérer son animal. Devant l'entrée de l'immeuble, elle avait hésité un instant en voyant des sacs-poubelle amoncelés et en constatant que l'éclairage ne fonctionnait pas. Mafalda s'arma de courage et s'éclaira grâce à son téléphone. L'escalier était en très mauvais état. À chaque étage, des éclats de bois et des débris recouverts de poussière témoignaient, en silence, de l'état de délabrement de l'édifice. Les marches semblaient tenir uniquement grâce à la présence d'un lino sec dont la couleur originelle était un lointain souvenir. Elle frappa aux portes, qui s'ouvraient à contrecœur. Une petite vieille édentée baignant dans une odeur fétide, un ivrogne comateux en marcel, une fille au teint blafard vêtue d'une robe rouge maculée de taches, empestant le parfum bon marché, et, au dernier étage, deux sœurs jumelles d'âge avancé qui, après quelques secondes, la poussèrent jusqu'à leur salon, minuscule et propret. C'étaient les dames qui avaient leur petit balcon sous la

1 « Griffes » en portugais.

fenêtre de Mafalda. Unhas fit peu de cas de son arrivée, trop occupé à lécher l'huile d'une boîte de thon. Elle se retrouva assise sur une chaise et l'une des deux sœurs posa sur la petite table un plat rempli de beignets de morues.

— Oh, vous êtes si maigre, on dirait que vous n'avez plus que la peau sur les os ! Mangez, mangez, on met ce qu'il faut de morue dedans. On n'a peut-être pas d'argent pour les médicaments… dit l'une en allant dans la cuisine.

— … Mais pour acheter la morue, on se débrouille toujours, termina l'autre.

— Avec la peau et la chair qui reste accrochée aux arêtes on fait les beignets. Une merveille, n'est-ce pas ? C'est la morue que l'on mange de temps en temps qui nous maintient en vie. Nous avons quatre-vingt-huit ans vous savez.

— C'est ça et monter les escaliers tous les jours ! compléta la seconde, ce qui permit à la première d'ajouter :

— Et, bien entendu, les visites de gens comme vous ! Passez nous voir quand vous voulez, si vous avez besoin de quelque chose, n'hésitez pas. Même la nuit ! On a le sommeil léger, ne vous inquiétez pas.

Unhas était rentré à la maison les moustaches pleines de graisse.

À la deuxième gorgée de vin, Mafalda comprit qu'elle tombait de fatigue, comme son chat. Pire, la déprime guettait. Il fallait qu'elle se refasse une beauté. Sans ses talons, elle mesurait un mètre soixante. Instinctivement, elle contracta les doigts de pied pour sentir le bois du plancher. Un projecteur, qui devait illuminer la façade de la cathédrale de Lisbonne à cinquante mètres de distance, était légèrement dévié et le faisceau lumineux entrait par une autre fenêtre de son appartement. Mafalda était comme sur scène, ses bras blancs et fins et ses cheveux détachés baignés de lumière. Avec ses traits de vieille poupée, elle semblait plus fragile qu'elle ne l'était en réalité.

C'est comme les projecteurs, pensa-t-elle, *parfois on dirige notre regard sur un endroit et on finit par voir autre chose. La même lumière qui illumine les pierres d'une construction vieille de huit siècles révèle l'œil inquiet d'une femme qui tremble. Je suis en train de tomber comme un chat… Dès que mes pattes toucheront le sol, je devrai me mettre à courir.*

Elle sentit le vin couler dans sa gorge, à température ambiante, fruité, sec et agréable au palais. Un vrai lubrifiant et relaxant musculaire tout à fait efficace. La chaleur commença à lui monter à la tête. Mafalda était devenue une alcoolique. *Une vraie droguée*, jugea-t-elle. Non, sa came, ce n'était pas l'alcool. Le vin était une façon de se libérer provisoirement de son vice.

Elle avait passé ces dernières années enivrée par le pouvoir et en était devenue dépendante. Ses talents musicaux auraient pu l'orienter vers l'enseignement, voire lui garantir une carrière de musicienne professionnelle, mais son choix s'était porté sur les salles d'audience et, plus tard, par l'entremise d'un amant influent, sur les coulisses du pouvoir. Elle n'était une jeune femme que pour des voisines octogénaires. À trente ans, elle était gagnée par l'usure et se sentait en bout de course. Trois mois plus tôt, Mafalda Anacleto pensait avoir enfin atteint les sommets. Conseillère du Premier ministre, « au plus haut niveau », comme disaient ses collègues et les chauffeurs de São Bento. Au top. Un endroit solitaire où l'air se fait rare, disait-on. Ce n'était pas son opinion. Dans un tel lieu de pouvoir, Mafalda pouvait faire et défaire la fortune d'hommes beaucoup plus âgés qu'elle mais moins puissants. Elle avait aussi le pouvoir de distribuer des postes et des faveurs, de déplacer les personnes comme des pions. Elle était entourée d'une multitude frénétique qui brassait tellement d'air que tous semblaient évoluer en surrégime. Bien loin du climat montagnard, par conséquent.

Chaque jour passé, la jeune conseillère se sentait couler toujours plus. Les allées du pouvoir formaient un labyrinthe avec ici un monticule de déchets, ailleurs des tas de merde. Tous couraient sans se soucier de là où ils mettaient les pieds. Ils voulaient toujours plus. Toujours plus de lumière, toujours plus de dossiers, toujours plus de portefeuilles. Mais surtout toujours plus de fric. Maintenant, Mafalda Anacleto commençait à avoir peur. Des limites devaient être fixées. C'était décidé, elle refuserait de participer à certaines opérations et d'occuper certaines fonctions.

Analyser parfaitement les événements était un don qu'elle possédait. On pouvait appeler cela de l'intelligence. Pour Mafalda, il s'agissait simplement d'une vue panoramique des choses. Chaque fois qu'elle avait accès à une nouvelle donnée ou une nouvelle information, c'était comme une pièce d'un rouage qui tournoyait autour d'elle. Mafalda pouvait la voir sous tous les angles avant de parvenir à la placer quelque part. Souvent, la pièce n'était pas bien posée et se retrouvait ailleurs. Et parfois, une myriade de pièces se désemboîtaient, virevoltaient et venaient s'insérer dans un espace différent, dans un nouveau scénario inattendu.

Ce jour-là, deux pièces du rouage s'étaient soulevées en l'air avant de retomber de telle façon qu'elles éclairaient la réalité sous un angle inédit. Première pièce :

l'homme au sommet de la pyramide avait frotté le coin de son œil au milieu de la réunion afin de masquer un tremblement de paupière, un léger spasme musculaire que Mafalda avait déjà remarqué en une autre occasion et qui indiquait un état de panique. Ce jour-là, après un mois de travail, la conseillère s'était aperçue que l'homme de pouvoir à ses côtés était terrifié. En sortant du siège du gouvernement, Mafalda l'observait de profil quand une grosse cylindrée qu'elle avait repérée au loin passa devant eux. L'explosion du pot d'échappement retentit. La paupière du Premier ministre trembla et il planta ses doigts dans le bras de son assistante. Pendant plusieurs jours, elle caressa les bleus sur sa peau blanche. C'étaient des marques de peur. La peur d'un homme d'État.

La seconde pièce se divisait en deux moments distincts : deux des conseillers présents à la réunion avaient pris la parole, mais le troisième élément du triangle était resté muet. Lorsque Mafalda tourna la tête avant de partir, elle le vit en une fraction de seconde esquisser un sourire inconscient. Un ignorant des mœurs politiques l'aurait qualifié de grimace ou de simple plissement des coins de la bouche. Pas Mafalda. C'était un sourire, un morceau de chair animé par le mal, qui signifiait « J'avais pris les devants et c'est moi qui vais remporter la mise. » Un micro-événement qui changeait le scénario. Mafalda alla à la pêche aux informations durant l'après-midi, parlant avec des personnes réticentes à s'exprimer, mais qui finissaient par lâcher le morceau. Elle faisait partie des rouages les plus vitaux du premier cercle du pouvoir et était déjà plus puissante que certains ministres.

La conseillère du Premier ministre s'installa dans le confortable fauteuil vert du salon et ouvrit son ordinateur sur ses genoux. L'homme silencieux était, même en temps normal, le danger numéro un. En pleine crise, avec un pouvoir menacé, avec les médias allemands, français et belges sur le dos dès lundi pour savoir ce qu'il se passait dans le pays et dans son secteur bancaire, son collègue était capable de tout. Les autres, comme toujours, profiteraient de ce jusqu'au-boutisme. Il serait prêt à tout. Il irait trop loin et franchirait les limites. Personne ne savait qu'elle avait été, dix ans plus tôt, l'amante d'António Carmona. Mais pour combien de temps encore ? Mafalda savait que Carmona devrait être sacrifié d'une façon ou d'une autre. Carmona et quiconque se mettrait sur son chemin.

Paulo M. avait la main gauche endolorie après les coups portés. Habituellement, c'était la droite qui faisait le boulot, mais la femme pesait cinquante kilos au plus et il ne voulait pas laisser la marque des bagues. Le corps était par terre, dans la zone portuaire derrière la gare de Santa Apolónia, à quelques dizaines de mètres de la discothèque Lux, sur les bords du Tage, les cheveux blonds ensanglantés, la robe remontée jusqu'au ventre.

— T'es qu'une pute, et voilà ce que je fais aux putes, moi ! hurla Paulo M., encore haletant, sans regarder sa victime, comme s'il parlait tout seul. Tu te laisses baiser par la première racaille qui passe devant toi, espèce de pute ! C'est ça qu'on t'a appris à l'université, c'est ça ? C'est pour ça que ton papa ou ton petit mari t'a acheté une Mercedes SLK, sale pute, c'est pour ça ? Et tu croyais que j'allais avec toi dans un repaire de tantouzes ? Tu y vas pour sucer des pédés, c'est ça, hein ? Et tu croyais que j'étais un mec de leur espèce ?

Paulo M. acheva son soliloque, prit une grande inspiration, boucla sa ceinture et retira avec dégoût le préservatif resté sur le capot de la Mercedes noire. Puis, après avoir regardé autour de lui, il s'agenouilla près du cadavre et le hissa sur son dos avant de le balancer dans le fleuve comme s'il s'agissait d'une poupée de chiffon. Une comparaison qui s'expliquait par la facilité de son geste et non par une improbable habitude qu'il aurait de jeter des poupées dans l'eau.

Paulo M. était seul au volant. Il fouilla rapidement le sac en cuir sur le siège passager et en sortit des cartes bleues, des billets de cinquante et de vingt euros, des clés, des gouttes pour les yeux, un nécessaire de maquillage, deux magazines et un spray au poivre. *Ça t'a vachement servi*, pensa-t-il, content de lui.

C'était sa faute à elle. Ça se passait plutôt pas mal, avec une main ferme sur son cou fragile et l'autre appuyée sur le capot encore chaud de la SLK noire. Mais il savait qu'il ne pouvait pas perdre sa concentration et devait agir vite. Finalement, ce fut elle qui accéléra l'issue tragique de leur rencontre en le traitant de fils de pute. Et clairement : « Défonce-moi, fils de pute. » Une femme qui jouissait ne lui posait pas de problème, mais un tel manque de respect n'était pas acceptable.

Une seconde après, elle prit un premier coup de poing dans la tempe, et dans la foulée il éjacula. Le plus important était que le problème de la voiture était réglé et qu'il lui restait encore trois heures pour agir. Bien évidemment, on pouvait « récupérer » un véhicule plus simplement, mais la jouissance n'aurait pas été de même nature. C'était un film qu'il connaissait par cœur. L'absence de risque éliminait le sentiment de peur. En effet, Paulo M. savait comment travaillaient les hôpitaux et la police. Même si la femme survivait par miracle, personne ne chercherait la Mercedes noire jusqu'à lundi matin. C'était aussi sûr qu'une voiture louée, mais plus anonyme. Et lundi, il serait déjà en route vers le Brésil pour profiter des plages, de la bière glacée et des femmes. En plus, elles parlaient sa langue, malgré leur accent. Paulo M. sourit, réjoui d'avance à l'idée de sa nouvelle vie.

Sa prochaine tâche serait plus délicate. Des indications précises lui avaient été transmises et il attendait la suite enfermé dans une chambre d'hôtel depuis plusieurs jours. Une vraie torture pour un homme enfin libre. Son contact disait toujours que ce n'était pas encore le bon moment. Le dernier jour, un papier manquait à l'appel, ce qui avait provoqué sa colère. Pour un tel travail, avait-on besoin de documents officiels ?

Paulo M. ressentait cela comme une épreuve après tant de temps passé incarcéré. Il l'avait supporté. Un prisonnier peut tout supporter. Sa sortie de prison ressemblait à un jackpot inespéré. Il s'était d'abord méfié lorsqu'un vieil avocat, surgi de nulle part, lui avait rendu visite. Mais quand, deux jours après, le détenu avait découvert sur le portable du représentant du barreau que son compte bancaire affichait une rentrée d'argent de cinquante mille euros et qu'il avait reçu une convocation pour une consultation d'urgence à l'hôpital, qui plus est annoncée par son interlocuteur, ses doutes s'étaient évaporés. Celui qui avait fait appel à ses services n'avait pas l'air de plaisanter.

Paulo M. s'était félicité de n'avoir pas dénoncé ses clients, ni à la police, ni au tribunal lors de son procès. Il était resté muet comme une carpe pendant ses quatre ans en détention. Ces derniers temps, Paulo M. s'était beaucoup demandé qui il était. Peut-être ne savait-il pas ce qui l'avait rendu ainsi, mais au moins il savait ce qu'il était aux yeux des autres. Personne n'avait une réputation comme la sienne et personne n'était capable d'une telle résistance. Personne n'avait écrabouillé les testicules du roi des pédés en prison avec une seule main. Et maintenant, au lieu de rester encore dix-huit ans en taule, Paulo M. sortait avec un passeport tout neuf en poche, un pécule généreux, un compte au Brésil et une mission à remplir pas bien difficile.

Sur une route mal éclairée, le fugitif accéléra et la vieille peur qui le poursuivait ressurgit. Le goudron renvoyait au long couloir plongé dans l'obscurité. Le couloir du foyer. C'était le souvenir épouvantable du moment où l'on veut s'enfuir sans parvenir à bouger. La voiture prenait de la vitesse, mais elle semblait à l'arrêt. Un couloir dans un bâtiment endormi, plongé dans un silence trompeur. Paulo M. savait tout cela. Il était constamment à l'affût du moindre bruit, marchant d'un pas léger et rapide, presque silencieux, dans les entrailles peu éclairées du vieil asile transformé en foyer catholique pour enfants abandonnés.

Le blanc des yeux des bienfaiteurs exposés sur le mur scrutait ses pas, mais il était persuadé que personne d'autre ne pouvait le voir. Tout près de l'escalier qui donnait accès au rez-de-chaussée et donc aux toilettes qu'il considérait comme plus sûres, Paulo stoppa net. Aucun bruit n'était perceptible, excepté parfois un klaxon de voiture au loin, sur la route longeant le jardin à l'arrière du vieux bâtiment dans la banlieue de Lisbonne. La nuit était toujours dangereuse, mais certains jours l'envie d'aller au petit coin se manifestait sur le tard. Paulo était immobile dans l'obscurité, dans un coin de la cage d'escalier, se préparant à affronter les deux dernières volées de marches, lorsqu'il perçut un raclement de gorge qui pétrifia ses mouvements. Un indicateur de danger à cette heure de la nuit, dans cette partie du foyer.

Paulo était tendu, même si la nuit le protégeait et qu'il ne se sentait pas seul après quatre années d'internement. Personne ne l'avait jamais surpris à cette heure-ci. Il avait douze ans, ce n'était plus un enfant. Le garçon essaya d'identifier d'où était venu le bruit, peut-être en bas, ou plus sûrement du deuxième étage où se trouvait une salle de rangement. Le surveillant y passait ses nuits couché sur un vieux canapé et parfois il y traînait des gamins. Autre possibilité : le bout du couloir. Dans ce cas, s'il venait vers lui, la retraite vers les dortoirs était coupée. Mais il pensait avoir l'avantage : après tant de temps passé ici, il était capable de courir dans le couloir sans faire grincer la moindre planche, *comme un vrai ninja*. Paulo plissa les yeux. Son excès de confiance lui fit baisser la garde. Quand il sentit les mains sur ses épaules, c'était déjà trop tard, impossible de s'enfuir. Il se débattit sans succès et tout s'enchaîna. Le canapé, la corde, le slip, les parties génitales. Le son indiquant un SMS se fit entendre. Paulo M. était recroquevillé sur le siège conducteur, les ongles enfoncés dans le cuir du volant.

« T11 localisé rue dos Navegantes. » Finie l'idée de profiter de la nuit pour circuler en ville sans véritable but. Le vieil avocat lui avait dit qu'il le couvrirait, « quoi qu'il arrive ». Paulo M. comprenait parfaitement le sens de ces paroles, bien qu'il ne fût pas du genre à beaucoup s'inquiéter des conséquences de ses actes.

Les doigts de Mafalda tambourinaient près du clavier de son ordinateur. Elle hésitait. La conseillère avait plusieurs numéros, de fixe et de portable, tout en sachant qu'il était impossible de parier sur l'infaillibilité des téléphones. Après avoir tapé Marcelo Silva sur Google, une sélection s'imposa qui lui fit éliminer plusieurs homonymes dont un acteur de *telenovelas* brésiliennes. Plusieurs photos du Marcelo recherché s'affichèrent. Sur l'une d'elles, il était dans les bras d'une femme, dans la zone des arrivées à l'aéroport de Lisbonne, avec la légende « Marcelo Silva revient au Portugal après le scandale de la Fondation ». C'était un individu corpulent, de taille moyenne.

Une autre photographie apparaissait à de nombreuses reprises, illustrant plusieurs articles. « Un Portugais accusé de trafic de drogue en Allemagne », « Un journaliste disparu depuis trois semaines retrouvé à Maputo » ou « Marcelo Silva est sorti de l'hôpital ». Le portrait d'un homme aux traits marqués, à la peau blanche, avec une barbe de trois semaines bien taillée, des sourcils noirs épais, un nez busqué, des yeux de couleur indéfinissable, les cheveux irréguliers, plutôt courts et ébouriffés. On aurait dit un pirate ou un fuyard placardé sur les affiches du temps du Far West. Mais il y avait quelque chose dans son regard, dans ses pattes d'oie, qui en faisait un de ces hors-la-loi à qui les bonnes âmes pourraient ouvrir la porte sans grande hésitation. *On a envie de passer ses mains dans ses cheveux et de les caresser*, pensa-t-elle.

Mafalda consulta les réseaux sociaux en quête d'un profil correspondant. Les Marcelo Silva étaient légion. Elle but une petite gorgée de vin pour se donner du courage. Des centaines de clichés se succédèrent sous ses yeux : des hommes torse nu arborant des lunettes de soleil et skiant sur des pistes enneigées, d'autres sur leur moto ou prenant la pose en costume-cravate sur des yachts. Une sous-espèce se faisait connaître avec des photos d'animaux de compagnie, des photos d'enfance, des logos de clubs de football ou des ours en peluche. Jusqu'à ce qu'enfin, le Marcelo tant recherché semble se manifester sur une vieille photo un peu floue. Après avoir cliqué, sa déception fut immense. Sa page ne permettait pas de voir ses amis ni aucune autre information, excepté son nom. Mafalda vit qu'il était en ligne. Autant lui envoyer un message et espérer qu'il réponde. La conseillère du Premier ministre indiqua qu'elle devait le voir de toute urgence, lui fit comprendre qui elle était, glissa une référence à Carmona et prit le risque de lui donner son adresse.

Elle regretta son geste juste après avoir appuyé sur « Envoyer ». Et s'il avait déjà été attaqué ? Ou bien « neutralisé », comme ils le prétendaient ? Et neutraliser signifierait dans ce cas – elle hésita, mais le mot devait être prononcé – … tuer ? Mafalda ne savait pas s'ils seraient capables de tuer quelqu'un, de faucher des vies pour sauver leur peau, le patrimoine accumulé, voitures, maisons, comptes bancaires, le petit rôle qu'ils jouaient dans cette pièce burlesque intitulée « le gouvernement de la chose publique ». À cet instant, somnolente, la seule chose qui l'intéressait était que Marcelo Silva lise son message, le comprenne et lui réponde. Mafalda avait lu le dossier sur le journaliste, puis elle avait parlé après la réunion avec les conseillers spéciaux du Premier ministre et ceux en charge de sa sécurité, tous des éléments de confiance et compagnons de route du chef de gouvernement depuis des années. Parmi eux, bien sûr, l'élément le plus dangereux, l'homme qui, cet après-midi-là, avait affiché le sourire de celui qui comptait un coup d'avance. Tout cela relevait de l'intuition, mais les pièces du puzzle s'emboîtaient.

La recherche sur Google et les infos trouvées apportaient un véritable éclairage sur l'ancien journaliste. Apparemment, Marcelo Silva ne se laissait pas facilement intimider et l'argent n'était pas son moteur. Mais il avait sûrement besoin d'un bon ange gardien. Elle s'imagina avec des ailes pointant dans le dos. La bouteille de l'excellent vin alentejan de 2017 était au tiers de sa contenance quand elle s'endormit, blottie dans son fauteuil. Son sommeil était agité. À travers la moustiquaire de la fenêtre une légère brise se faisait sentir. Mafalda survolait une plaine en feu et tentait de s'approcher de quelqu'un qui courait dans les champs, fuyant les flammes. Elle devait s'élever ou ses ailes toutes neuves prendraient feu. Apeurée, la conseillère volante agitait les bras pour prendre de l'altitude. Elle vit alors que l'homme se dirigeait vers un attroupement de soldats et de policiers qui soudainement se mirent à souffler à pleins poumons dans des sifflets pourtant difficilement audibles. Ils avaient le visage gonflé par l'effort. Le son devint strident. Mafalda se réveilla en sursaut. Le rêve était terminé, la sonnette retentissait. Sa montre indiquait deux heures moins dix, samedi 11 juin.

SAMEDI 11 JUIN

Marcelo quitta la maison de Margarida vers une heure du matin. La soirée avait été longue.

En fin de journée, une fois arrivé au portail de la résidence privée, il avait sonné et avait dû attendre une éternité sous le projecteur de la caméra de surveillance avant que son amie donne signe de vie. Marcelo exhiba les courses du supermarché devant l'objectif. Derrière les grilles du portail, dans sa maisonnette, un gardien en uniforme surveillait avec attention les gestes de l'individu agitant son sac.

— Margarida, regarde, j'ai apporté le dîner. Tu dois manger, et moi j'ai besoin de parler avec toi. Tu ne réponds pas au téléphone, je voulais savoir comment tu vas.

Il pénétra dans le jardin clôturé de la résidence. Margarida l'obligea à patienter encore cinq minutes devant l'appartement du rez-de-chaussée. Lorsque la porte s'ouvrit enfin, elle l'accueillit comme s'il venait tout juste d'actionner la sonnerie.

— Mon cher Marcelo, tu es vraiment beau ! Quelle différence depuis notre dîner à l'Açordas ! Quel bonheur de te voir ici ! Tu sais combien j'aime les visites surprise… Et quelle vraie surprise de voir ton nouveau look ! s'amusa-t-elle en caressant sa nouvelle veste. C'est une Zegna ?

Marcelo l'embrassa sur les deux joues.

— Je t'ai laissé tellement de messages depuis mardi que je ne pense pas que ma venue soit une surprise si grande que tu le dis. Tu réponds toujours au téléphone ? Qu'est-ce qu'il se passe ?

Margarida éclata de rire.

— Si ce n'avait pas été toi, j'aurais ignoré la sonnerie comme j'en ai l'habitude. Sauf que je t'attendais. Mais je ne pensais pas te voir habillé comme une star de télé, la coiffure et la barbe impeccables, tel un gentleman. Un beau mec, quoi !

Margarida passa tendrement sa main sur son visage. Elle portait un kimono en soie, vert avec des fleurs blanches. Une tenue d'intérieur qui pouvait se porter à l'extérieur sans problème. Ses vêtements ou son corps exhalaient un parfum quasi imperceptible, une odeur que Marcelo connaissait. Le nom lui échappait, c'était une fragrance habituellement puissante, mais là elle était très diluée. Il inhala discrètement l'air et contracta les narines, dans un effort pour regrouper les syllabes qui voletaient en quête du mot. Margarida sourit.

— C'est du patchouli, une réminiscence des années 70. Mais ce n'est pas du parfum. Je l'utilise dans l'armoire comme insecticide, pour éloigner les mites. Ça faisait longtemps que je n'avais pas mis ce kimono. Il te plaît ?

Margarida allongea sa jambe nue et pâle à travers le vêtement entrouvert, telle une danseuse de French cancan. Elle portait des sandales plates avec de fines lamelles de cuir noir sur le cou-de-pied attachées au-dessus du talon, laissant voir ses ongles manucurés et colorés d'un vert parfaitement raccord avec le kimono et le fard à paupières. La maison de Margarida était un véritable cabinet de curiosités : un mobilier minimaliste, des antiquités, des œuvres d'art, des planches à dessin, des imprimantes, des machines à souder et des ouvrages visiblement inachevés. L'amie de toujours déambulait avec Marcelo dans son sillage, qui lui racontait les multiples rebondissements depuis leur repas à l'Açordas. Après être passés devant la salle de sport et différents dressings, ils stoppèrent leur périple devant une coiffeuse japonaise de style Namban où Margarida retira du poignet sa montre Cartier et la posa près d'une boîte à bijoux.

— Je n'ai plus rien de prévu, Marcelo, mais sans boucles d'oreilles je me sens toute nue.

Elle hésita avant de prendre des anneaux d'or sertis de brillants. Ils repartirent dans le vaste salon parsemé de tas de revues de belle hauteur. Un énorme mobile composé de six figurines de fer, semblables à des jouets, était suspendu au plafond grâce à un câble de type industriel aux rayures jaunes et noires. Marcelo s'approcha pour jeter un œil aux magazines, mais elle le prit par le bras et l'éloigna.

— Vaut mieux éviter de se mettre sous le mobile, le câble n'est pas sûr. Ça pourrait te tuer…

Ils entrèrent dans la cuisine, d'une blancheur éclatante et dont l'usage semblait réduit au strict minimum.

— J'ai une surprise, Margarida.

Marcelo retira sa veste, remonta les manches de sa chemise, revêtit un tablier aux motifs écossais et coinça un torchon au niveau de la ceinture. Il se lança aussitôt et enchaîna avec maîtrise les différentes étapes de la recette : six blancs d'œufs battus en neige, de l'oignon coupé fin frit à l'huile, un peu de farine, le tout mélangé au gorgonzola et aux jaunes puis versé dans un moule allant au four.

— Ah, tu es un amour, tu t'es souvenu de mon plat préféré !

Margarida s'appuya sur Marcelo et goûta avec son index avant qu'il enfourne la préparation. Le couple parfait en représentation, un vrai jeu de dupes. Il prit son courage à deux mains et osa la questionner directement.

— C'est quoi cette histoire que tu dois être opérée ?

— À Lisbonne, vraiment, tout se sait ! On ne t'a pas dit aussi que j'ai une maladie mortelle et qu'il me reste six mois à vivre ? réagit Margarida en riant. Et voilà, tu sais. Pourquoi ? Un truc de femmes. Le résultat d'anciens traumatismes.

Le soufflé cuisait au four, la salade de roquette et de pourpier était prête à être assaisonnée. Au dernier moment, pour ne pas brûler les feuilles vertes et aromatiques. Marcelo ouvrit une bouteille de Dona Ermelinda rouge qu'il laissa décanter, puis remplit de champagne deux coupes déjà posées sur la table.

— Deux bouteilles de champagne déjà prêtes au frigo, les femmes comme toi, Margarida, ça n'existe plus !

— C'est mon seul luxe, répondit-elle, sourire aux lèvres.

Marcelo aperçut deux livres de Lawrence Durrell sur la table du salon.

— Tu lis encore ça ? demanda-t-il, admiratif.

— Hormis les revues, je ne lis que ça.

Couchés côte à côte sur le canapé, aussi grand qu'une barque, lui en chemise, elle dans son kimono, ils se caressaient les doigts et regardaient les ombres dansantes projetées au plafond par les bougies.

— Merci pour le dîner, Marcelo. C'était parfait.

Ils s'étaient souvent retrouvés ainsi, délaissant leurs amoureux ou amants respectifs pour fixer la nuit, les étoiles ou le plafond. Marcelo avait décidé d'annuler son rendez-vous avec Rosa pour venir chez elle. Il savait que Vasco avait eu une histoire avec Margarida, ce qui les avait sans doute éloignés. Vasco jouait le rôle de l'amant rejeté, la rancune tenace. Marcelo n'avait jamais commis une telle erreur. Il se tourna et redécouvrit le visage de Margarida, les yeux mi-clos.

C'était son nouveau moi. Il avait réussi à renaître de ses cendres et s'était débarrassé de ses haillons. Marcelo l'embrassa sur les lèvres. Lentement, il desserra son kimono et la couvrit de baisers. Margarida tourna à son tour la tête et mordit le coussin pour éviter de crier, mais elle resta immobile, son corps musclé se transformant en pâte à modeler, épousant les gestes de Marcelo. Elle cédait sans résistance, inerte.

Lorsqu'elle se releva, Margarida regarda par la fenêtre du salon et lui dit :

— Il faut que tu partes maintenant, Marcelo.

Marcelo resta seul. En se rhabillant à la lumière des bougies, il vit briller entre les coussins les boucles d'oreilles que Margarida avait mises plus tôt dans la soirée. Elles finirent dans la poche de sa veste, comme un trophée ou par intuition, ou bien comme gage, ou bien encore comme prétexte pour revenir. Impossible de savoir.

La maison du père de Margarida était collée à la résidence. C'était une villa de trois étages des années vingt, entourée d'un haut mur débordant de bougainvilliers. Le portail était suffisamment grand pour permettre l'entrée de véhicules. Tout était éteint, excepté les lumières rouges des systèmes d'alarme et des caméras de surveillance. Le vieil officier, proche des quatre-vingt-dix ans, devait dormir.

Marcelo était entré une seule fois dans son garage, accompagné de Margarida. Il se souvenait de grandes sculptures, témoins de la seule exposition qu'il réalisa au Palais Ratton lors de sa brève période artistique, au début de sa vie. Des œuvres faites de fer et de beaucoup d'acier – beaucoup trop, avait-il estimé à l'époque – inspirées du travail de Richard Serra. Le garage ressemblait à un véritable hangar, avec des vieux box et un accès direct sur la rue. Marcelo se demanda si la vieille DS était toujours là, tout comme la Jaguar Type E, un bolide de course dans lequel il avait pris place une fois et que Margarida conduisait encore de temps en temps. Il jeta un œil à travers les barreaux de la petite fenêtre ronde qui donnait sur la rue, mais il ne vit rien, pas même avec la lumière du portable. Et la fenêtre vitrée au-dessus du portail était trop haute pour assouvir sa curiosité.

Marcelo s'était rendu chez Margarida pour trouver des réponses. Il les avait trouvées. L'idée lui vint d'appeler Rosa. Il se sentait vidé. Et en paix. Enfin ! Lorsque son portable vibra, un message apparut, envoyé sur sa page Facebook, avec pour objet : « Information sur A. Carmona. Confidentiel ». Au croisement de la rue dos Navegantes et de la rue da Lapa, Marcelo héla un taxi. Il était profondément perturbé par ce qu'il venait de lire.

Carmona n'était pas encore remis de la frayeur provoquée par la lumière. En état d'hallucination, le banquier avait cru voir une potence éclairée par des projecteurs, et son corps pendu au bout. Sans doute les effets de la déshydratation, de l'air sec et du courant d'air.

L'espace entourant sa cellule était à nouveau plongé dans l'obscurité. Il savait que le nombre de transferts possibles allait être bientôt atteint et que, d'ici deux ou trois jours, il ne serait plus d'aucune utilité pour ses geôliers. Carmona sentit un lancinant attachement à la vie. Il avait vécu au pas de course, accroché aux illusions. Aux illusions du pouvoir et de la richesse. Le notable de la finance ne laissait rien, ni héritage ni héritier. Aucun enfant ne pouvait prendre le relais et le représenter dans le futur. Rien du tout. Et chaque fois qu'il allumait l'écran, les mêmes images de fœtus et de momies défilaient, des momies recroquevillées et séchées. António Carmona se demanda, pour la première fois, s'il existait une façon de mettre fin à sa vie. Maintenant. Dans cette prison.

Mafalda Anacleto lorgna à travers le judas. Elle vit Marcelo boutonnant sa veste.

— C'est qui ? demanda-t-elle, devinant la réponse.

— Bonsoir, je suis désolé de vous déranger à cette heure-ci. Je suis Marcelo Silva. J'ai reçu un message de votre part.

Mafalda passa la main dans ses cheveux et ouvrit la porte. Ils se dévisagèrent quelques instants avant que Marcelo ne prenne sa main tendue. Il ne la serra pas, se contentant de la tenir délicatement, comme pour mettre fin à son embarras.

— Entrez, je vous en prie.

Marcelo aperçut à travers la fenêtre du salon les pierres d'un mur latéral de la cathédrale et la tache sombre des eaux du Tage.

— Quelle vue magnifique…

— « Maison avec vue imprenable », comme disent les annonces. Vous désirez boire quelque chose ?

— Vous avez là un excellent Mouchão, réagit Marcelo en prenant la bouteille avec révérence. Puis-je vous demander un verre, sinon je suis capable de la boire au goulot ?

Mafalda sourit. Il était déjà plus de deux heures du matin, mais ils échangèrent encore quelques banalités avant d'entrer dans le vif du sujet.

— Heureusement que vous avez pu lire mon message, Marcelo !

— Vous avez eu l'intelligence de viser juste, mais vous avez eu de la chance, car je vais rarement sur Facebook.

— C'est vous qui êtes chanceux, pour le coup. Quant à l'intelligence, j'en doute…

Marcelo se mit à rire et le chat qui se frottait à son pantalon s'enfuit sur le canapé dans un coin du salon.

— Des choses graves sont en train de se produire. Savez-vous si vous êtes suivi ?

— Désolé, mais je suis venu en taxi, je n'ai pas fait attention. Je suis fatigué et il y avait pas mal de circulation malgré l'heure tardive. Je ne pense pas avoir été suivi. Vous permettez ?

Marcelo traversa la pièce, ses pas faisant grincer légèrement le parquet, comme sur le pont d'un navire. Les portes étaient grandes ouvertes. Il alla jusqu'à un bureau exigu qui possédait une petite fenêtre donnant sur la rue. Prudemment, il observa la placette éclairée par un réverbère. Plusieurs voitures étaient stationnées sur le trottoir, mais son attention fut attirée par une Mercedes SLK sportive noire. Impossible de voir l'immatriculation. La vitre côté conducteur était légèrement ouverte et un nuage de fumée en sortait. Quand il revint au salon,

Mafalda commença à parler. Ses paroles souffraient d'un débit hésitant, heurté.

— Je dois vous faire une confession. Vous expliquer mon… mon engagement dans cette histoire… Personne n'est au courant, mais je connais António depuis très longtemps. Je parle d'António Carmona. On a été… ensemble. On était un vrai couple. C'est un homme plein de défauts, un manipulateur de première. Mais personne ne mérite ce qu'on veut lui faire… Vous, Marcelo, je ne vous connais pas. Pourtant, je peux vous dire que vous êtes en danger de mort. Ne pensez pas qu'il s'agit d'un simple amusement, de nombreuses vies sont en jeu, des carrières, des fortunes, il y a beaucoup de gens prêts à défendre leur position sociale et leurs biens en sortant les griffes.

Marcelo lui raconta alors l'agression qu'il avait subie au parc Eduardo VII. Il lui montra la photographie des deux hommes en bermuda kaki courant dans sa direction. L'un des deux tenait dans sa main un objet. Un pistolet ? Cependant, ce ne fut pas l'arme qui causa la stupeur de Mafalda, mais le visage de l'assaillant. Elle savait parfaitement de qui il s'agissait.

— Je connais cet homme, Marcelo, dit-elle en pointant du doigt la photo, la main tremblante. C'est un ancien détenu portugais expulsé du Brésil, employé par le renseignement. Ils vous ont dans leur ligne de mire et ne vous lâcheront pas. Mais il y a plus grave. Nous vivons des temps troublés, les sommes en cause sont très élevées, des milliards, les règles sont devenues floues, Marcelo. Vous pensez que seuls les gouvernements des pays de l'Est et la Maison-Blanche neutralisent leurs adversaires ? Regardez ce que font nos frères espagnols, ou bien les Français.

Marcelo l'écoutait attentivement tout en dégustant son verre.

— Je vais vous dire quelque chose pour que vous réalisiez les dangers qui vous attendent. Les renseignements échangent des informations sensibles avec le commandeur Ferreira de Oliveira et ses associés.

Marcelo soupira.

— Encore le commandeur... Si le gouvernement travaille directement avec ce mafieux, la situation est bien pire que je ne pensais.

— Ce n'est pas forcément le gouvernement, en tout cas c'est ce que m'a assuré le Premier ministre.

Le ton de sa voix n'était pas très convaincant. La veille, au moment du Conseil des ministres, elle avait entendu dans les couloirs que des photographies circulaient. Un membre du renseignement lui avait confié que sur l'une d'entre elles on voyait le chef du gouvernement recevant une enveloppe à l'époque où il était secrétaire d'État. Et des informations compromettantes étaient inscrites au dos du cliché, avait ajouté la barbouze, espérant que ces confidences, et son regard de matador, lui permettraient de la séduire. Mafalda préférait ne pas évoquer cette pièce compromettante. Sans se douter que c'était Marcelo qui l'avait imprimée et annotée.

— Dans cette affaire, tout indique que c'est un agent du commandeur infiltré au sein des services secrets qui veut faire du zèle. C'est le chaos en ce moment. Tout le monde tente de gérer la catastrophe et le gouvernement est pris dans un tourbillon. Le Premier ministre a directement subi des pressions de Luanda cette semaine. Le Pestana Palace, le Ritz et l'Hôtel da Lapa sont remplis d'Angolais qui essaient de tirer les ficelles. D'après les échos que j'ai eus, certains sont armés jusqu'aux dents. Et maintenant des clients du BVG de Shanghai et de Macao sont arrivés à Lisbonne. Un ministre de Guinée-Bissau a même appelé pour menacer le ministre des Finances de représailles, annonça Mafalda d'une voix faible, sous l'effet de la fatigue et de l'alcool. António Carmona a disparu depuis quatre jours. Les Angolais prétendent avoir trois milliards au BVG. Ils veulent revoir l'argent ou bien c'en est fini de la coopération avec le Portugal. Le Premier ministre fait tout pour éviter que cela provoque un gouffre financier impossible à combler. Les choses sont très compliquées, Marcelo. Le pire, c'est que ce n'est pas fini. La liste d'António a été envoyée à au moins un journal. Il est vital qu'elle ne soit pas publiée, vous comprenez ?

Marcelo hocha la tête. Il ne voulait pas l'interrompre.

— À l'instant où je vous parle, le problème semble sous contrôle. Mais nous ne savons pas qui a divulgué la liste et pour quelle raison. Ça peut cramer la moitié des figures du pouvoir et faire tomber ce gouvernement et, par anticipation, le suivant. Tous les partis aux affaires sont concernés. D'ici peu, nous aurons un candidat populiste et radical. Il faut éviter un tel scénario. Maintenant. Et l'éviter justifie tout, Marcelo. Vraiment tout.

Marcelo dégustait toujours l'excellent vin de l'Alentejo. Mafalda poursuivit, craignant que l'homme qui se trouvait face à elle ne la comprenne pas. Une crainte fréquente quand elle expliquait des choses à des hommes.

— Personne ne sait qui fait quoi. Il y a une dizaine de têtes pensantes qui décident, chacune de son côté.

Marcelo lui coupa calmement la parole.

— Ce ne sont pas des têtes pensantes. Ce sont des caciques nostalgiques de la PIDE[1] et des criminels corrompus.

— Laissez tomber vos analyses gauchistes, ce sont des discussions de comptoir du Bairro Alto qui n'ont plus de sens, Marcelo. Aujourd'hui, tout est plus hétérodoxe.

Le visage de Marcelo se fendit d'un rictus moqueur.

— Hétérodoxe… C'est pas mal, ça ! Que ce soit des caciques fascistes, des nazis assassins, des brigades staliniennes, des opérations sales américaines, des actions poutiniennes, des dépeçages saoudiens, des prisons politiques espagnoles ou les nouvelles mœurs portugaises, tout cela aboutit au même résultat.

— Je ne vous ai pas fait venir pour changer le monde. Je veux juste ne pas être complice, ne pas avoir de poids sur la conscience s'il vous arrive quelque chose.

Durant quelques secondes, Marcelo craignit qu'elle ne se mette à pleurer.

— Je vais vous raconter tout ce que je sais, même si cela me coûte mon poste. Ils ont recruté quelqu'un avec pour mission de vous « neutraliser ». C'est le terme qu'ils ont employé. Je ne sais pas qui a recruté qui, mais je sais que l'exécutant des basses besognes, à ce qu'il semble, a été condamné pour double meurtre et est considéré comme très dangereux. Il est sorti de prison avec la mission de s'occuper de vous.

— Il est sorti ? Sorti comment ? Il est parti en vacances ?

— Je n'en sais rien. On m'a fait comprendre que son évasion a été organisée. Je n'ai pas voulu y croire.

1 Nom de la police politique à l'œuvre pendant la dictature.

On est au Portugal, tout de même! Mais hier soir, j'ai parlé avec un des responsables du renseignement. Et quand c'est lui qui vous parle, une rumeur devient un fait. On veut vous éliminer Marcelo, non pas à cause du BVG ou de Carmona, mais en prenant prétexte de cette histoire pour le faire. Tant que vous aviez un seul ennemi, il restait tranquille. Mais à partir du moment où votre arrivée à l'Institut est devenue publique, les choses ont changé. Avec votre profil et les objectifs de votre équipe, et maintenant la liste de Carmona qui circule dans la nature, une réaction s'imposait. Vous êtes devenu une cible à abattre pour beaucoup de monde, Marcelo. Et bien évidemment, au milieu de ce chaos politico-financier, s'il devait vous arriver quelque chose, ce serait un simple dommage collatéral, une brève en page intérieure du journal.

Marcelo pensa à cet instant à la jeune Vânia Prata, l'amante de Carmona qui avait disparu aussi discrètement qu'elle avait vécu.

— Personne ne va risquer sa peau pour vous sauver, pas même votre ami procureur. Il y a des intérêts plus importants que l'amitié, comme vous le savez. Vous devriez aller en lieu sûr jusqu'à ce que les choses se calment. C'est pour cette raison que je vous ai contacté. Partez tant qu'il est encore temps... Et... si vous avez des informations qui peuvent m'aider à retrouver António, j'ai besoin de savoir, je vous en prie.

— Que dit-on de Carmona autour de vous ?

Mafalda passa ses mains plusieurs fois dans ses cheveux.

— Attendez... Où est la cuisine ? demanda Marcelo sans lui laisser le temps de répondre.

— Au fond du couloir.

Marcelo revint avec une bouteille dans une main et le tire-bouchon dans l'autre. Un Granja da Amareleja 2013.

— Je peux ? demanda-t-il à son hôtesse qui lui fit signe que oui.

Il remplit les deux verres.

Mafalda Anacleto but une grande gorgée puis répondit à Marcelo.

— Tout au long de la semaine, plusieurs clients très bien informés ont défilé au siège du BVG pour vider leur compte. Et parmi eux, il y avait des gens sans scrupules, prêts à tout pour récupérer l'argent. Mais aucune piste n'a abouti pour l'instant. Hier, en fin de journée, un affairiste trublion a été arrêté. Il avait fait un scandale en début de semaine au BVG avant d'agresser António au restaurant. C'était le premier à avoir réagi.

— Un tel personnage qui pénètre dans les locaux du BVG... C'est *open bar* visiblement ! Autrefois, ces gens-là se contentaient de boire du Beirão dans les maisons de fado...

— Arrêtez de plaisanter, Marcelo, réagit Mafalda, sans pouvoir contenir un sourire. Après avoir agressé António, il a tenté de pénétrer chez lui avec deux hommes de main.

— Et le vice-président du BVG, quel rôle joue-t-il là-dedans ?

— Avelino Simões a collaboré avec le maximum d'interlocuteurs, afin de démontrer son innocence. Apparemment, il travaille en coulisse pour assumer le contrôle de la banque. Tout le monde veut éviter que la liste soit publiée et que les clients se ruent aux guichets. Le ministre des Finances va émettre d'ici dimanche soir un communiqué. Mais aucune information sur António, ni de la part de Simões ni de personne d'autre.

— Et vous avez appris des choses sur la vie privée de Carmona ? Je ne sais pas… des maîtresses, des activités parallèles qui donneraient des indices sur ce qui a pu lui arriver ?

— Non, rien, excepté les fêtes et les parties de chasse dans l'Alentejo, mais bon, tout le monde y allait, donc ce n'est pas très concluant. Il avait une vie assez tranquille, finalement. L'accusation de pédophilie est fausse. Elle sert à le détruire, à lui faire perdre toute crédibilité. La même stratégie a été utilisée avec le directeur du *Notícias*. C'est votre ami, je crois ? Avec vous, c'est différent, cette stratégie ne peut pas marcher après ce qu'il s'est passé dans l'affaire de la Fondation. D'autant plus que vous avez la presse internationale et les Allemands avec vous. Vous savez, les services secrets ne sont pas toujours très imaginatifs… Mais que savez-vous à propos de Carmona pour m'interroger là-dessus ?

Marcelo agita les mains en l'air.

— J'essaye juste de comprendre ce qu'il se passe. Et, aussi étrange que cela puisse paraître, la nuit où Carmona a disparu, j'étais dans le même restaurant que lui. Mais je n'y ai pas prêté beaucoup attention.

Le renseignement et le gouvernement n'étaient pas au courant pour sa jeune maîtresse ? C'était difficile à croire. À moins que ce ne fût la tradition nationale du respect de la vie intime de l'élite. *Et sans doute aussi l'incompétence*, pensa-t-il.

— Ma priorité est de retrouver Carmona, poursuivit-il. Non seulement parce qu'il a commis la plus grande fraude bancaire depuis Alves dos Reis[1], mais aussi parce que c'est dans mes attributions de le faire. Il est la preuve de la corruption du système, des politiques, des journalistes et des magistrats. Et je ne veux pas que quelqu'un soit tué sous mon nez pour l'empêcher de parler, ou par vengeance. J'ai une certaine empathie pour Carmona. Mais je ne vais fuir personne. Merci de vous soucier de mon sort, en tout cas.

Marcelo retourna à la fenêtre du petit bureau. La SLK noire était toujours au même endroit.

— Soyez prudente, Mafalda. Il y a une voiture suspecte dans la rue. Y a-t-il une autre sortie ?

La jeune conseillère hésita.

— Si vous avez des griffes pour vous agripper, peut-être…

Ils traversèrent la maison sans allumer de lumière. Quelques instants plus tard, Marcelo tentait, éclairé par le projecteur de la cathédrale, de descendre par la gouttière sous la véranda de Mafalda. Elle suivait sa progression la peur au ventre, penchée à la fenêtre. Trois mètres plus bas, il posa le pied sur une pierre de taille et essaya d'estimer la distance le séparant de l'avant-toit du bâtiment voisin. La lumière de l'appartement s'alluma au moment même où il atterrit sur la terrasse. Deux têtes blanches apparurent alors à la fenêtre. Les deux vieilles dames, en robe de chambre rose, sourirent et saluèrent Mafalda de la main. Elles ouvrirent la porte et ne laissèrent repartir Marcelo qu'après qu'il eut bu un

1 Un des plus grands faussaires de l'histoire du pays, à l'origine de « la crise des billets de banque portugais » (1925-1928) qui déboucha sur la nomination au poste de ministre des Finances d'un certain António Salazar.

verre de vin et mangé deux beignets de morue qu'elles gardaient dans une assiette posée sur le napperon à fleurs de la petite table de la cuisine. Quelques marches d'escalier plus loin, Marcelo les entendit dire :

— C'est le deuxième chat qui tombe du ciel, sœurette...

— Le prochain ne sort pas d'ici ! compléta l'autre, et la cage d'escalier résonna de leur rire espiègle.

Marcelo savait parfaitement que l'avertissement de la conseillère était à prendre très au sérieux. Et qu'il serait risqué d'aller chez lui. Mais pour pouvoir sortir du pays sans être repéré, il devait entrer dans son appartement pour récupérer des papiers et de l'argent.

Marcelo descendit la rue do Limoeiro à pied. Il était trois heures et demie du matin. La fatigue accumulée ces dernières heures s'abattit soudainement sur ses épaules. Prendre un taxi devenait inévitable. Il ne donna pas son adresse et indiqua plutôt la station de métro du Rato. Dans la rue, on pouvait apercevoir des groupes de jeunes et quelques touristes chancelants sortir des bars, en route vers les boîtes ou les hôtels de la ville. Le chauffeur resta silencieux. Marcelo piqua plusieurs fois du nez, se réveillant en sursaut et en sueur. Arrivé près de la rue da Escola Politécnica, il paya et avança péniblement sur le trottoir, épuisé, jusqu'au mur épais du jardin du procureur de la République. Il éprouva une envie soudaine d'aller lui parler. Ou bien de causer avec son ami Vasco. Mais il se retint. Ce n'était pas vraiment l'heure indiquée pour cela. Et puis Marcelo avait un mauvais pressentiment à l'égard de l'homme qui l'avait invité à devenir un super policier, mais aussi vis-à-vis de Vasco. Il se demanda s'il ne devenait pas paranoïaque. Il se glissa dans une voie privée de la vieille Faculté des Sciences, bordée de palmiers centenaires longilignes qui se découpaient sur le clair de lune. Marcelo fréquentait le quartier depuis l'enfance. Un des portails du Jardin botanique se dressait au bout de la ruelle déserte. Derrière le tronc d'un palmier, deux barres manquaient à la grille de fer, aussi ancienne que le jardin. C'était un passage souvent emprunté par le jeune Marcelo lorsqu'il voulait éviter pour une raison ou une autre de passer devant l'entrée principale de sa maison, rue da Alegria. Désormais « super policier », il retrouva ses repères et s'engouffra dans la végétation, entre les arbustes et les arbres, avant de suivre le chemin en terre battue qui descendait sur plusieurs centaines de mètres jusqu'à l'arrière de son immeuble.

Marcelo entendit un cri strident et un long sifflement étouffé. Il aperçut non loin de là, sur un banc en bois, une silhouette immobile telle une statue. En y regardant de plus près, il y avait quelqu'un à quatre pattes sur le banc et une autre personne derrière qui se tenait debout. Un couple d'amoureux ou des adeptes de sexe furtif. À cet instant, il se rappela Rosa, puis sa main fouilla dans la poche de sa veste pour vérifier que les boucles d'oreilles de Margarida étaient toujours là. C'était une folie de les avoir gardées. Un sentiment extrême de perte peut provoquer des actes désespérés. Marcelo avait lu des choses à ce sujet. Ses doigts sentirent également le petit brillant retrouvé dans l'appartement de la maîtresse de Carmona. La lune scintillait, les feuilles reflétaient une lumière argentée. Il hésita. Un nouveau cri perça la nuit. Les corps recommencèrent à bouger et des gémissements se firent entendre. Marcelo s'éloigna en silence, perdu dans ses pensées.

Le mur de quatre mètres qui le séparait de son immeuble se dressait devant lui. Comme autrefois, Marcelo grimpa jusqu'à l'endroit où le tronc d'un vieil arbre à caoutchouc se scindait en plusieurs parties. À partir de là, on aurait dit une échelle installée là pour faciliter le passage d'un monde exotique au béton de la ville. Parvenu à ses fins, il pénétra chez lui sans allumer la lumière et sortit le brillant de sa poche. Il devait trouver une boîte où le ranger. Marcelo enleva sa veste et la posa sur le dossier d'une chaise. En repensant aux bijoux de Margarida, la honte s'empara de lui ; la conclusion allait de soi : rendre le butin à sa propriétaire. Margarida deviendrait-elle son amante ? Il se déchaussa, s'approcha de la fenêtre du salon et vit, de l'autre côté de la rue, une voiture de sport, bleue ou noire, feux de position allumés, garée devant l'Hôtel Príncipe Real. Une ombre était visible sur le siège conducteur. *Je deviens parano*, pensa-t-il. *En ce moment, il y a des centaines de bagnoles de ce genre qui circulent dans la ville.*

Plus tard dans la nuit, Marcelo eut l'impression d'entendre un bruit dans le salon, mais sa fatigue était telle que son corps refusa de se lever. Malgré des douleurs dans le dos, le sommeil s'abattit sur lui sans qu'il oppose une grande résistance. Il rêvait que Margarida se penchait sur lui pour baiser sa tête à l'occasion de sa veillée funèbre lorsqu'il se réveilla avec les premiers rayons du soleil. Le tintamarre des pigeons tapant du bec sur les pavés de la cour intérieure sous sa chambre se fit entendre. Un son en particulier, un clac-clac particulièrement long, lui causa une sensation des plus désagréables. Il s'était endormi sans avoir fermé les volets en bois de la fenêtre qui donnait sur le Jardin botanique. Marcelo jeta un œil sur la bande de pigeons.

Son vieil ennemi était bel et bien présent. Un volatile qui boitait, les pattes horriblement métastasées. Clac-clac, clac-clac. Son oiseau de mauvais augure, son animal de compagnie.

Il y avait des jours comme cela. On naissait avec des défauts et on les exhibait comme s'il s'agissait de trophées. À l'instar de l'homme qui avait une tumeur de plusieurs kilos sur son visage et s'installait au Rossio, la place la plus fréquentée de la capitale, afin que tout le monde puisse le voir. Adolescent, Marcelo avait été marqué par la taille de la tumeur, sa couleur et sa texture, qui ressemblait à un ballon de basket éclaté. Ou cet autre individu, un chauve à moustache, les yeux exorbités, qui se tenait à l'entrée du jardin Gulbenkian. Lui réclamait de l'argent et, une fois l'argent en poche, ouvrait sa chemise en tissu tachée pour exhiber une masse cancéreuse protubérante, couleur chair, au niveau de la poitrine, avec un morceau de poumon apparent tourné du mauvais côté.

Marcelo prit une longue douche. Une fois habillé, il s'aperçut que sa veste en lin avait disparu. Il était persuadé de l'avoir posée sur la chaise. Ou bien l'avait-il oubliée chez les deux vieilles ? Ou dans le taxi ? Non, il était rentré chez lui avec. Marcelo chercha sa veste dans tout l'appartement, y compris dans le bureau au fond du couloir où il n'était pas entré. Les tiroirs étaient entrouverts et l'ordinateur portable n'était plus là. Le super policier fut pris de panique. Quelqu'un l'avait cambriolé sans forcer aucune porte ni fenêtre. Il se souvint de l'ange slave qui lui avait rapporté les clés volées. C'était la seule explication possible. La seule ? Margarida et Vasco avaient un double de ses clés. Personne d'autre.

Le téléphone portable, les boucles d'oreilles, la photographie de Carmona à la cave à vins avec sa maîtresse, le brillant... Tout était dans la veste. Marcelo fouilla à nouveau partout et retrouva seulement le faux diamant près de sa brosse à dents, dans la salle de bains. Son pantalon de costume était déchiré et taché par la chaux des murs qu'il avait escaladés. Ses chaussures neuves donnaient l'impression d'avoir été piétinées par une foule aux abois. En regardant les souliers des gens le matin, on pouvait savoir comment s'était passée leur soirée, avait l'habitude de dire sa tante Anne. La veste avait incontestablement disparu. Il devait revoir Margarida et l'affronter pour de bon. Désormais, son nouveau moi, qui avait ressurgi des profondeurs de l'indifférence, de la peur et du manque d'amour-propre, était prêt à affronter l'adversité. Il fallait juste qu'il soit habillé à la hauteur d'une telle épiphanie. Refaire sa garde-robe était indispensable. *Un long séjour à Londres avec un passage obligé par Savile Row*, décréta-t-il. Marcelo devait se défendre, contrôler ses émotions et fuir d'ici.

Aucun véhicule suspect n'était visible dans la rue. Afin d'éviter une mauvaise surprise, Marcelo refit en sens inverse le chemin emprunté quelques heures plus tôt, vêtu cette fois-ci d'un jogging, d'un tee-shirt et de baskets à semelles. Il n'avait pas déliré. Près du banc en bois, deux préservatifs jonchaient le sol. Après être sorti du Jardin botanique, il marcha en direction du centre commercial des Amoreiras, d'un pas lent, pour ne pas perdre la sensation de fraîcheur de la douche matinale. Marcelo tenait dans sa main un sac plastique de supermarché qui contenait une liasse de billets, son passeport allemand, un Beretta 950 de poche et le brillant emballé dans une feuille de papier. Qu'il s'agisse de l'arme ou de sa pièce d'identité, le super policier traqué eut à cet instant une pensée solennelle pour son père, le remerciant pour cet héritage précieux. Par chance, les cambrioleurs n'avaient pas ouvert les boîtes à chaussures rangées dans sa penderie dans lesquelles il planquait l'attirail désormais dissimulé dans un banal sac de courses.

Sur son passeport allemand, seuls figuraient ses deux prénoms et son deuxième nom de famille. Marcelo Ernst Konsalinsky, sans Silva au milieu. Konsalinsky avec un « y ». Alors que sur ses papiers portugais, son nom était Marcelo Ernesto Silva Consalinski. Plus de « y » donc et un « c » à la place du « k »... Ces différences lui avaient déjà été fort utiles en d'autres occasions. Il pouvait quitter le pays sans que personne s'en aperçoive. Son identité allemande passait comme une lettre à la poste lors des contrôles à l'aéroport.

Peu de temps après l'affaire de la Fondation, Marcelo avait obtenu un permis de port d'armes. L'année de fabrication de son pistolet, 1973, était la même que celle de sa naissance. Il pesait à peine deux cent quatre-vingts grammes, mais pouvait loger huit balles. Quand il repassa devant le mur du procureur de la République, il repensa à leur discussion. Et s'il l'appelait ? Impossible. Marcelo n'avait pas de portable. Les tours du centre commercial des Amoreiras se dressaient au sommet de la colline. Une construction pensée par un daltonien issu de la première génération d'architectes post-dictature, inspirée par les autos-tamponneuses de la fête foraine de Lisbonne.

Pour pister Carmona, un passage à Berlin était inévitable. Il devait voir le banquier allemand des photographies, l'homme au porte-documents orné du blason aux deux lances croisées. Les relevés bancaires du patron du BVG ne laissaient aucun doute sur le fait que la plupart de ses mouvements financiers personnels passaient depuis des années par la banque allemande ou sa succursale en Suisse. Le X des lances indiquait le lieu de ses forfaitures. Ce serait aussi l'endroit propice pour retrouver la trace de Carmona.

Marcelo acheta ses nouveaux habits au magasin Hugo Boss des Amoreiras. Un nouveau costume en lin, beige cette fois-ci, chemise blanche, ceinture et chaussures Oxford assorties. Il se fit le serment qu'il ne grimperait plus des murs ou des arbres avec une telle tenue. Il mit discrètement son Beretta dans la poche droite de sa nouvelle veste et se débarrassa du tee-shirt, du jogging, des baskets et du sac plastique. Dans la boutique juste à côté, Marcelo acheta un iPhone dernière génération. Il ferait au mieux pour que personne ne le vole ou l'endommage. Après avoir avalé deux tasses de thé et récupéré son répertoire téléphonique sur son cloud, il décida que le temps était venu de contacter Vasco. C'était le meilleur moyen de savoir si un double meurtrier s'était évadé de prison ces derniers jours. Il lui laissa un message, puis appela son ancien collègue et ami Axel Donau.

S'il l'avait contacté quelques mois plus tôt, il l'aurait trouvé au travail à la rédaction de la télé publique à Vienne, lisant des mails de journalistes et de producteurs du monde entier proposant des sujets tels que les métaux rares au Congo, les mafias japonaises ou les prostituées de l'Est à Majorque. Marcelo avait réalisé plusieurs reportages avec lui sur des problèmes édifiants de la société portugaise, comme le trafic de femmes, le travail des enfants ou la prostitution des jeunes garçons. Axel et Marcelo étaient devenus de vrais amis qui aimaient marcher entre les vignobles dans la région de Vienne, non loin de là où vivaient les parents de Marcelo. Mais depuis quelques mois, Axel était correspondant de la télé publique autrichienne à Berlin, un poste important qui ouvrait nombre de portes.

— Donau, entendit-il au bout du fil.

Marcelo ne perdit pas une seconde.

— Salut, Axel, c'est Marcelo. J'ai besoin de ton aide, c'est très important.

— Marcelo ! Comment tu vas ? Ça fait un bail !

— Ça va, merci, mais j'ai très peu de temps, désolé. Tu es à Berlin depuis suffisamment de temps pour savoir qui est Guido Kötterer, je me trompe ?

— Non, non, bien sûr, on le surnomme « le géant des petits banquiers ». J'ai déjà lu des choses sur lui. « *Schweigen ist Gold* », la banque privée Kötterer & Klappstein, une belle villa près de la Spree, dans le quartier Sankt Nicolaus.

— C'est lui. Il faudrait que tu m'arranges un rendez-vous. Demain. Tu pourras t'occuper de ça plus facilement que moi, un coup de fil de l'ORF[1] et c'est réglé. On ne refuse rien à un journaliste de l'ORF ! Tu peux faire ça pour moi ? Tu n'as qu'à dire qu'on veut enregistrer une courte interview pour évoquer la crise dans les pays du sud de l'Europe, ou sur le fait que Kötterer & Klappstein a été désignée meilleure banque privée d'Europe par l'Association des journalistes économiques. Viens avec ton cameraman, car je te garantis une bonne histoire.

— C'est compliqué, Marcelo. Tu me demandes ça au dernier moment. Je ne sais même pas s'il est à Berlin.

1 L'Österreichischer Rundfunk est le groupe de l'audiovisuel public en Autriche.

— Je viens d'aller sur leur site. Demain soir, il y a un dîner à l'Hôtel Adlon. Kötterer fait partie du comité d'honneur de la banque. Dis-lui que la rencontre doit se faire dans son bureau et non à l'hôtel, à cause du passé historique du bâtiment; insiste là-dessus.

— Quand est-ce que tu atterris à Berlin? demanda Axel avec un fort accent autrichien.

— Soit aujourd'hui en fin de journée, soit demain en fin de matinée. Je t'enverrai un message pour qu'on se retrouve et qu'on se rende rapidement au rendez-vous.

— OK. Ça ne va pas être facile, mais je vais essayer.

Avant de rejoindre l'aéroport, Marcelo voulait encore discuter avec Alma Carmona et lui demander s'il pouvait vérifier un certain nombre de choses dans le bureau privé de son mari. Il prit un taxi direction Estoril et s'apprêtait à s'assoupir sur la banquette arrière lorsque son portable sonna.

— Le tueur évadé ne peut être que Paulo Moreira, plus connu sous le nom d'Horácio. Il n'y a eu aucune autre évasion ou sortie de prison d'assassin ces derniers temps, lui annonça Vasco. J'ai parlé avec un ami qui travaille à la Direction générale des établissements pénitentiaires. Et également avec un ancien collègue devenu policier. La fuite d'Horácio a été signalée, mais elle n'est pas enregistrée au commissariat central. Autrement dit, le type s'est évadé il y a une semaine et personne ne le recherche. Cette histoire n'a aucun sens.

— Au contraire, Vasco, cela a tout son sens, si l'on tient compte de la lenteur de la machine bureaucratique ou des failles de communication. Je crois que je me souviens de ce fameux Horácio. Envoie-moi une photo récente de ce type dès que tu peux. Je ne te contacterai pas pendant un certain temps. Je t'expliquerai plus tard.

Marcelo raccrocha et ferma les yeux. Horácio ou Paulo M. : dans ce cas, la conseillère n'avait pas exagéré. Il passa sa main sur son front. Complètement froid. Le temps était venu de prendre l'avion pour Berlin.

La Bentley aux plaques diplomatiques pénétra dans l'enceinte de São Bento. Le Premier ministre, déjà planté devant l'escalier du perron, salua aussitôt le véhicule. L'Africain de grande stature au visage d'empereur romain jaillit de la voiture de luxe avec une surprenante agilité et ouvrit grand les bras.

— Je suis simplement venu vous saluer une dernière fois, mon cher Zé, et vous remercier personnellement avant de repartir à Luanda.

L'embrassade dura plusieurs secondes avec moult accolades viriles et tapes dans le dos. Durant la semaine, ils s'étaient parlé plusieurs fois au téléphone, parvenant finalement à un accord, comme l'avait expliqué le chef du gouvernement à ses conseillers les plus proches.

— Ne t'inquiète pas, Amândio, tout sera réglé en temps et en heure. Bruxelles et Francfort ont déjà donné des indications positives. Le Portugal compte à la Commission européenne tout comme à la BCE des gens influents qui ont bien compris la délicatesse de la situation. Lundi, on débloque de l'argent de la Banque publique avec pour priorité de boucher le trou du BVG. Ce genre de choses arrive, comme tu le sais, mais nous sommes en train de remettre de l'ordre dans tout ça.

— J'ai passé une semaine compliquée, Zé, mais je savais que je pouvais compter sur toi ! réagit l'Angolais en entourant de son bras le cou du Premier ministre portugais et en ajoutant à voix basse : Ne te fais pas de souci si les choses tournent mal aux élections, notre entreprise publique de pétrole et de diamants va avoir besoin d'un nouvel administrateur ou d'un nouveau directeur général Europe, à Bruxelles ou Paris.

— Merci, merci. Je pense que tout est sous contrôle, désormais. La semaine a été dure pour moi aussi, mon cher ami, mais j'ai tranché dans le vif. Parfois, on n'a pas le choix. À l'instant où je te parle, on s'occupe seulement de régler les derniers détails, de faire le ménage.

— Gouverner est un business compliqué et sale. Je dis toujours ça, Zé. Si c'est nécessaire, nous avons à Lisbonne des gens qui peuvent t'aider à faire le ménage. Comme je te le dis depuis longtemps, il faut parfois envoyer balader les « mœurs douces » qu'on accole à ton pays. Pour le bien de nos patries respectives !

Ils riaient tous deux en montant l'escalier menant au premier étage. Le Premier ministre s'assura néanmoins d'un coup d'œil discret qu'ils étaient toujours suivis par l'élégant conseiller de son visiteur. Il tenait soigneusement dans ses mains une petite boîte noire en bois entourée d'un ruban rouge. Un cadeau d'adieu aux nombreux carats.

Paulo M. répétait incessamment, à voix basse, ses deux objectifs : « Réussir sa mission et disparaître des radars ; réussir sa mission et disparaître des radars ; réussir sa mission et disparaître des radars. » L'enveloppe en papier kraft était ouverte sur le siège passager, avec une partie de la photographie qui dépassait. Le tueur avait aussi une copie de ce qui semblait être un rapport de filature sans en-tête ni aucune identification officielle. La présence de colonnes indiquant notamment les heures et les lieux donnaît l'impression d'un document officiel. Aucun nom ne figurait sur le document, uniquement des sigles. L'« objet » sous surveillance était identifié par un T suivi d'un numéro.

Derrière la photo de sa cible, on pouvait lire son nom : Marcelo Ernesto Silva Consalinski. Le rapport datait de la veille, mais il recevait des actualisations par SMS. *T'es foutu.* Paulo M. était un type malin qui savait voir les choses au-delà des simples apparences. Depuis quand les services pénitentiaires laissaient sortir les meurtriers pour des consultations extérieures le week-end ? Il y avait des gens d'influence au sommet de la chaîne alimentaire derrière cette « commande », c'était manifestement une opération organisée au sein de l'appareil judiciaire. Le vieil avocat lui avait dit que cette fois-ci, il rendrait un service à la société. Laquelle ? Paulo M. avait déjà travaillé pour plusieurs sociétés. Pourquoi tuer par plaisir ou mû par la colère quand on peut le faire sur demande, avec à la clé de l'argent et la liberté ? L'avocat n'agissait pas sur sa propre initiative, il l'avait tout de suite compris. C'était un vieil alcoolique et, vu la couleur de sa peau et de ses yeux, son foie était dans un sale état. Ce teint de la chair humaine était l'un des rares souvenirs qu'avait Paulo M. de son père. Un homme à la sclérotique jaunie, injectée de sang.

Paulo M. se rappelait la dernière fois qu'il avait vu le regard de son père. Il avait encore en mémoire tous les détails, les odeurs, les sons. L'odeur de la merde coulant dans son pantalon. Paulo avait neuf ans. Et, avant de pouvoir réagir, il avait vu la chaussure de son père venir se fracasser contre son visage. Le bruit de la mâchoire qui se brise. *Papa!* Dans son souvenir, les yeux de son père brillaient parfois comme des phares pendant qu'il le battait. Le petit Paulo était resté au sol, sur le carrelage de la cour. Même sa tête ne parvenait plus à se défendre des coups de pied reçus. La lumière du soleil couchant illuminait le visage de son géniteur. À quelques mètres de là, près de la porte en aluminium entrouverte, se tenait sa mère. En cet après-midi d'été suffocant et brûlant, même pour un village de l'intérieur du pays, elle était assise sur un petit banc en bois avec un panier de fèves à ses pieds, des gousses éparpillées autour, les épaules penchées vers l'avant. Totalement muette, elle le fixait d'un regard vide.

Paulo eut l'impression que son père commençait à fatiguer, ou bien était-il en train de perdre connaissance ? Il ferma les yeux et imagina que, peu importe le nombre d'années qu'il vivrait, chaque fois qu'il les rouvrirait il se réveillerait sur le carrelage incandescent, couché sur ses excréments, avec des morceaux de dents et le goût du sang douceâtre dans la bouche. Un sentiment de nausée l'avait gagné face à sa mère qui le détestait et ne l'avait jamais aidé. Il n'éprouvait pas de haine pour son père. Cela ne l'avait jamais interpellé. Il ne le revit plus jamais. Cet été-là, le petit Paulo passa beaucoup de temps à l'hôpital. Le reste de son enfance, il fut trimbalé de foyer en foyer.

Les yeux de la cible n'étaient pas dangereux. Il savait lire ça comme il venait de lire le nom au dos de la photographie. Et s'il foutait le camp d'ici, au lieu de courir après un homme qu'il ne connaissait pas ? Et qui ne lui avait jamais manqué de respect. Mais ce n'étaient pas les termes de l'accord. L'avocat lui avait dit que personne ne chercherait à le retrouver. Sauf s'il ne respectait pas son engagement.

Sans qu'il s'en aperçoive, le feu était passé au vert. Derrière lui, un automobiliste avait aussitôt klaxonné et lancé des appels de phare. Paulo M. répondit d'un geste conciliant de la main et la Mercedes reprit sa marche, lentement, son conducteur encore perdu dans ses pensées. Soudain, la voiture derrière lui accéléra et se porta à côté de la sienne. Le type grimaça de colère et le menaça, poing serré. Paulo M. savait que la situation devait rester sous contrôle, même s'il aurait aimé réagir à sa façon dans une telle circonstance. Le stressé du volant l'avait maintenant dépassé, tout redevenait normal après ce léger incident. Cependant, quelques secondes plus tard, le tueur vit devant lui une main sortir de la vitre, le majeur levé. Enragé, Paulo M. accéléra à son tour. Il retrouva ses esprits en voyant les yeux effrayés du conducteur insolent, le canon du Walther TP enfoncé dans sa bouche. Le tueur n'actionna pas la détente. La dernière chose à faire était d'attirer l'attention des gens qui se trouvaient dans son dos, à la terrasse d'un café. Paulo M. n'avait jamais compris comment certaines personnes pouvaient lui manquer de respect et se mettre en travers de son chemin. C'est comme si elles arboraient une pancarte avec écrit dessus « On veut des emmerdements », « On a trop de dents » ou « On en a marre de vivre ».

Paulo M. avait pour seule référence son code d'honneur. Celui-ci l'avait maintenu en vie tout au long de ses séjours en foyer. La prison l'avait sauvé aussi, sans le moindre doute. Il continuait à se réveiller tous les matins avec en mémoire sa bouche pleine de sang, mais il n'avait plus la gueule de bois comme avant. Il faut dire que son cerveau s'était affûté peu à peu. Le tueur l'exerçait en lisant, en pensant. Ainsi Paulo M. se disait qu'il avait sans doute brûlé des régions entières de son réseau encéphalique à cause de l'alcool et des agressions qu'il avait subies. Néanmoins, il avait lu dans un numéro du *Reader's Digest* de la bibliothèque pénitentiaire que le cerveau était capable de se reprogrammer et de transférer des tâches d'une zone à une autre. Paulo M. était convaincu que l'une des régions de son cortex atteinte depuis longtemps sans aucune compensation était celle où se trouvait la capacité à ressentir la douleur de l'autre. Ce que l'éthique nommait compassion et que la neurologie plaçait dans l'insula. Paulo M. était capable d'infliger des douleurs d'une extrême violence, sans l'inhibition de la sentir se refléter en lui-même. Il pouvait être chagriné en voyant un type rayer une voiture, mais si ce dernier fendait le crâne de quelqu'un, cela ne produisait aucun effet sur lui. Paulo M. en était conscient.

***

Avelino Simões avait passé les deux derniers jours, à peine interrompus par six heures de sommeil, dans de longues réunions avec des avocats, des collègues d'autres banques, des ministres et des journalistes. « Un sacrifice pour le pays, le parti et pour son patrimoine. » Il répétait inlassablement le même propos aux directeurs de journaux ou de médias de l'audiovisuel, en prenant soin de les convoquer un par un au bar du Ritz, avec vue sur le parc Eduardo VII. Le dernier de la liste s'était plaint au téléphone du jour choisi, un samedi, mais l'assistant d'Avelino Simões lui avait fait comprendre que l'ancien ministre exigeait sa présence et que « le Premier ministre lui avait donné carte blanche ». Qui plus est, c'était un dossier capital pour la survie de son média. La grande majorité des groupes de presse étaient tellement endettés que la convocation à la réunion n'était pas négociable. L'ancien ministre les recevait avec deux gardes du corps à ses côtés, l'air autoritaire, la veste serrée, la poitrine gonflée tel un pigeon. Il exhibait ses dents blanches et brillantes dont il n'était pas peu fier, avec un rictus qui signifiait que la moindre opposition serait synonyme de grave danger. Ce décorum était complété par du caviar iranien et du champagne. Le samedi midi, quatre bouteilles avaient déjà été vidées.

Lorsqu'il faisait partie du gouvernement, Avelino Simões était quelqu'un de décidé et d'efficace. Aucune des conversations n'avait duré plus de vingt-cinq minutes. Il les chronométrait ostensiblement sur sa montre-bracelet, une petite extravagance de fabrication suisse qui lui avait coûté quatre cent-quatre-vingt mille euros, comme il l'avait expliqué à l'un des dirigeants convoqués. Ce dernier avait reconnu la marque et exprimait son admiration. Avec un jet-ski, c'était là l'une des rares choses qui appartenaient à Avelino Simões en nom propre. « Autant ne pas tenter le diable », comme il avait l'habitude de dire. L'ancien ministre avait donc mis la quasi-totalité de son patrimoine au nom de proches de confiance et dans des paradis fiscaux. Pour gérer ou pour « consolider » sa fortune, ce terme avait sa préférence, il voyageait plus d'une semaine par mois.

Le discours tenu aux responsables des médias ne variait pas d'un iota.

— Cette soi-disant liste ne doit pas être publiée, tout simplement parce qu'elle n'existe pas. Si une quelconque liste venait à émerger, ce serait un faux qui, potentiellement, pourrait provoquer d'énormes dégâts. Nous ne tolérerons pas la moindre référence à l'existence d'une telle liste. À défaut, le ciel vous tombera sur la tête. Pas celle de l'entreprise que vous représentez. Votre propre tête. Votre vie et votre patrimoine seront en danger. Le procureur de la République est de notre côté, nous avons à notre disposition une cinquantaine d'avocats et des mesures conservatoires, des injonctions et des mandats d'arrêt prêts à être dégainés. L'arsenal est mobilisé pour démolir celui ou ceux qui joueraient avec le feu.

La mission était en bonne voie. Mais Avelino Simões était impatient de rentrer chez lui. Il n'était pas certain de se maintenir à la présidence du BVG et se demandait s'il ne serait pas plus judicieux de prendre des vacances prolongées au Brésil jusqu'à ce que le ciel soit dégagé. Quoi qu'il puisse se produire, l'ancien ministre était tranquille. On ne pouvait pas extrader un homme qui possédait trois passeports de pays sûrs, dont un diplomatique. L'idée lui vint qu'il pourrait emmener avec lui la professeure d'anglais. Sa proposition serait impossible à refuser. Des vacances à la plage, dans son appartement à Copacabana : « *Well nights on beach ?* »

Marcelo avait compris la leçon avec les deux Brésiliens qui l'avaient tabassé. Désormais, il était constamment sur les nerfs et attentif au maximum pour éviter d'être pris par surprise. La deuxième fois qu'il regarda derrière lui dans le taxi, il comprit que son imagination ne lui jouait pas des tours : le bolide sportif noir les suivait. La SLK était collée à eux.

— Vous connaissez la voiture derrière nous ? finit par lui demander le chauffeur de taxi.

— Sans doute un mari jaloux de plus, répondit Marcelo en haussant les épaules avant de consulter son smartphone.

Son ami Vasco venait de lui envoyer un mail.

— Ouh là, attention ! Il aurait mieux valu que ce soit des chasseurs de dettes, chef. Au moins eux, on sait ce qu'ils veulent.

Marcelo regarda à nouveau par-dessus son épaule. Dans la Mercedes noire, on pouvait apercevoir un homme aux épaules larges coiffé d'une casquette. Quand le reflet dans le pare-brise disparut, il reconnut le visage qui venait d'apparaître sur son écran de téléphone. Horácio. Alias Paulo M.

— Prenez le périph'. Restez calme, il ne va rien arriver de grave.

Marcelo se souvenait parfaitement du nom « Horácio », comme les médias avaient baptisé le criminel. Paulo Horácio Moreira, en réalité. Il avait été condamné quelques années plus tôt pour l'assassinat de deux prostituées. Des meurtres macabres qui l'avaient mis à l'affiche pendant quelques jours dans les journaux et les chaînes infos qui, au Portugal, se nourrissent quasi exclusivement de ce genre d'affaires. À l'époque, ces médias ne parlaient jamais du lupanar ni du réseau de call-girls de luxe que géraient ces deux femmes. Marcelo apprit plus tard qu'au moment de leur tragique fin, elles pratiquaient le chantage en usant d'un agenda contenant des noms de clients. Le fait qu'elles vivaient ensemble, couplé à l'absence d'hommes pour s'occuper d'un tel business, en avait fait des femmes aux revenus prospères, certes, mais particulièrement vulnérables. En coulisse, on citait des personnes liées à la politique et au secteur bancaire qu'on pouvait découvrir à l'œuvre dans des enregistrements vidéo. Au-delà de la simple infidélité, la corruption semblait de mise.

On disait que Paulo M. les avaient tuées pour se venger de l'humiliation subie lorsqu'il avait travaillé durant quelques mois à leurs côtés comme chauffeur et garde du corps. Les deux femmes auraient eu des pratiques sexuelles déplaisantes sur la banquette arrière en présence de Paulo M., selon les dires d'un témoin. L'assassin lui aurait confié qu'elles « paieraient cher » pour leur conduite « contre nature ». Un autre témoin prétendait que Paulo M. avait été contaminé par une maladie sexuellement transmissible. Le rapport de l'expert psychiatrique présenté lors du procès attestait qu'il avait une personnalité sadique aux caractéristiques psychopathiques. L'accusé resta muet durant toute la durée de la procédure qui fut expédiée, fait inédit dans le pays, en un peu moins de six mois. Il ne révéla jamais à personne le mobile de ses crimes, ni les commanditaires que l'on pouvait suspecter. Durant les interrogatoires, Paulo M. n'avait jamais demandé une cigarette ou le moindre café. Álvaro Dias, l'inspecteur de la PJ, raconta plus tard à Marcelo que le silence de Horácio avait été plus terrifiant que leurs techniques pour faire parler les accusés.

Les deux maquerelles furent retrouvées dans la vaste forêt du parc de Monsanto. Le corps nu, attachées par les poignets à deux troncs d'arbre, la pointe des pieds touchant légèrement le sol. Marcelo avait vu les clichés. On aurait dit des proies pendues par un chasseur méticuleux, chacune à son arbre dans une symétrie parfaite. Leurs sacs à main, leurs chaussures et leurs vêtements étaient disposés par terre comme s'il s'agissait d'un croquis. Les culottes étaient sur les jeans, les soutiens-gorge sur leurs chemisiers avec posé dessus un paquet de serviettes hygiéniques. Un véritable cadre en haut-relief. L'assassin s'était amusé à jouer à la poupée après avoir explosé le crâne des deux femmes à coups de batte de base-ball. Les tirs dans la nuque étaient incompréhensibles. Quel sens y avait-il de toute façon à chercher des explications face à un tel degré de sauvagerie ? lui avait demandé l'inspecteur. Álvaro Dias estimait que le fait de considérer un crime invraisemblable était le principal défaut de ceux qui lisaient les journaux sérieux tels *O Expresso* ou *Público*.

À l'époque des crimes, Paulo M. avait été dépeint par la presse comme un sadique qui tuait les prostituées par plaisir. L'Éventreur de Lisbonne qui avait sévi au début des années quatre-vingt-dix n'avait jamais été identifié, Horácio était le remplaçant tout trouvé pour assurer le spectacle de l'horreur. Un tel scénario permettait d'exclure tous les autres éléments douteux de l'affaire. Marcelo, le journaliste, se souvenait de cette histoire surtout à cause des implications de ses liens avec le monde de la finance. Il avait connu l'une des deux victimes, une certaine Madame[1] Preto[2]. Sa partenaire s'appelait quant à elle Rosa Branca. Madame Preto avait sans doute gagné son surnom du fait du contraste avec son associée, une femme très pâle aux cheveux platinés quasiment blancs. Idalina Santos, de son vrai nom, avait rencontré quelques fois Marcelo. Ils s'étaient connus alors qu'il faisait un reportage sur la prostitution et la traite des femmes au centre-ville. Deux mois avant sa mort tragique, Marcelo avait écrit sur elle dans une revue portugaise.

Le Grand Bordel

Au cœur des immeubles de bureaux les moins soupçonnables, des Amoreiras aux Twin Towers, des lupanars de

1 En français dans le texte.

2 « Noir » en portugais.

luxe sont en service. Si l'on prend par exemple la Columbano Bordalo Pinheiro, l'une des principales avenues de la ville, il existe des dizaines d'établissements, entre « salons de massage », « cabinets d'esthétique » et autres appellations de ce genre. Il suffirait que les professionnelles du secteur mettent aux fenêtres des lanternes rouges pour que certaines rues de la cité se transforment en « red light districts ».

« Bonjour, je suis madame Preto. » Le chemisier translucide laisse voir ses petits seins. Le client, qui peut être un ministre ou un banquier, patiente confortablement installé dans un canapé blanc. Dans un coin de la chambre, on trouve un meuble-bar blanc lui aussi avec différents types de whisky. Un buffet est collé au mur avec deux flamants dorés et des chandeliers. Madame Preto embrasse bruyamment un client comme s'ils étaient en société. Dans le salon climatisé à la lumière tamisée, trois jeunes femmes défilent. Le rituel de présentation se termine par la question de la tenancière : « Avez-vous déjà fait votre choix ? »

L'établissement est ouvert de dix heures à vingt-deux heures, sauf en cas de réservation à l'avance. « Cela coïncide avec les horaires des bureaux et des ministères parce que les gens qui y travaillent sont nos clients », souligne-t-elle avant d'imiter une voix masculine : « Chérie[1], *aujourd'hui j'arriverai plus tard, je vais passer chez Mme Preto. »*

(…)

Madame Preto, leggings moulants, cheveux noirs et frisés, porte-cigarette à la main, s'entretenait avec Marcelo en adoptant le langage corporel d'une prostituée de maison close titulaire d'un master en communication. Assise, jambes croisées, elle posait sa main

1 En français dans le texte.

sur l'avant-bras de son interlocuteur tout en le fixant du regard, puis glissait ses mains dans la partie intérieure de ses cuisses. Un geste rapide peu subtil, mais provocateur à souhait. Quand il fit sa connaissance, Marcelo pensa que la façon de s'exprimer de Mme Preto était la même avec tout le monde, douce, mélodique, entremêlée de gallicismes : « très chic » telle chose, « fantastique » telle autre. Elle prétendait également l'aimer beaucoup, qu'on voyait tout de suite que c'était quelqu'un en qui elle pouvait avoir confiance. Ils se revirent à deux reprises au restaurant.

Il lui semblait qu'elle était ravie de sortir et d'être vue avec un homme normal et bien élevé. La maquerelle lui parla de clients cadres dirigeants du monde de la finance, de plusieurs ministres et de leur tares respectives. Jetant un regard surjoué par-dessus son épaule gauche puis la droite, elle évoqua des affaires avec des « commissions de plusieurs millions d'euros », des achats d'armes, la construction d'hôtels en zones protégées, un lobby du trafic de drogue au Parlement… « J'ai tout enregistré, *mon cher*, tout. C'est mon assurance vie », ajouta-t-elle, la voix perçante, avant d'éclater de rire.

Marcelo écoutait, fasciné, les histoires d'Idalina Preto, qui, en une phrase, rassemblait dans une relation triangulaire un proxénète violent, la journaliste star de la télé et le président d'une banque privée lié à l'Opus Dei. Et au milieu de ce tableau, on trouvait le canon d'un pistolet enfoncé dans le vagin de la vedette du petit écran, des suites du Ritz partagées avec de jeunes hommes qui travaillaient dans le parc Eduardo VII et de la poudre blanche dans toutes les narines.

Dans le torrent de paroles de Mme Preto, le nom d'illustres économistes apparaissait aux côtés de patrons de bars de nuit. Des amis des parents de Marcelo fréquentaient des bordels misérables, des acteurs et des mannequins connus donnaient n'importe quelle partie de leur corps pour que leur visage soit présent dans les magazines ou à la télé. Marcelo savait tout cela, mais les épisodes narrés par la maquerelle faisaient de Lisbonne une ville haute en couleur.

Deux mois plus tard, Mme Preto et Rosa Branca étaient assassinées. Les médias s'étaient focalisés sur les détails sordides des meurtres, les vêtements qu'elles portaient, la présence ou non de sperme… Oubliant notamment de dire que les appartements privés et professionnels des deux femmes avaient été cambriolés la veille de leur mort. Paulo Horácio Moreira, arrêté et condamné pour double homicide, n'était pas l'auteur des cambriolages. À l'heure où l'on avait pénétré à leur domicile, « Horácio » avait été vu par des témoins au Kapital, l'une des discothèques à la mode à cette époque. Marcelo, qui s'était penché sur l'affaire, avait su par l'intermédiaire du concierge de l'immeuble que les appartements avaient été visités au milieu de la nuit et qu'un groupe d'hommes en combinaison en était ressorti avec des dizaines de caisses.

La semaine suivante, le Service des Étrangers et des Frontières expulsait neuf des prostituées qui travaillaient dans le réseau de Rosa Branca et Idalina Preto. Deux autres furent incarcérées pour trafic de drogue. Marcelo découvrit en outre que l'avocat des deux prostituées, un client payé en faveurs sexuelles et bouteilles de scotch, avait remisé sa robe après leur mort. Son cabinet fut intégré au Viegas, Gama, Inocêncio & Associés, l'une des plus grandes structures de la capitale, partenaire privilégié du gouvernement et du secteur bancaire. Le journaliste l'eut au téléphone et l'avocat lui expliqua qu'il avait représenté nombre de clients en trente-cinq ans et qu'il lui était donc difficile de se souvenir de la totalité d'entre eux. Il conclut en disant qu'il n'avait conservé aucune archive. Marcelo avait pris son bâton de pèlerin pour tenter de convaincre plusieurs directeurs de journaux d'enquêter sur cette histoire en leur proposant d'utiliser les éléments qu'il avait réunis. Sans succès. « Tout cela est infondé », disait le patron d'un hebdomadaire de référence, un type retors dont il avait été collègue. Un autre estimait qu'il s'agissait d'un crime isolé perpétré par un cinglé. Un troisième lui avait déclaré qu'il versait dans le complotisme et que ce n'était que des « ouï-dire ».

— Parfaitement, j'ai ouï dire comme tu dis. J'ai entendu de la bouche de la victime ce que je te dis, insista Marcelo.

— Tu imagines des types avec des tabliers dans des caves ou des grands prêtres dans des catacombes qui donnent des ordres à des bourreaux… C'est ça, non ?

— Non, je me limite à pointer des indices qui montrent que des personnes donnent l'ordre d'en tuer d'autres. Voilà ce que je fais, rétorqua-t-il.

Plus de deux tiers des recettes publicitaires des journaux provenaient d'entreprises contrôlées par le secteur étatique et par le monde de la finance. Perdre la pub d'une ou deux entreprises publiques, ou d'une banque, cela signifiait perdre les primes de fin d'année, oublier les vacances aux sports d'hiver, et même se retrouver dans l'obligation de cesser de paraître. Marcelo se souvenait de ce qui était arrivé à un collègue et ami, auteur d'un article dans *Fortunas*, une modeste revue économique. Le texte en question entraîna la fermeture du magazine sur l'ordre d'un banquier qui se sentait, comme leur avait dit l'administration, « décrit comme un voyou ». Quelques années plus tard, ce magnat de la finance se retrouverait derrière les barreaux en tant que principal responsable des fraudes du Groupe Espírito Sagrado, un puissant acteur du secteur. Son ami avait dû s'exiler et lors de leur dernière rencontre – dans un aéroport, par pure coïncidence –, il lui avait appris qu'il était chauffeur de taxi à Francfort.

— Au moins maintenant je n'ai plus à avoir honte de la façon dont je gagne ma vie.

Faire du journalisme avait un prix et exigeait des sacrifices de la part des directeurs de la rédaction des grands journaux. Mais il existait des limites : Gstaad, Chamonix, l'Andorre et la sierra Nevada. Personne n'avait envie de commencer l'année au Pôle Emploi du centre-ville ou de descendre les pistes de la serra da Estrela[1] sur des sacs poubelle.

Marcelo regarda de nouveau par-dessus son épaule. La SLK avait reculé de deux places dans la file de voitures qui roulaient parfois au pas sur la route entre Lisbonne et Cascais. Entre la mer et le ciel bleu, un navire de croisière traçait sa route. *Un joli scénario pour un film de série B*, pensa Marcelo. Il fallait agir, car sa vie était en jeu. Aucune sirène de police ne se faisait entendre et le temps manquait pour appeler à l'aide. S'il ne faisait rien, tôt ou tard le psychopathe lui tomberait dessus. « Action ! » C'était ça, le nouveau Marcelo.

— Ne vous inquiétez pas si je sors d'un coup, avisa-t-il le chauffeur tandis qu'il se penchait en avant pour poser un billet de cinquante euros sur l'accoudoir devant lui.

1 Principale chaîne montagneuse du Portugal continental.

Le chauffeur jeta un œil en arrière, lâcha un instant le volant et rangea illico presto l'argent dans sa veste.

— Faites attention en ouvrant la portière, la peinture est neuve.

Au rond-point, le taxi ralentit soudainement son allure, Marcelo en profita pour ouvrir la poignée intérieure de la voiture et en sortit avec la légèreté des gamins d'Alfama, habitués à sauter des tramways en marche. Après deux foulées, pour compenser la vitesse du véhicule, il se retrouva au niveau de la Mercedes noire et s'accrocha à son rétroviseur droit. Ce fut si rapide que le traqué vit à travers la vitre le traqueur de profil, bouche bée, et son propre visage sur une photographie ainsi que des papiers avec le logo bleu et jaune de la banque brésilienne ITAÚ. C'était un portrait pris par un téléobjectif où on le voyait avec une vieille veste de lin délavée, celle qu'il portait la semaine dernière. Marcelo avait failli être écrasé ce jour-là. Les images et les pensées défilaient avec une lenteur surprenante et il se rendit compte de la décharge d'adrénaline provoquée par le stress de sa situation.

Au Portugal, tout est négociable. Même une agression. En parlant quelques secondes avec un voleur, Marcelo avait réussi à le convaincre de lui laisser son portable, sa montre et son portefeuille en échange de vingt euros. Un bon hold-up est un hold-up au cours duquel les deux parties en sortent relativement soulagées. L'agresseur se sent moins coupable et la victime a réussi à sauver une partie de ses biens. Mais un tel scénario présupposait l'existence de scrupules de la part du délinquant ou du criminel. Marcelo avait des doutes à ce sujet concernant Paulo M. Impossible de s'enfuir, au risque de prendre une balle dans le dos.

Après tout, son arrière-grand-père n'avait-il pas été un militaire décoré pour bravoure au combat par l'Ordre de la Tour et de l'Épée, la plus haute distinction honorifique portugaise ? Sans parler de son grand-père, côté autrichien cette fois-ci, qui avait servi comme médecin pendant la Première Guerre mondiale, usant de la scie pour soigner les blessures infligées par l'ennemi aux bras et jambes de ses camarades. Il ne se laisserait pas intimider par un simple criminel en fuite.

La fenêtre de la SLK s'ouvrit et Paulo M. cria :

— Vous êtes fou ou quoi ?

— Vous pouvez parler ! hurla à son tour Marcelo, trop occupé à courir à côté de la voiture, sans lâcher le rétroviseur, pour peser ses mots et observer la réaction de son interlocuteur. Vous me poursuivez, n'est-ce pas ? Laissez-moi entrer, Paulo Horácio Moreira, il y a des choses que vous devez savoir.

La Mercedes pila et aussitôt les coups de klaxon résonnèrent. Paulo M. ouvrit la portière et prit la photo et les papiers sur le siège pour les cacher sous sa cuisse droite. Marcelo s'assit et s'adressa à lui sans perdre une seconde.

— Vous pensez vraiment qu'on va vous laisser gaspiller le moindre real là-bas ? Oubliez l'argent qu'on vous a donné, ça ne suffira pas ! Vous ne survivrez pas plus de vingt-quatre heures au Brésil. Je sais qui vous a recruté. Il a déjà une équipe qui vous attend pour vous souhaiter la bienvenue de l'autre côté de l'Atlantique ! Votre passeport ne vous servira à rien.

Marcelo tentait la stratégie du bluff mêlée à la psychologie de comptoir.

— Vous croyez que je n'y ai pas pensé ? s'énerva Paulo M.

— Écoute, Paulo, je peux t'appeler Paulo ? J'essaye d'attraper les gens qui ont fait appel à toi et qui volent l'argent de beaucoup de monde. Tout ça, c'est à cause du fric, en quantité suffisante pour acheter des surveillants de prison, des banques, des gouvernements et beaucoup d'autres choses encore. Mais personne ne doit mourir. La seule personne qui peut t'aider désormais, c'est moi. Tu penses vraiment que tu fais le bon choix ?

Paulo M. semblait être en pleine réflexion.

— Il faut qu'on parle. Je peux te sortir de ce merdier. Sors au prochain rond-point, va vers la mer et gare la voiture, ordonna Marcelo avec une voix décidée qui avait visiblement entamé les défenses du tueur à gages.

Après une courte hésitation, Paulo M. ralentit et s'arrêta sur le bas-côté.

— Tout ça n'a plus aucune importance, je n'ai pas le choix, ça ne changera rien.

Marcelo s'aperçut qu'après avoir prononcé ses mots, Paulo M. se tournait pour attraper de la main droite quelque chose dans le vide-poche de la portière côté conducteur. L'ancien journaliste devina la lame d'un couteau. Sa main refermée autour du métal dans la poche intérieure de sa veste en lin tremblait. Paulo M. se retourna et son bras décrivit un arc-de-cercle, prêt à poignarder sa cible. À cet instant précis, on entendit une détonation sèche. Marcelo était pâle, mais il maintenait fermement le Beretta dans sa veste d'où de la fumée commençait à sortir. Il avait tiré à travers le lin dans la poitrine de Paulo M., qui maintenait son poing serré autour du manche du couteau de plongée. Horácio, « le monstre », ne ressentait aucune douleur. Seule la force animique s'échappait du corps, aussi rapidement qu'un seau d'eau renversé dans le caniveau. Il vit sa mère, penchée en avant, le regard absent, déversant une bassine pleine du sang d'un poisson vidé de ses viscères gélatineux sur la terre devant le carrelage de la petite cour. L'odeur de soufre et de brûlé le pénétra et Paulo redevint le petit enfant chétif qui volait dans les airs, retombant violemment au sol. Le gamin prostré sur le carrelage avec son pantalon souillé. Le rideau de ses yeux se referma lentement. Il vit de la fumée puis la lumière s'éteignit. *Ah, c'est comme ça*, se surprit-il à penser, *c'est aussi simple que ça.*

Marcelo bondit hors de la voiture et vit un trou dans sa veste neuve et une trace de brûlure. Il fit le tour jusqu'à la portière du conducteur et vit le visage de Paulo M. collé à la vitre, les yeux ouverts, de la salive s'écoulant de la bouche. Marcelo ouvrit la porte et repoussa le corps sur le siège. Le bras pendait, inerte, la main s'ouvrit et le couteau tomba.

— Désolé.

Il fut surpris de sa froideur. Un pistolet se trouvait là où Paulo M. avait pris son couteau. Marcelo le souleva par le canon avec deux doigts. La marque et le calibre étaient visibles. Walther TP 6,35. « TP » pour « Taschenpistole », pensé pour pouvoir être utilisé dans une poche. *T'aurais dû t'acheter un blazer comme moi pour l'avoir sur toi.* Le modèle était comparable à son arme, seuls quelques millimètres et quelques grammes les différenciaient. *Peut-être cinquante ou soixante grammes de plus que la mienne.* Les aspects techniques l'aidèrent à ne pas penser qu'il venait de tuer quelqu'un. Ou bien était-il encore vivant ? Les deux pistolets avaient le même calibre : 6,35. Coïncidences. Marcelo déposa l'arme de Paulo sur le toit de la voiture et appela le 112. Après que les choses se sont passées, elles paraissent normales. Il se pencha dans la Mercedes et posa trois doigts sur le cou de sa victime.

L'ancien journaliste comprenait aujourd'hui les histoires de ces gens qui tuent leur voisin et vont ensuite s'asseoir à la table du café jusqu'à ce que la police se pointe. Ça arrive tous les jours. La vie continue. Il eut l'impression de sentir un pouls. Les yeux étaient toujours ouverts et brillants. Quelques personnes commençaient à tourner autour de la voiture. Un vieux coiffé d'un chapeau de paille s'était même arrêté à côté de Marcelo et le regardait avec admiration. Un couple sur la promenade près de la mer observait la scène avec intérêt. Le vieil homme demanda :

— C'est pour la télé ?

— Oui, c'est pour une série. *Jungle urbaine*.

Marcelo resta près du véhicule pour éviter que quelqu'un ne se montre trop curieux et passa deux coups de fils rapides. Il parla brièvement avec un ancien collègue devenu chef des infos de NTV, puis tenta de joindre le procureur et tomba sur son répondeur. Son message indiquait sa position actuelle. Marcelo annonça également qu'il avait compris la façon dont les services de renseignement s'occupaient de lui. *J'ai tiré sur un de leurs hommes, en légitime défense*. Il lui demandait de mettre ses hommes sur le coup, afin qu'on ne lui marche pas sur les pieds pour avoir tué ou blessé un tueur en fuite.

La fourgonnette de NTV arriva avant l'ambulance et la police. Le nombre de spectateurs sur place avait augmenté. Un employé de la plage voisine lui proposa d'apporter quelque chose. Il lui demanda une bouteille d'eau fraîche et le remercia. Lorsque l'équipe télé sortit du véhicule, Marcelo demanda au cameraman de filmer la voiture et prit par le bras le journaliste. Celui-ci, voyant son jeune collègue en bermuda hésiter, lui ordonna d'obéir à Marcelo. Ce dernier en profita pour ajouter :

— Filmez aussi l'arme sur le capot, le couteau qui est par terre et la photo que vous trouverez sur le siège. Ensuite, vous me filmerez, assis sur le muret. Mais soyez prudent, car apparemment le type n'est pas mort.

Marcelo s'adressa ensuite au journaliste.

— C'est mon show. Je vous sers tout sur un plateau. Mais il y a un message que vous allez devoir faire passer.

Pendant plus de trois minutes, le journaliste nota tout sur un carnet noir avec élastique.

Une heure et demie plus tard, toujours au même endroit, Marcelo remettait son arme à l'inspecteur de la PJ, un homme aux airs de comptable qui lui avait annoncé que ses instructions étaient de recueillir son témoignage et de le laisser aller où bon lui semblait. Paulo M. était de son côté dans le coma, aux soins intensifs. Marcelo laissa derrière lui la scène confuse autour de la Mercedes noire où se concentraient désormais les voitures de police, des agents en uniforme et en civil ou encore des légistes. Il héla un taxi. Fini l'idée d'aller chez Carmona. Le plan avait changé.

— Direction Martim Moniz, s'il vous plaît.

— Eh alors, qu'est-ce qu'il s'est passé ici, chef? Un collègue m'a dit qu'il y a eu des coups de feu. On y a droit tous les jours ! Voilà dans quel état est notre pays. Et ce n'est pas fini. L'autre jour encore j'en parlais à ma patronne...

Moins d'une minute et demie plus tard, le chauffeur de taxi parlait des haricots blancs au lièvre à la façon alentejane. Marcelo se sentit reconnaissant pour quelques instants de ce retour à la normalité.

Sur la place de Martim Moniz, des groupes d'immigrés venus de tous les recoins du voyage tragico-maritime du Portugal colonialiste se rassemblaient par régions du monde. Des Marocains, des Africains subsahariens, des Indiens, des Chinois, des Brésiliens… Lorsqu'un migrant débarquait à Lisbonne, le plus simple pour lui était de retrouver ses compatriotes sur cette place. Ils se chargeaient alors de l'aider à trouver une chambre, un travail, une femme ou des papiers.

Martim Moniz était également connu pour son centre commercial avec de nombreuses boutiques où l'on trouvait de tout, des portables dernier cri aux condiments nécessaires pour faire un bon tajine. Derrière cet espace s'étendait les maisons de Mouraria, un quartier dégradé et pittoresque, construit sur la rude colline qui, à travers un enchevêtrement de ruelles et d'escaliers, montait jusqu'au château de São Jorge. Une centaine de mètres au nord de la place, l'avenue Almirante Reis entamait sa montée. Là commençait une zone sordide de trafic de drogue, de prostitution et d'habitations miteuses. Mais tout ce beau monde se voyait chassé peu à peu par des hordes de riches expatriés originaires de l'hémisphère Nord, des architectes, des galeristes ou des patrons de start-up. En poursuivant son chemin, on voyait se succéder les galeries commerciales d'Almirante Reis et les villas de millionnaires de l'avenue Gago Coutinho. Enfin, après ce parcours de six kilomètres depuis

Martim Moniz, on débouchait sur le rond-point qui permettait de se rendre à l'aéroport tout proche. C'était à cet endroit précis que Marcelo voulait arriver le plus rapidement possible.

Quand il avait le temps, Marcelo réalisait ce trajet apaisant à pied, avant de prendre l'avion. Il faisait ses adieux à Lisbonne, afin de ne pas oublier ses origines une fois arrivé dans un pays riche. Ce jour-là, le temps manquait. Il pénétra dans un vieil immeuble de bureaux de l'autre côté de la place et grimpa les quatre étages en passant par l'escalier. Ses jambes tremblaient encore et ses doigts entraient et sortaient du trou de la veste provoqué par la balle. Un vieil homme en djellaba assis sur une marche le regarda avec curiosité et le salua en portant la paume de la main droite à son cœur ; deux vendeurs indiens, qui transportaient des sacs en plastique noir remplis de marchandises, inclinèrent également la tête à son passage. Marcelo éloigna du pied une canette de bière et frappa à la porte en contreplaqué où l'on pouvait lire sur un écriteau plastifié en piteux état : « J. E. Shashikant, Réparation d'ordinateurs. » Plusieurs minutes passèrent. Un gringalet de quinze, seize ans, la peau foncée et les traits fins, ouvrit la porte.

— Bonjour, *sir*. Mon oncle s'excuse de de ne pas être venu vous accueillir. Suivez-moi, s'il vous plaît.

Ils franchirent le hall qui servait d'accueil. Trois unités centrales et deux vieux moniteurs poussiéreux étaient empilés contre un mur, surmontés par des claviers gris. Au fond, derrière un petit comptoir rempli de papiers et de revues indiennes, il y avait une autre porte en contreplaqué. La réceptionniste, vêtue d'une blouse sombre, était assise sur une banquette, casque à l'oreille et visage fermé. Une fois dans la pièce suivante, il remarqua les renforts en acier et les serrures de sécurité de la porte. Sur un écran s'affichaient les images en haute définition de l'entrée du bâtiment et de la cage d'escalier. Au fond d'un petit couloir, ils entrèrent dans une grande salle aux allures de laboratoire industriel. Plusieurs dizaines de personnes travaillaient sur des ordinateurs de dernière génération. Shashikant était penché sur l'un de ses collaborateurs, mais se redressa dès qu'il vit entrer Marcelo. Ses bras s'ouvrirent et un large sourire illumina son visage.

— Marcelito, mon ami !

Ils restèrent plusieurs secondes dans les bras l'un de l'autre.

— Tu as pas l'air en forme, qu'est-ce qui t'arrive ?

Sans lui laisser le temps de répondre, Shashikant le prit par le bras et traversa la pièce jusqu'à une porte blindée. Marcelo était déjà venu quelques fois au quartier général de son ami, mais sans jamais aller plus loin. L'ambiance était tout autre. Le silence régnait, on apercevait à travers une baie vitrée le ciel, une butte verte avec des murs en ruine et deux grands palmiers. *Un véritable ashram, une oasis dans la ville*. Ils s'assirent sur des nattes, buvant du thé et parlant de tout et de rien pendant près d'une heure et demie.

— Tu as toujours le meilleur Darjeeling du monde ! s'enthousiasma Marcelo avant de se lever.

Il se sentait plus détendu.

— C'était bien de passer un moment ensemble, Marcelito. Et ne t'inquiète pas, je m'occuperai de tout ce que tu m'as demandé. Ce ne sera pas un problème de pénétrer les serveurs des sociétés de stationnement et d'autoroute, on fait ça régulièrement. On prend ou on modifie des données. Là, ce sera juste pour consulter, c'est une formalité. Je regarderai les voitures qui ont quitté le Bairro Alto le lundi soir à partir de vingt-trois heures du côté de la Travessa da Espera, et je croiserai tout ça avec les caméras de surveillance sur la voie publique en utilisant aussi ta liste de noms. Concernant la banque allemande, ce sera impossible d'accéder au serveur sans une aide « interne ». Là, ça sera à toi de jouer. Je vais te donner une clé USB. Quand tu seras à Berlin dans son bureau, tu l'insères dans son ordinateur et tu appuies sur « entrée ». Mais il faut que ce soit un ordinateur de la banque débloqué, avec un système ouvert. Si tu y arrives, je pourrai faire tout ce que tu veux avec.

— Merci, mon vieux. Et moi je te ferai le don par virement pour ton temple.

— Attends, laisse-moi la carte SIM du téléphone que tu as utilisé pour appeler le 112, tes amis de la télé et le procureur. Je vais la faire voyager un peu partout sur la planète. Tes coups de fil auront lieu depuis... (Il hésita un instant.) Qu'est-ce que t'en dis de leur faire croire que tu es à Rio ? C'est un classique, non ? Je peux jouer au jeu du chat et de la souris pendant quelques semaines.

Marcelo réfléchit un instant avant de prendre l'iPhone dans sa poche.

— Non, je préfère qu'ils pensent que je suis allé pour de bon à un endroit où cela ne vaut vraiment pas le coup de tenter de me mettre le grappin dessus. Commence par Londres demain, après laisse en silencieux le temps du vol pour New York. Comment tu obtiens ma voix pour simuler les appels téléphoniques ?

Shashikant éclata de rire.

— T'inquiète pas, j'ai déjà suffisamment d'enregistrements pour te faire déclamer les *Lusíadas*[1] si nécessaire ! s'exclama-t-il.

Marcelo lui tendit le portable acheté à Amoreiras.

— Un iPhone ? Tu plaisantes, Marcelito ! Arrête d'utiliser ce machin. Je vais te filer un modèle sûr et plusieurs cartes SIM. N'utilise pas tes cartes de crédit. Tu vas avoir besoin d'argent liquide. Tu as combien sur toi ?

— Quelqu'un est rentré chez moi cette nuit, j'ai juste réussi à prendre ce que je cachais avec mon passeport et mon pistolet… Y a un peu moins de mille euros. Ça va pas m'amener très loin si je ne peux pas me servir des cartes de crédit. Et puis j'ai ce bijou qui ne vaut rien. Un bijoutier du centre estime que ça vaut cent, cent cinquante euros maxi. Mais bon c'est une preuve qui peut compter dans cette affaire. Tu peux le garder en attendant ?

Il déballa le papier où se trouvait le brillant et le lui donna.

Shashikant l'examina de près et fit sonner une clochette. L'adolescent entra.

— Prends ça pour le faire évaluer. Mets-le dans le coffre réservé aux gages et apporte-moi la valeur correspondante pour que notre ami puisse partir tout de suite avec l'argent.

Le gamin acquiesça de la tête, à l'indienne c'est-à-dire en décrivant un demi-cercle de gauche à droite, puis il sortit.

1 Poème épique de Luis de Camões, *Les Lusiades* est considéré comme une véritable épopée nationale des Portugais.

— D'ici trente minutes, je t'achète tes billets d'avion pour Londres et Berlin au nom de Marcelo Konsalinsky, avec un « k » et un « y », et je t'envoie les codes sur ton nouveau portable. Je vais aussi t'envoyer le contact de deux collègues au cas où tu aurais besoin d'autre chose. Mais surtout, Marcelito, prends soin de toi. Mon Dieu… ce pays va vraiment mal… Des tirs à Estoril ! Avant, ce genre de fusillade était réservé à nos quartiers.

Shashikant accompagna Marcelo jusqu'à la seconde porte en contreplaqué. L'ado maigre comme un clou arriva vers eux avec une enveloppe volumineuse. Marcelo la soupesa avant de l'ouvrir et échoua lamentablement à siffler. Les deux Indiens sourirent et le jeune chuchota quelque chose à l'oreille de son chef.

— Tu as quinze mille euros pour ton diamant de un carat couleur D. La pierre est d'une pureté remarquable, mon ami. C'était ou c'est un amateur de bijoux de luxe. Ça devrait te suffire pour les premiers jours. Le gentleman bijoutier a voulu t'arnaquer en beauté !

Au café de l'aéroport, un écran plat affichait l'info en bandeau : « Poursuite mortelle sur la route de Cascais ». Les premières images montraient un plan large. Une Mercedes SLK devant une plage, avec des palmiers et la mer en toile de fond. Puis, c'était un gros plan sur la voiture avec un homme sur le siège conducteur, bras ballants, le visage pixélisé pour éviter qu'il soit reconnu. Les images suivantes se concentraient sur le couteau et l'arme à feu sur le capot, la photo de Marcelo et un document bancaire où des montants étaient visibles tout comme le logo de la banque ITAÚ. *Au moins, ils ont suivi le scénario*, pensa-t-il.

Le début du reportage se terminait par l'arrivée des voitures de police et de deux brancardiers transportant l'homme jusqu'à l'ambulance. Marcelo se leva, prit la télécommande et augmenta le volume au moment où le journaliste sur place prenait la parole. « Nous venons de connaître le dénouement dramatique de la poursuite de Horácio, le redoutable tueur en série, le fameux "monstre" en fuite depuis samedi dernier. Horácio était étendu à l'avant du véhicule il y a quelques minutes encore. Il est sans doute déjà mort. Personne ne pleurera le meurtrier de deux femmes six ans plus tôt dans la forêt de Monsanto. Il a été blessé grièvement alors qu'il s'attaquait à un enquêteur spécial d'une brigade anticorruption. »

Le journaliste se tourna alors vers le côté et poursuivit son récit : « J'ai avec moi Marcelo Silva, l'homme qui a réussi à arrêter le dangereux criminel. Comment s'est passée l'opération ? Et comment avez-vous réussi à le localiser ? » Marcelo avait l'attitude d'un biologiste marin commentant la découverte d'une nouvelle espèce d'algue dans la zone balnéaire. « Paulo Moreira est un simple exécutant à la solde d'un groupe de criminels, lié à la faillite d'une institution bancaire. Il y a des milliards d'euros en jeu. Je parle de personnes qui ont de très hautes responsabilités au sein de l'appareil judiciaire et du ministère de l'Intérieur. Sinon, il aurait été rigoureusement impossible qu'un meurtrier tel que Paulo Moreira puisse circuler aussi librement, sans que la moindre alerte n'ait été donnée à toutes les forces de police pour lui remettre la main dessus au plus vite. Comme nous avons pu le voir avec les papiers qu'il avait avec lui, il s'apprêtait à tuer de nouveau, mais cette fois-ci le dénouement n'a pas été celui espéré… »

— Vingt secondes pile pour vendre mon poisson, murmura Marcelo.

Il savait qu'il pointait une partie de l'artillerie dans la mauvaise direction. Paulo M. s'était enfui le samedi, une évasion planifiée avant cette date. Carmona, pour sa part, avait disparu la nuit du lundi au mardi. Et Marcelo ne s'était penché sur le cas du BVG que le mardi. A priori, la tentative de meurtre n'avait rien à voir avec l'affaire. Retrouver Carmona restait la priorité et il savait où chercher. Mais cela devait se faire à distance et sans risquer sa vie.

Les grosses lèvres du procureur sous sa moustache noire et brillante formèrent une fine ligne. Les discussions avec le commandeur n'étaient jamais agréables. Celle-ci risquait d'être particulièrement déplaisante. Une Mercedes blindée immatriculée CD s'arrêta devant le bâtiment du procureur général de la République, rue da Escola Politécnica. Un agent en civil ouvrit la portière arrière afin que le procureur s'installe, sous une source lumineuse presque aveuglante, dos au chauffeur. S'il se fiait au ton de la voix, la silhouette qui lui faisait face semblait agacée.

— Bonjour. Écoutez attentivement ce que j'ai à vous dire. Pour éviter que l'on perde le contrôle de la situation, votre ami spécial ne peut en aucune manière quitter le pays…

La stratégie avait été mise au point au millimètre près. Marcelo Silva devait être invité à occuper un poste taillé pour ses ambitions, avec des conditions impossibles à refuser. Ce que sa vanité avait confirmé. L'ancien journaliste tenterait ensuite, sans en être conscient, de mettre le plan en œuvre qui en ferait inévitablement une cible à abattre. En peu de temps, il finirait corrompu ou bien il se retrouverait dans la ligne de mire de plusieurs dizaines de personnes désireuses de l'éliminer. Ça, c'était la partie vengeance, ou plus exactement une sorte de suicide assisté. Restait la conquête du pouvoir.

Le système allait imploser tôt ou tard. Au vu des circonstances, cela pouvait arriver vite et à ce moment-là le commandeur avancerait avec son candidat, une figure incontournable de la société portugaise qui attendait le bon moment et le soutien financier nécessaire pour en finir avec le chaos et la déchéance morale du pays.

— Il est tout aussi capital que nous retrouvions Carmona. Est-ce que vous me suivez ? Sa disparition met en danger la suite des opérations. Vous m'avez compris, monsieur le procureur ?

***

L'embarquement pour Londres, avec en main un billet dont le nom n'était pas sur la liste d'alerte des services de police à la frontière, se déroula sans encombre. Durant le vol suivant pour Berlin, Marcelo prit la revue de la compagnie aérienne afin de ne pas avoir à parler avec sa voisine, une matrone haletante coiffée d'un chapeau. Il décida de lire un article sur la capitale allemande. Marcelo déboutonna sa veste en tissu laine et soie qu'il avait acheté à Heathrow et entama la lecture.

« Ils quittent New York, Kaboul, Paris, São Paulo ou Londres pour s'installer à Berlin. La ville est devenue la nouvelle Mecque de la génération créative des plus de trente-cinq ans. Son secret ? Un climat favorable. Qu'on possède beaucoup ou peu d'argent, le plus important est l'espace de liberté qui existe dans la cité et la possibilité de vivre ses rêves. »

Bon, je suis plutôt de la génération des plus de quarante-cinq ans et je vais à Berlin pour des questions d'argent, commenta intérieurement Marcelo qui poursuivit sa lecture.

« Sur scène, une blonde prend par le cou une jeune femme brune et l'embrasse sur la bouche. Le public applaudit, enthousiaste. Est-ce Madonna sur MTV? » *Non, Madonna vit à Lisbonne désormais*, réagit-il, à moitié endormi. « Eh non ! Cet événement s'est produit dans un bar à la mode à Berlin il y a près de cent ans. La blonde, c'était Marlene Dietrich, une véritable star des années vingt, et la brune s'appelait Erika, célèbre pour être la fille de l'écrivain Thomas Mann. La capitale allemande est en feu à l'époque. Des spectacles de travestis sont programmés à l'El Dorado, il y a des téléphones individuels sur les tables du Resi, un système de chat *via* un courrier pneumatique au Femina, et Helmut Newton se rêve photographe. » Un peu plus loin, l'ancien journaliste parvint encore à lire une dernière phrase avant que ses yeux se ferment : « Marlene n'est pas revenue en Allemagne, mais elle aura chanté : *J'ai encore une valise à Berlin.* » Marcelo ne connaissait pas de meilleur somnifère que les revues des avions de ligne. Lui aussi avait encore une valise dans la Ville Grise. C'était un grenier rempli de mémoires. L'idée de revoir Katrin le perturbait. Le souvenir de leur adieu le ramenait à Berlin, sentimentalement cette fois-ci. Il n'irait pas à sa rencontre, peut-être la croiserait-il par hasard… La banque Kötterer & Klappstein était située dans le quartier où vivait Katrin. Marcelo devait passer récupérer le paquet qu'il avait envoyé la veille par courrier express. Il rêva du professeur Unrat[1] avec le visage de Carmona. Margarida était l'Ange Bleu, la danseuse dont était tombé amoureux le professeur et qui finirait par le détruire. Rosa apparaissait alors pour le tuer avec un couteau. Heinrich et Thomas Mann portaient un uniforme de policier et voulaient l'arrêter. Tous riaient à gorge déployée et tapaient dans leurs mains. Marcelo se réveilla en sueur au moment où l'avion atterrissait.

Il descendit à pied la Bergmanstrasse sous la cime des arbres illuminés. Les voitures étaient peu nombreuses et plusieurs cyclistes durent faire résonner leur sonnette parce qu'il ne restait pas toujours sur le large trottoir réservé aux seuls piétons. Une habitude lisboète, les trous étant nombreux dans la capitale portugaise. Le néo-Berlinois passa devant une boutique de vêtements vintage, un kiosque qui vendait tout un tas de moutardes différentes, un magasin de vélos et de chocolats, ou encore un bouquiniste dont la devanture n'affichait que des bandes dessinées des années cinquante. À l'aéroport, Marcelo avait envoyé un message à Axel Donau pour caler leurs retrouvailles dans un petit restaurant autrichien du quartier de Kreuzberg, qui avait ouvert dans un complexe résidentiel de la fin du XIXe siècle construit autour d'un jardin. Feux rouges, trottoirs, maisons. Malgré le climat cool de Berlin rapporté par le magazine, pour qui venait du Portugal on aurait dit plutôt que « tout avait été lavé à l'eau chaude et au savon », comme l'avait écrit un jour un ami russe. Marcelo buvait son deuxième verre de Gewürztraminer, accompagné d'une petite assiette de pain avec du *liptauer*, une pâte à

1 *Professeur Unrat* est le titre d'un célèbre roman de Heinrich Mann.

tartiner à base de fromage frais de brebis, beurre fondu et paprika, lorsque Axel fit son entrée. À sa vue, il se sentit soulagé.

— Merci d'avoir choisi une terre autrichienne pour nous revoir à Berlin, attaqua Donau avant de goûter sans cérémonie le vin blanc. Très bon choix, Marcelo. Alors, dis-moi ce que tu veux de Kötterer & Klappstein ?

— De la banque, rien du tout. J'ai seulement besoin de parler en tête à tête avec Kötterer.

Marcelo plaça devant Axel, assis, un verre à la main, des photographies. Le journaliste du service public autrichien regarda l'enfant en position fœtale. Une autre montrait un homme grand et costaud de profil avec le gamin.

— J'ai identifié Kötterer grâce au logo sur son porte-documents en cuir.

— Un malade, réagit Axel. Tu aurais pu me dire de quoi il s'agissait. Cette histoire aurait été traitée d'une autre façon. Comme tu le sais, Kötterer est autrichien. C'est le genre de choses qui va faire beaucoup parler à Vienne.

— Hitler aussi était autrichien et il inspire à nouveau pas mal de gens à Vienne, mais bon je ne suis pas venu ici à cause de la sensibilité du public viennois. Je dois localiser de toute urgence un banquier enlevé à Lisbonne sous mon nez. Tous ses mouvements financiers personnels passent par la Kötterer & Klappstein. Il faut donc que je parle avec le grand chef pour suivre à la trace l'argent.

— Toujours l'argent...

— Ce qui m'intéresse, c'est surtout d'éviter qu'il soit tué. Mais oui, il s'agit de beaucoup, beaucoup d'argent. Des milliards d'euros.

Après avoir fini deux bouteilles de Gewürztraminer, ils quittèrent le restaurant vers trois heures du matin. Axel caressait le revers de la veste de son ami.

— Elle est belle, ta veste… Elle est belle. Elle est vraiment belle, ta veste… Le tissu est super. Super, le tissu… Moi j'ai que des vestes de chez Zara, tu le crois, ça ? Hein ? Tu comprends ce que ça veut dire ? Tu comprends ?

— Je comprends, Axel, je comprends l'accent viennois, ne t'inquiète pas.

Au moment de se quitter ils s'embrassèrent longuement malgré la répugnance de l'Autrichien à extérioriser ses émotions en temps normal. Lorsque le taxi démarra, Axel se pencha dangereusement par la vitre et cria :

— N'oublie pas : onze heures ! On se retrouve devant la banque !

DIMANCHE 12 JUIN

Axel Donau conduisait avec une grande concentration dans une rue du vieux Berlin. Sur le siège passager, le jeune cameraman scrutait attentivement les numéros des demeures semblant avoir été construites des siècles auparavant pour les commerçants les plus prospères de la ville. Ils se garèrent au 44, sur l'un des trois emplacements réservés de la Kötterer & Klappstein. Sur le trottoir, face à un immense portail en fer où figuraient les deux lances croisées, Marcelo les attendait, vêtu d'un impeccable costume Hackett, un sac en cuir en bandoulière et la barbe parfaitement taillée. Le portail s'ouvrit presque en silence. Seul un léger bourdonnement électrique se fit entendre.

L'imposant banquier les reçut seul. Après les avoir rapidement salués et s'être plus ou moins excusé de ne pas leur proposer de café, car il était impossible de trouver un employé disponible un dimanche matin, Kötterer entama l'interview en évoquant les politiques de l'Union européenne pour lutter contre la crise économique.

— Je connais bien le Portugal, assura-t-il, en passant sa main dans ses cheveux coupés en brosse. Avec le niveau de sa dette et le rapport au travail qu'ont les Portugais, il est évident que, dans les prochaines années, le Portugal sortira de la zone euro. Ou bien ce sera l'euro qui dira adieu au Portugal. Il n'est pas question qu'ils viennent une nouvelle fois quémander de l'argent. Contrairement aux politiques, nous, les banquiers, nous savons quand arrive le moment où s'applique la vieille expression selon laquelle il ne faut pas jeter de l'argent par les fenêtres.

Kötterer s'assit, laissant choir son corps pesant sur un fauteuil pivotant en cuir aussi grand qu'une petite voiture citadine. Les surfaces matelassées se contractèrent de plusieurs centimètres, mais supportèrent la charge en silence et sans la moindre secousse. Une photo encadrée de taille conséquente était posée sur le bureau en acajou long de trois mètres et large d'un mètre. Une photo de famille posée sur un trépied doré, telle une peinture à l'huile sur toile. Marcelo observait attentivement le cliché tandis que le magnat de la finance dissertait sur les méfaits pour les finances publiques du style de vie des pays du « Club Med »[1] et des autres habitudes nocives du sud de l'Europe. On pouvait voir le banquier, dix ans plus jeune, déjà obèse, aux côtés d'une femme tout aussi grosse, mais beaucoup plus petite. Elle portait dans ses bras un bébé et était entourée de quatre enfants d'âges différents, têtes blondes et culottes courtes. À l'arrière-plan s'élevait un immense chalet en bois dominé par les Alpes. Trois des enfants étaient potelés, répliques en miniature de Kötterer. Marcelo se redressa et leva la main. Il se tourna vers le cameraman et lui demanda de sortir. Le banquier le regarda, surpris.

— Oubliez le café, *Herr* Kötterer. Si j'avais voulu un brunch, j'aurais précisé que j'étais gérant d'un *hedge fund*

1 Surnom méprisant donné aux pays du sud de l'Europe par les dirigeants allemands puis par ceux d'autres pays du nord du continent, afin de dénoncer leur supposé manque de rigueur budgétaire.

et vous auriez mis à ma disposition le catering de l'Hôtel Adlon ou du Café Einstein.

Axel Donau toussota.

Kötterer transperça du regard son interlocuteur.

— Je vois que vous connaissez bien les grands problèmes que traverse le pays où je vis. J'aimerais également avoir votre avis sur les petits conflits générationnels, poursuivit Marcelo.

Il avait retiré de son sac une feuille qu'il coinça sur le trépied doré, par-dessus la photo de famille. L'image de Kötterer assis sur un lit masquait celle où il était debout devant une de ses villégiatures. Où l'on pouvait voir quelques secondes plus tôt sa femme et ses quatre héritiers, c'était désormais un enfant nu, en position fœtale, qui s'étalait. À l'horizon, la chaîne de montagnes était toujours là, inébranlable.

— Vous êtes familier également de ce genre de problème ?

Le banquier se pencha en avant. Le corps de cent cinquante kilos trembla.

— Je ne veux rien savoir de votre vie, *Herr* Kötterer. Et je suis arrivé trop tard pour pouvoir aider cet enfant.

Kötterer recula et ferma les yeux. Il les rouvrit et constata que Marcelo était toujours face à lui.

— *Herr* Silva, il s'agit d'un lamentable incident. Ce n'est pas ce que vous croyez, pour l'amour de Dieu ! Nous avons indemnisé la famille. Le jeune garçon est en bonne santé ! La tache de sang... C'est mon sang que vous voyez.

— Je ne veux connaître ni les détails de ce que vous avez fait, ni les indemnisations que vous avez payées ou non aux familles des autres enfants qui apparaissent avec vous sur d'autres photos et dans des vidéos. La seule chose que je veux, c'est le relevé précis de tous les mouvements financiers des comptes appartenant à António Carmona, et ce depuis six jours. Comme vous devez le savoir, Carmona a disparu.

— Officiellement, je ne sais rien. Comme banquier, je respecte scrupuleusement les instructions de mes clients jusqu'à ce que je reçoive une décision de justice m'intimant le contraire.

— *Herr* Kötterer, aujourd'hui, être banquier, c'est presque aussi abominable que d'être pédophile. Être les deux augmente les probabilités de finir rapidement en prison. Je veux que vous imprimiez sur-le-champ la liste que je vous ai réclamée avec les IP permettant de localiser l'origine des ordres de virements. Je n'ai aucune envie de devoir pendant deux ans envoyer des lettres rogatoires à Francfort et Berlin depuis Lisbonne en attendant une hypothétique réponse. Si vous ne faites pas ce que je vous dis, je prends un taxi et d'ici une demi-heure je suis dans le bureau du rédacteur en chef de *Bild* pour lui remettre un dossier sur vous. Je le connais bien, c'est Dirk Dünnmann. Et vous le connaissez également, je suppose. Je vous garantis que demain dans le journal il y aura votre histoire avec les photos en première page.

— Mais je ne peux pas…

— Vous pouvez et vous devez le faire. Maintenant, Kötterer.

Le banquier alluma le terminal et entra des données pendant cinq minutes.

— Les imprimantes sont situées dans le local technique, à côté.

— Vas-y avec lui, s'il te plaît Axel.

Axel était resté jusqu'à présent silencieux, assis dans

un fauteuil Le Corbusier en cuir noir. Il se leva et suivit Kötterer qui marchait d'un pas chancelant.

Marcelo fit prestement le tour du bureau, s'agenouilla sur le tapis en laine de Nouvelle-Zélande, inséra la clé USB de Shashikant, appuya sur entrée et parvint à la retirer avant que Kötterer et Axel ne reviennent du local technique. Il s'empara des feuilles que le banquier avait déposées sur une petite table basse. Orlok Enterprises Inc. et Karma Oona Bank, deux sociétés basées aux îles Caïmans, avaient réalisé des dizaines de transferts pour Mount Olive Corporation, à Chypre, et Clea Financial Services Ltd., à Gibraltar, pour un montant de près de vingt-cinq millions d'euros. Les données confirmaient ses suspicions.

— Il manque des transferts plus anciens pour deux autres sociétés offshore, du 6 au 9 juin, dit Marcelo. Il me les faut. Même avec la corde au cou, vous essayez de me tromper, Kötterer ?

Désormais, le magnat allemand n'avait plus d'importance, il fallait qu'il se tourne de toute urgence vers Lisbonne. Le dernier transfert avait été effectué moins de douze heures plus tôt. Le temps de Carmona était sans doute compté.

Kötterer s'était écroulé dans son fauteuil.

— Qu'est-ce que des vermines, des mouches à merde comme vous savent de la vie et de la passion ? furent ses derniers mots.

Le banquier rit, la gueule béante, puis il ouvrit un tiroir. Le canon d'un Browning s'enfonça dans sa bouche et une détonation retentit.

LUNDI 13 JUIN

Marcelo était assis, ordinateur en main, dans le hall de l'Hôtel Transit. Il avait passé la journée au siège de la Kripo, la police judiciaire allemande, afin d'apporter son témoignage concernant le suicide de Guido Kötterer. L'ancien journaliste parcourait la presse et s'arrêta sur le titre du site du *Correio da Manhã.*

« Exclusif : un millionnaire recherché pour pédophilie s'est suicidé dans la forêt de Monsanto. » La photographie montrait deux voitures de police, une jeep, des gendarmes à cheval et le fourgon de la morgue au milieu d'une clairière. Près d'un arbre, on pouvait voir une échelle et, trois ou quatre mètres plus haut, un câble pendu à une grosse branche. Marcelo s'approcha de l'écran, zooma au maximum et fixa son attention sur le câble gainé de jaune et de noir. Il avait déjà vu une sorte de peluche de fer pendue par un câble identique à celui-ci. Sur l'autre cliché de l'article, nettement coupé, António Carmona était seul, un verre à la main, avec pour légende : « António C., figure de la jet-set nationale, était connu pour séduire les gamins dans des établissements de nuit des quartiers populaires de Lisbonne. » Rien sur le BVG. Tous les autres journaux titraient également sur l'affaire du pédophile « du gratin lisboète ». On en parlait comme d'un millionnaire ou un « magnat de la finance ». Dans un bref article du quotidien business *Diário de Economia*, le secrétaire d'État aux Finances, qui avait participé le matin à une conférence de presse, confirmait « la pleine stabilité du système bancaire ». Il avait ajouté que « la situation du BVG était sous contrôle, suivie de près par la Commission européenne et la BCE ». Le membre du gouvernement annonçait par ailleurs que la présidence de la banque était désormais assurée, « du fait d'une succession naturelle aux effets immédiats », par « Avelino Simões, vice-président avant ce regrettable drame ».

Marcelo accéda à la messagerie Threema, un moyen de communication sûr basé en Suisse. Il envoya un message. « J'ai besoin de ton aide. Urgent. »

Presque aussitôt, une boîte de dialogue s'ouvrit : « Tout va bien ? Dis-moi, Marcelito. »

« Plus ou moins. Il faudrait que tu localises un numéro de portable. Il appartient à une connaissance. J'ai besoin de savoir s'il est toujours actif, et d'une liste des déplacements de cette personne. Envoie-moi un message dans le cas où elle quitterait Lisbonne. »

« Entendu ! De mon côté, j'ai réussi à obtenir les éléments que tu m'avais demandés. Je peux t'annoncer que la nuit de la disparition de Carmona, une Chevrolet Captiva appartenant à Vânia Prata a quitté le Bairro Alto par la rue da Atalaia à deux heures et demie du matin. On est en train de vérifier toutes les caméras de la voie publique ainsi que les radars. Si tout va bien, d'ici quelques heures j'aurai des photographies de la personne qui était au volant. On travaille dessus. »

ÉPILOGUE

Quand on lui demandait où il était et ce qu'il avait fait pendant les six mois où il s'était absenté du Portugal, Marcelo changeait de conversation non sans avoir dit, l'œil malicieux : « Je suis parti acheter un chapeau. » Il ne mentait pas.

Après la mort de Carmona et de Kötterer, tandis qu'il attendait patiemment des nouvelles de Lisbonne, Marcelo fit tout pour se rappeler au bon souvenir de Katrin, embrassée une nuit sous un porche à Berlin. Il passa plusieurs jours à tenter de la croiser accidentellement, sortant la nuit dans des cafés, des restaurants et des bars qu'elle était susceptible de fréquenter. Il ne la revit plus jamais.

Marcelo se rendit aussi à des concerts ou au musée avec sa tante Anne, comme au temps de ses études. Anne, la propriétaire de la maison où Marcelo vivait à Lisbonne, ne jouait plus du violoncelle. Elle était un peu sénile et « temporairement veuve », avait-elle tenu à préciser. Sa tante l'obligea à l'accompagner à des lunchs avec des hommes âgés de soixante à quatre-vingt-dix ans qui faisaient envoyer des fleurs à son domicile et lui écrivaient des mots doux. Marcelo avait l'impression qu'il les connaissait, après avoir parcouru les petites annonces d'un quotidien de référence berlinois lu par des gens cultivés. Elle le présentait toujours à ses prétendants en ces termes : « C'est mon neveu Marcelo, un jeune homme très talentueux. » Il adoptait alors l'attitude d'un neveu doué tandis que sa tante, appliquée à répandre son charme, l'ignorait jusqu'à la fin de ces rendez-vous galants. Ensuite, elle avait pris l'habitude de l'entraîner avec elle jusqu'à un taxi ou, s'ils restaient dans son quartier, ils rejoignaient à pied, bras dessus bras dessous, le quai Charlottenburger Ufer, au bord de la Spree.

Un jour de fin juillet, la rencontre à l'origine de sa présence prolongée dans la Ville Grise se produisit enfin. Elle ne fut pas le fruit du hasard, bien entendu. Marcelo était assis à une terrasse face à la chapellerie Hutmacher depuis des heures. L'attente était tellement longue qu'il y était entré pour s'acheter un panama assorti à son costume de lin beige. Il avait perdu du poids et semblait plus vieux. Au moment où il retrouva sa place, prêt à goûter un Gaillac rouge produit avec le cépage portugais bleu, Marcelo la vit entrer chez Hutmacher. Elle portait une robe bleue au-dessus du genou, des chaussures de la même couleur et un sac à main Gucci en bandoulière. Ses bras étaient plus fins. Elle marchait, l'air résolu, comme si elle s'apprêtait à demander des comptes à quelqu'un.

Marcelo l'observa, à distance, à travers la vitrine. Il voyait la robe bleue apparaître et disparaître entre les présentoirs. Elle prenait un chapeau ici ou là et le caressait délicatement. Lorsqu'elle sortit de la boutique, Marcelo la suivit au milieu de la foule durant quelques minutes. La femme coiffée désormais d'un élégant chapeau coloré entra dans la gare internationale et monta dans le wagon-restaurant de première classe du train *Moskva Express*. Il attendit qu'elle soit attablée et ait commandé un thé pour s'approcher enfin et prendre place face à elle.

— Un vrai gentleman retire son couvre-chef dans les lieux clos et demande la permission avant de s'asseoir.

— Bonjour, Margarida. Apparemment, tu as réussi à sortir de chez toi pour prendre le *Transsibérien*.

Margarida se pencha vers lui, caressa sa barbe et lui prit son chapeau.

— Très bon choix, un Montecristi Superfin. Tu sais ce qu'on dit en Équateur sur un panama de cette qualité ? Que même si tu l'enroules comme si c'était un cigare et que tu le fais passer dans un anneau, il gardera sa forme originale. Mais bon, vu le prix, je te déconseille d'essayer.

— Tu n'es pas surprise de me voir ?

— Je suis très surprise de te voir seulement maintenant, Marcelo. Tu aurais pu me parler bien avant. Par exemple, tout à l'heure, quand tu étais à la boutique. Le soir où nous avons dîné à l'Açordas, je t'ai dit que cet été je passerais à Berlin et que j'irais chez Hutmacher, tu as oublié ?

Elle passa sa main dans ses cheveux et, pendant un instant, il vit un anneau serti de trois diamants.

— Les gens sont dans tous leurs états depuis ta disparition de Lisbonne, Marcelo. Vasco m'a appelée une dizaine de fois et a même tenté de venir chez moi à deux reprises. La PJ m'a rendu visite aussi. Tout le monde te cherche. Sauf moi.

Margarida fit une pause quand le serveur apporta du thé.

— Je savais que tu viendrais. Mais tu n'as pas apporté de valise, mon amour ! dit-elle avec un air de jeune femme éplorée. Tu es un romantique, Marcelo. Pas le genre à tirer un coup et disparaître pour toujours, n'est-ce pas ?

Elle éclata de rire.

— J'ai eu du mal à te trouver, Margarida.

— Oui, bien sûr, j'imagine. J'ai toujours le même portable et il est resté allumé durant tout mon trajet en train depuis Lisbonne. Comment s'appelle déjà ton grand ami de Martim Moniz, dont tu m'as parlé tant de fois… Samarkand ?

— Shashikant, corrigea-t-il.

— Évidemment, John Edward Shashikant, le grand gentleman hacker, maître d'un énigmatique empire technologique. Marcelo, Marcelo, combien de pistes ai-je donc laissées sous ton joli nez pour qu'on se retrouve ici ? Le dîner à l'Açordas, le fait que j'annonce l'arrivée de Carmona avant son entrée dans le restaurant, le diamant chez la fille, le câble industriel, jaune et noir, avec lequel j'ai pendu l'autre salaud à Monsanto, et d'autres encore qui t'ont échappé… énonça-t-elle avant d'adopter un ton plus strident tandis que son visage se crispait. J'ai dîné avec toi une heure après être passée à l'appartement de l'étudiante et l'avoir anesthésiée avec une dose puissante de GHB dans son verre de vin. C'était une fille naïve… Elle m'a laissée entrer sans se méfier et au bout d'une demi-heure on partageait déjà des secrets et des histoires intimes. Prendre un bain moussant n'a pas été sa meilleure idée ! Carmona, à qui j'ai envoyé des messages depuis le portable de sa maîtresse, a bu de la même bouteille et il n'en est pas mort.

— J'ai compris tout beaucoup trop tard, Margarida, parce que tu es mon amie. J'y ai vraiment cru quand je t'ai vue sur les images des caméras de surveillance, au volant de la voiture de Vânia, avec Carmona forcément caché quelque part. Elle, elle était déjà morte. Cette jeune femme avait un nom : Vânia Prata. Tu l'as tuée.

— Elle n'aurait pas dû mourir. Tu ne comprends rien, tu es meilleur que Carmona, que Vasco et que tous les autres. Tu as du potentiel et tu n'es pas con. Mais tu es incapable de régler tes problèmes. Le type que tu as failli tuer, tu sais qui l'a recruté ? Un de ces jours, tu finiras dans le caniveau, Marcelo, ici, à Lisbonne ou en Mongolie. C'est dans ta nature.

— Mais pourquoi tout ce délire avec les comptes bancaires des offshore ? Tu as fait ça pour l'argent ?

Le train se mit lentement en branle sans que Marcelo s'en aperçoive.

— Quatre comptes avec pour noms Justine, Balthazar, Monteolive et Clea, tu n'as pas fait le rapprochement ? Les seuls livres visibles chez moi quand tu es venu, tout fier, assez gonflé de confiance en toi pour tenter de me séduire avec ton costume italien flambant neuf, assénat-elle avec calme. Tu es un garçon si intelligent. C'est dommage que tu ne voies pas bien, par contre, ce qui se passe sous tes yeux. Je t'ai dit, Marcelo, qu'il me restait peu de temps à vivre et que c'était une histoire de femme. Les conséquences d'un avortement mal exécuté sous la pression de Carmona, et de traumatismes anciens. C'est ce que je t'ai dit, mais tu n'écoutes pas. Et quand tu écoutes, tu ne comprends pas. J'ai un cancer de l'utérus avec métastases, aucun traitement ne pourra me sauver. Et le responsable, c'est Carmona. Il m'a laissée mutilée, m'a laissée macérer dans le venin pendant près de vingt ans. Ne t'avise pas de dire que ce n'est pas sa faute, dit-elle d'une voix si faible que Marcelo l'entendait difficilement. Les banquiers comme Carmona ont fait perdre à mon père toute sa fortune. Ils nous ont ruinés. Carmona a payé tard pour ce qu'il a fait. J'ai pris la décision le jour où on m'a annoncé que j'étais en phase terminale. Tu ne comprends pas ça ?

Marcelo restait silencieux.

— Tout ça ne signifie pas que je n'avais pas besoin d'argent ! J'en avais besoin pour qu'on s'occupe bien de mon père, pour que mes sœurs ne dépendent de personne. Pour qu'ils vivent dignement. Le fric achète tout, Marcelo. Il achète la paix ! Mon fric, le fric que j'ai extorqué au vieux mufle qui m'a usée, c'est aussi le fric qui m'a servi à acheter ta paix. Sans que tu le saches. J'ai payé pour ta vie. C'est pour cette raison que je suis restée plus longtemps que prévu à Lisbonne. Je me suis occupée de toi comme si tu étais l'amour de ma vie. Comme toutes les choses légères, mon cher Marcelo, tu n'es sensible qu'à la surface des choses.

— Mais toi, tu es si profonde que tu as coulé. Tu as plongé et tu as perdu le sens des limites.

Margarida le regarda droit dans les yeux.

— Ce n'est pas tout. Tu m'as pris mes boucles d'oreilles, un geste ridicule. Tu voulais un trophée ou tu avais déjà des doutes ? Ne me dis pas que tu n'avais pas remarqué qu'il manquait un diamant ! L'amour rend aveugle... Bon, peu importe... J'ai dû aller chez toi pour les récupérer, j'avais envie de te tuer, cette nuit-là. Quand tu es arrivé dans ton appartement, j'étais déjà là. Tu t'es endormi comme un ange. Je t'ai même embrassé sur le front avant de partir, mais tu n'as rien senti. Pourtant, je n'étais pas la seule à avoir eu l'idée de te rendre visite. Quelqu'un est passé avant moi et, par chance, avant que tu n'arrives. Quelqu'un qui avait une clé est reparti avec ton ordinateur. Je l'ai vu sortir. J'ai réussi à récupérer ton ordinateur, non sans mal. La veille de mon départ du Portugal, j'ai pu enfin transmettre une proposition impossible à refuser au commandeur.

Margarida rit à nouveau.

— J'ai de la peine pour toi, Margarida, réagit Marcelo en se levant. J'ai tellement de peine pour toi, Margarida.

Le Montecristi à la main, Marcelo salua Margarida et se retourna.

— Qu'est-ce que tu vas faire, Marcelo ? Tu vas me dénoncer ? Tu vas rétablir la justice dans le monde ?

Quand le train s'arrêta brusquement de manière inattendue dans un paysage plat et verdoyant, une pluie d'été se mit à tomber. Le *Transsibérien* reprit sa marche. Une femme regardait par la fenêtre un homme en costume de lin dans un champ, de plus en plus minuscule. Les gouttes s'abattirent avec plus de force sur la vitre. Par chance, un panama de cette qualité était totalement imperméable.

FIN

REMERCIEMENTS

Je remercie Clara Capitão qui, depuis le début, a soutenu la publication de ce livre, Amaia Iglesias, pour son travail éditorial précieux, Cristina Correia, pour son infatigable élimination des erreurs et sa capacité à polir le texte, et au reste de l'équipe de Penguin Random House à Lisbonne, qui l'a rendu possible. Je remercie mon ami Miguel Magalhães, à qui j'ai demandé, à deux reprises, de lire le manuscrit. Je remercie ma mère chez qui j'ai écrit, lors de vacances dans sa maison à la campagne, la première version de cette histoire, il y a dix ans de cela.

Je remercie surtout ma femme, Alex, pour sa patience et son amour, ses points de vue sur le livre et son soutien inlassable. Je remercie mes filles, Sofia et Maria, qui, malgré leur jeune âge, m'ont donné beaucoup de conseils sages et avisés.

Je remercie également pour leur inspiration les banquiers, les magnats de la finance et les politiques que j'ai croisés tout au long de mes vingt-cinq ans de journalisme, mais aussi les directeurs de publication à leurs ordres. Je pense surtout à ceux qui m'ont menacé, m'ont licencié et ont tenté de m'intimider ou de me faire taire. Certains d'entre eux ont connu la faillite, d'autres ont été démasqués ou ont fini en prison, mais la majorité est toujours là, décidant du destin du pays et des gens qui l'habitent.

Vous pouvez être sûr d'une chose : cette histoire est très en deçà de la réalité et du nombre de victimes causé par ce système économique et politique.

Le traducteur

Né en 1976, Daniel Matias a été pendant dix ans journaliste et traducteur à *Courrier international.* Petit-fils d'un mineur portugais victime de la dictature, enfant de Portugais fuyant la misère, il a habité Auzat, Toulouse, Monterrey, Mexico, Lisbonne, Irisopolis, Paris, Beyrouth, Fontenay-sous-Bois, Port-Louis en Guadeloupe et a posé ses valises à Saint-Junien. Assistant d'une petite maison d'édition artisanale, fondateur du festival Foutez-nous la paix !, il traduit depuis 2011 des romans lusophones, de la saga familiale profondément humaine à la dystopie corrosive, avec l'idée de rendre visible des causes perdues sur des airs de saudade…

Traductions

Sonate pour Haya, de Luize Valente (Brésil, éditions Les Escales, 2019)

La Machine de bois, de Miguel Sanches Neto (Brésil, éditions Lux, 2015)

La Recette magique de Tante Palma, de Francisco Azevedo (Brésil, éditions Autrement, 2014)

Le Destin du touriste, de Rui Zink (Portugal, éditions Métailié, 2011)

Déjà parus chez Agullo Noir

Frédéric Paulin
La Nuit tombée sur nos âmes
La Fabrique de la terreur
Prémices de la chute
La Guerre est une ruse

Jurica Pavičić
L'Eau rouge

Valerio Varesi
La Maison du commandant
Or, Encens et Poussière
Les Mains vides
Les Ombres de Montelupo
La Pension de la via Saffi
Le Fleuve des brumes

Wojciech Chmielarz
Les Ombres
La Cité des rêves
La Colombienne
La Ferme aux poupées
Pyromane

Arpád Soltész
Le Bal des porcs
Il était une fois dans l'Est

Magdalena Parys
Le Magicien
188 mètres sous Berlin

Bogdan Teodorescu
Spada

Déjà parus chez Agullo Fiction

Laura Mancini
Rien pour Elle

Magdaléna Platzová
Le Saut d'Aaron

Dragan Velikić
Fenêtre russe
Le Cahier volé à Vinkovci

Dmitri Lipskerov
Léonid doit mourir
L'Outil et les Papillons
Le Dernier Rêve de la raison

Saad Z. Hossain
Djinn City
Bagdad, la grande évasion !

Osvalds Zebris
À l'ombre de la Butte-aux-Coqs

Astrid Monet
Soleil de cendres

Maria Galina
Autochtones
L'Organisation

Viliam Klimacek
Bratislava 68, été brûlant

Joe Meno
La Crête des damnés
Le Blues de La Harpie
Prodiges et Miracles

Bogdan Teodorescu
Le Dictateur qui ne voulait pas mourir

Jaroslav Melnik
Espace Lointain

S.G. Browne
Héros secondaires
La Destinée, la Mort et Moi, comment j'ai conjuré le sort

Vladimir Lortchenkov
Le Dernier Amour du lieutenant Petrescu

Anna Starobinets
Refuge 3/9

Rui Zink
Le Terroriste joyeux
L'Installation de la peur

Déjà parus chez Agullo Court

Maja Thrane
Petit Traité de taxidermie

Sigbjørn Skåden
Oiseau

Asja Bakić
Mars

Yan Lespoux
Presqu'îles

Achevé d'imprimer en décembre 2021
sur les presses de l'imprimerie CPI Bussière
à Saint-Amand Montrond (18200)
pour le compte de Agullo Éditions.

ISSN : 2551-5861
ISBN : 978-2-38246-017-7
Dépôt légal : mars 2022
Numéro d'impression : 2062818